Bestseller

ROSAMUNDE PILCHER

FIORI NELLA PIOGGIA

Traduzione di Amina Pandolfi

ARNOLDO MONDADORI EDITORE

Titolo originale dell'opera: Flowers in the Rain

I edizione Omnibus maggio 1992
I edizione Bestsellers Oscar Mondadori maggio 1994

ISBN 88-04-38244-9

Questo volume è stato stampato
presso Arnoldo Mondadori Editore S.p.A.
Stabilimento Nuova Stampa - Cles (TN)
Stampato in Italia - Printed in Italy

Fiori nella pioggia

La casa della bambola

Aprendo gli occhi William avvertì subito aria di sabato mattina. Una certa gaiezza nell'atmosfera, un sapore di libertà. Dal piano di sotto veniva il profumo del bacon che friggeva sul fuoco e fuori, nel giardino, Loden, il cane, cominciava ad abbaiare. Udì la voce di sua madre che andava ad aprirgli la porta. William si stiracchiò e allungò una mano a cercare l'orologio. Le otto.

Poiché non c'era ragione di premura, necessità di alzarsi e mettersi immediatamente in moto, William rimase disteso nel suo letto, riflettendo sulla giornata che lo aspettava. Era il mese di aprile e una losanga di sole si disegnava sul tappeto. Oltre la finestra il cielo era di un azzurro pallido, luminoso, attraversato da vaghe nuvole che si muovevano lentamente. Una giornata da passare all'aperto, quel tipo di giornata in cui suo padre con un richiamo avrebbe riunito intorno a sé la famiglia e, sull'onda di un'idea nata al momento, li avrebbe ammucchiati tutti nell'automobile per portarli al mare o su nella brughiera per una lunga camminata.

Il più delle volte William cercava di non pensare troppo a suo padre, ma di tanto in tanto i ricordi gli rifluivano impetuosi alla mente, immagini nitide come fotografie, chiare, dai contorni molto precisi. Allora lo rivedeva camminare in mezzo alle felci, con Miranda sulle spalle, perché la salita era troppo ripida per le sue gambette corte. Oppure udiva la sua voce profonda quando leggeva per loro nelle serate d'inverno. O ancora le sue mani abili, intente ad aggiustare una bicicletta, a fare lavori complicatissimi con le prese elettriche o con le valvole.

Si morse le labbra e voltò la testa dall'altra parte, come se volesse allontanarsi da una pena insopportabile, ma fu ancora peggio, perché ora si trovò davanti l'oggetto appoggiato sul suo tavolo da lavoro all'altro capo della stanza, che pareva guardarlo con aria accusatrice. La sera precedente, una volta finiti i compiti di scuola, aveva lavorato intorno a quell'oggetto per un'ora e anche più e alla fine se n'era andato a letto, sapendo di essere stato sconfitto.

Adesso, così pareva alla sua immaginazione, l'oggetto lo fissava con un sogghigno scopertamente beffardo.

Oggi non puoi sperare di divertirti per un solo momento. Passerai tutto il sabato a lottare con me. E probabilmente perderai la partita.

Ce n'era abbastanza per far disperare anche un uomo forte. Venti sterline gli era costato, e tutto ciò che riusciva ad apparire era qualcosa che somigliava a una scatola arancione e nulla più.

Dopo un po' scese dal letto e attraversò la stanza per andare a esaminarlo da vicino, sperando che avesse un aspetto migliore di quanto ricordava. Non era così. Un pavimento, una parete posteriore, due lati; un mucchietto di pezzettini di legno non più grandi di una limetta per unghie e una pagina di sconcertanti istruzioni, del tutto incomprensibili.

Incollare ad angolo scozzese all'estremità del pannello anteriore. Incollare i montanti delle finestre alla testa dei bordi esterni.

La casa della bambola. Tutto questo avrebbe dovuto diventare una casa per la bambola. Per il settimo compleanno di Miranda, di lì a due settimane. E non riusciva a finirla, perché era troppo maldestro o troppo stupido o tutte e due le cose.

Miranda aveva sempre desiderato una casa della bambola. Il papà aveva promesso che l'avrebbe avuta per il suo settimo compleanno, e il fatto che il papà non ci fosse più non faceva alcuna differenza per Miranda, che era troppo piccola per capire, troppo piccola perché le si potesse spiegare che ora doveva imparare a farne a meno.

«Per il mio compleanno mi regaleranno la casa della bambola» si vantava con le sue amichette, mentre si acconciavano con vecchi stracci e penne di struzzo e traballavano su scarpe con i tacchi alti troppo grandi per loro, quando giocavano alle signore. «Lo hanno promesso.»

William, preoccupato di tanta certezza, aveva avuto un colloquio con sua madre a questo proposito. Ne avevano parlato una sera quando erano soli a cena. Prima che morisse il papà, lui prendeva il tè con Miranda e poi insieme guardavano un po' la televisione, ma ora, a dodici anni, era stato promosso. Così davanti a un piatto di costolette, broccoli e purè di patate, William aveva detto: «Lei è convinta che avrà la casa della bambola».

«Oh, povero tesoro.»

«Dobbiamo comperargliene una.»

«Ma sono spaventosamente care.»

«Papà gliel'aveva promessa.»

«Lo so. E le avrebbe comperato la più bella, senza badare al prezzo. Ma ora non abbiamo denaro da spendere in regali.»

«Non si potrebbe trovarne una di seconda mano?»

«Be'... guarderò...»

Aveva guardato. E ne aveva trovata una dall'antiquario del paese ma costava più di cento sterline. Un commerciante di oggetti usati ne mostrò una, ma era così bruttina e malandata che il solo pensiero di offrirla a Miranda per il suo compleanno appariva quasi un insulto all'intelligenza della bambina. William e sua madre setacciarono insieme tutti i negozi di giocattoli, ma le case delle bambole che vi trovarono a prezzo accessibile erano orribili cose di plastica con porte finte e finestre che non si aprivano.

«Forse dovremmo aspettare fino all'anno venturo» suggerì la mamma. «Così avremmo il tempo di mettere da parte un po' di soldi...»

Ma William sapeva che doveva essere quest'anno. Se avessero deluso Miranda ora, lui capiva che la bambina molto probabilmente non si sarebbe mai più fidata delle promesse di un adulto. Inoltre sentiva che lo doveva a suo padre.

E alla fine, la soluzione si presentò. Per puro caso vide sull'ultima pagina del giornale della domenica un avviso pubblicitario.

Costruitevi da soli la vostra tradizionale casa della bambola con una delle nostre scatole di montaggio. Istruzioni complete, così semplici che anche un bambino le può seguire. Offerta speciale, valida solo per due settimane. £ 19,50, comprese le spese postali e di imballaggio.

William lo lesse e poi lo rilesse ancora, più attentamente. C'erano delle difficoltà. In primo luogo i lavori manuali non erano il suo forte. Era il primo della classe in inglese e in storia, tuttavia era per lui quasi ai limiti dell'impossibile piantare una vite dritta nel legno. In secondo luogo c'era la questione dei soldi. Dopo la morte di suo padre, il suo stipendio settimanale era stato drasticamente ridotto e quel poco che aveva lo stava risparmiando per comperarsi una piccola calcolatrice.

Ma la necessità non conosce legge. Le istruzioni erano così semplici che anche un bambino poteva seguirle. E in quanto alla calcolatrice, probabilmente avrebbe potuto farne a meno ancora per un po'. Così decise; compilò il modulo di acquisto, andò a ritirare i suoi risparmi alla banca, comperò un vaglia postale e lo spedì.

Non disse a sua madre ciò che aveva fatto. Tutte le mattine si alzava per primo e scendeva per intercettare il postino prima che lei potesse vedere il pacco. Quando alla fine arrivò, lo portò di corsa in camera sua e lo nascose sotto l'armadio. Quella sera respirò profondamente, andò a cercare un martello e si mise al lavoro.

All'inizio le cose non andarono tanto male e riuscì a mettere insieme i pezzi principali della casa. Ma poi cominciarono i problemi. Nelle istruzioni c'era un diagramma per l'inserimento delle finestre nelle relative aperture, ma la spiegazione avrebbe potuto essere scritta in cinese. William si staccò da quel maledetto lavoro che lo faceva impazzire, si vestì e scese in cerca di qualcosa da mangiare.

Mentre attraversava l'ingresso, squillò il telefono e lui sollevò il ricevitore.

«Pronto!»

«William?»

«Sì.» Fece una smorfia che nessuno poteva vedere. Era Arnold Ridgeway e Arnold, lui lo sapeva, aveva messo gli occhi sulla madre di William. Anche se questo il ragazzo lo poteva capire, trovava la compagnia di Arnold piuttosto pesante da digerire. Arnold dirigeva un grande albergo dalla parte opposta della città ed era vedovo, molto allegro e chiassoso, un vero cordialone. Negli ultimi tempi William aveva cominciato a sospettare che Arnold si fosse messo in mente di sposare sua madre, ma sperava di tutto cuore che la cosa non si realizzasse. La mamma non amava Arnold. C'era in lei un certo sguardo segreto che appariva solo di tanto in tanto – una sorta di misterioso fulgore – e William non glielo aveva più visto da quando era morto papà. Comunque non certo quando era in compagnia di Arnold.

Tuttavia c'era sempre la possibilità che Arnold riuscisse a indebolire la resistenza di lei con la semplice forza della sua personalità e che la convincesse a sposarlo solo per amore della sicurezza e del conforto dei beni terreni. Lei una cosa simile l'avrebbe fatta per amor suo e di Miranda, lo sapeva. Per i suoi figli sarebbe stata disposta a fare qualsiasi sacrificio.

«Qui parla Arnold! Come sta tua madre questa mattina?»

«Non l'ho ancora vista.»

«È una giornata così bella! Ho pensato che potrei portarvi tutti fuori a mangiare. Fare una corsa in macchina fino a Cottescombe e pranzare al Three Bells. Poi potremmo andare a dare un'occhiata nel parco dove c'è la selvaggina. Cosa te ne pare?»

«Mi pare bellissimo, ma credo che sarà meglio chiamare la mamma.» Poi gli tornò alla mente la casa della bambola. «Io però non penso di poter venire. È molto gentile da parte sua, ma ho... be', ho ancora molti compiti da fare.»

«Peccato. Non importa, combineremo un'altra volta. Vai a chiamare tua madre, fa' il bravo ragazzo.»

William posò il ricevitore e andò in cucina.

«C'è Arnold al telefono...»

Lei era seduta al tavolo, stava bevendo il caffè e leggeva il giornale. Indossava la sua vecchia vestaglia di lana turchese e i bellissimi capelli rossi le scendevano sulle spalle, lisci come seta.

«Oh, grazie, tesoro.» Si alzò, depose il giornale e gli passò una mano sui capelli avviandosi verso la porta.

Miranda stava mangiando il suo uovo alla coque.

«Ciao, signorina» la salutò William e si diresse verso la cucina economica per togliere dal forno la sua prima colazione. Bacon con uova e salsicce.

«Cosa vuole Arnold?» domandò Miranda.

«Invitarci fuori a pranzo.»

La bambina fu subito piena di interesse. «Al ristorante?» Era un tipo socievole e adorava mangiare fuori.

«Già, questa è la sua idea.»

«Oh, che bello.» Appena la mamma rientrò nella stanza le chiese: «Ci andiamo?».

«Se ti fa piacere, Miranda. Arnold ha pensato che Cottescombe sarebbe divertente.»

William disse bruscamente: «Io non posso venire».

«Oh, tesoro, vieni. È una così bella giornata.»

«Ho delle cose da fare. Starò benissimo a casa.»

Sua madre non discusse. Naturalmente sapeva che c'era un segreto nella sua camera, ma il segreto era accuratamente avvolto in un panno quando lei andava a fargli il letto e William sapeva che la mamma era troppo corretta per andare mai a curiosare.

Sospirò. «Va bene. Allora ti lasceremo a casa. Potrai avere una giornata tranquilla per conto tuo.» Riprese in mano il giornale. «La villa è stata venduta.»

«Come lo sai?»

«È scritto qui. È stata comperata da un tale di nome Geoffrey Wray. È il nuovo direttore della fabbrica di strumenti elettronici di Tryford. Leggi...»

Gli porse il giornale e William lesse la notizia con un certo interesse. La villa era stata di proprietà della signorina Pritchett e la casa dove vivevano William, sua madre e Miranda, era un tempo la portineria della villa, ai cancelli del parco, di modo che chiunque comperasse quest'ultima veniva automaticamente a essere il loro vicino più prossimo.

La vecchia signorina Pritchett era stata un'ottima vicina di casa, permettendo loro di usare il suo giardino come scorciatoia per raggiungere la strada principale e le colline più oltre e lasciando che i bambini cogliessero mele e prugne nel suo frutteto. Ma la vecchia signorina Pritchett era morta tre mesi prima e da allora la casa era rimasta vuota.

Ma ora... il direttore della fabbrica di strumenti elettronici. William fece una smorfia.

Sua madre rise. «Perché quella faccia?»

«Sarà un tipo noioso. Scommetto che assomiglia a una calcolatrice.»

«Sarà meglio che non attraversiamo più il giardino. Per lo meno fino a quando ci avrà invitati a farlo.»

«Probabilmente non ci inviterà mai.»

«Non devi farti delle idee preconcette. Può darsi che abbia una moglie e una quantità di bambini divertenti con i quali potrete fare amicizia.»

Lavorò per tutta la mattina alla casa della bambola. A mezzogiorno sua madre bussò alla porta della camera, lui uscì sul pianerottolo, chiudendosi accuratamente la porta alle spalle.

«Noi andiamo, William. C'è del pasticcio di montone nel forno per te. E se hai tempo porta fuori Loden a fare una passeggiata.»

«Lo farò.»

«Ma non passare dal giardino della villa.»

«D'accordo.»

Il portone d'ingresso si chiuse e lui fu solo. Con una certa riluttanza tornò al suo lavoro. Aveva costruito la piccola scala, incollando con cura l'uno all'altro i minuscoli gradini, ma per una ragione che gli sfuggiva la scala era di qualche millimetro troppo larga per lo spazio che le era destinato. Tornò per la millesima volta al foglio di istruzioni.

> *Incollare i gradini della scala alla base. Incollare alla base la seconda parete trasversale...*

Tutto questo lo aveva fatto. Eppure la scala non voleva saperne di entrare nello spazio previsto. Se soltanto avesse avuto qualcuno a cui domandare consiglio, ma la sola persona che gli veniva in mente era il suo insegnante di lavori manuali, che comunque non gli era simpatico.

D'improvviso lo colse una grande nostalgia di suo padre. Papà avrebbe saputo esattamente cosa bisognava fare, avrebbe preso in mano la cosa, lo avrebbe rassicurato, gli avrebbe spiegato, avrebbe sistemato la scaletta al suo posto.

Sconvolto, incapace di opporsi, sentì il nodo salirgli sempre più grosso alla gola e la casa della bambola costruita a metà e tutti i pezzi che ancora aspettavano di essere sistemati, tutto si dissolse, perduto in un grande fiotto di lacrime. Erano anni che non piangeva; non riusciva a ricordare quando aveva pianto l'ultima volta e fu spaventato della propria puerilità.

Trovò un fazzoletto e si soffiò il naso, si asciugò quelle lacrime vergognose. Al di là della finestra aperta la calda giornata di primavera pareva invitarlo. Si cacciò il fazzoletto nella tasca dei jeans, pensò, oh, al diavolo anche la casa della bambola, e fu fuori dalla sua camera e giù per le scale e prima ancora di averci pensato aveva fischiato per chiamare Loden.

Quando non potè più correre e fu ansante e senza fiato, ed ebbe una fitta al fianco, gli parve di stare meglio. Si sentì rinvigorito. Si piegò in due per alleviare la fitta, per abbracciare Loden e affondare il viso nella folta pelliccia scura del cane.

Quando ebbe ripreso fiato si raddrizzò, e solo in quel momento si rese conto di avere completamente dimenticato l'avvertimento di sua madre. Nella fuga precipitosa i suoi piedi lo avevano portato d'istinto nella direzione che più gli era abituale, attraverso i cancelli della villa e si trovava già a metà del viale. Esitò per un istante, ma poi la prospettiva di tornare sui suoi passi e fare il lungo giro fino alla strada gli parve troppo noiosa. Inoltre la casa era appena stata venduta. Non ci sarebbe stato nessuno. Non ancora.

Si sbagliava. Quando superò l'ultima curva del viale vide che c'era un'automobile davanti all'ingresso della villa. La porta principale era aperta e ne stava uscendo proprio in quel momento un uomo alto con un cane al suo fianco. Immediatamente tutto fu perduto. La signorina Pritchett non aveva mai avuto un cane e Loden considerava quel giardino come casa sua.

Dal profondo della gola dell'animale vennero cupi brontolii, ma l'altro cane si dirigeva già verso di loro. Era una femmina labrador dall'aria amichevole, pronta a mettersi a giocare.

Loden ringhiò ancora. «Loden!» William tirò con forza il collare. Il ringhio si tramutò in un guaito lamentoso. Il labrador si avvicinò e i due animali cominciarono ad annusarsi piuttosto incerti. Il pelo sulla schiena di Loden si abbassò e il cane cominciò a scodinzolare. Con cautela William lo lasciò libero e i due cani si misero a giocare. Fin qui tutto bene. Ma ora doveva vedersela con il proprietario del labrador. Alzò gli occhi. L'uomo stava venendo verso di lui, un uomo alto, con un gradevole aspetto di persona abituata a vivere molto all'aperto. Il vento gli scompigliava i capelli brizzolati; portava gli occhiali e un pullover azzurro. In mano aveva un blocco per appunti.

William disse: «Buongiorno».

L'uomo gettò uno sguardo al suo orologio da polso. «Per la verità si potrebbe già dire buon pomeriggio. È la una e mezzo. Cosa stai facendo?»

«Porto il mio cane a fare una passeggiata. Oltre la strada principale e su per la collina. Quando c'era la signorina Pritchett avevo l'abitudine di passare da questa parte.» Fece un ampio gesto con la mano. «Io abito nella casa in fondo al viale.»

«Come ti chiami?»

«William Radlett. Questa mattina ho visto sul giornale che la casa è stata venduta, ma non pensavo che ci fosse già qualcuno.»

«Soltanto per dare un'occhiata» disse l'uomo. «Per prendere qualche misura. Mi chiamo Geoffrey Wray.»

«Oh, allora lei...?» Sentì il rossore salirgli al viso. «Ma lei...» Era quasi lì lì per dire: *Ma lei non assomiglia a una calcolatrice*. «Io... io temo di avere sconfinato» concluse con voce flebile.

«Non importa» rispose il signor Wray. «Non abito ancora qui. Come ho detto, voglio soltanto prendere delle misure.» Si volse a guardare l'aspetto malandato della facciata. Come se la vedesse per la prima volta, William notò le travi marcite che sostenevano il balcone, l'intonaco sgretolato, le grondaie spezzate.

Disse: «Immagino che avrà bisogno di molte riparazioni. È piuttosto antiquata».

«Sì, ma incantevole. E la maggior parte dei lavori li posso fare io. Ci vorrà del tempo, ma sarà un divertimento.» Ora i due cani erano a loro agio, avevano fatto amicizia e si rincorrevano intorno ai cespugli di rododendro, fiutando intorno alla ricerca di conigli. «Sono diventati amici» osservò il signor Wray. «E tu? Io stavo pensando di mangiare qualcosa. Mi sono portato un cestino da picnic. Vuoi dividerlo con me?»

William rammentò il pasticcio di montone intatto e si

accorse di avere un grande appetito. «Ha abbastanza per due?»

«Immagino di sì. Andiamo a vedere.»

Prese un cestino dal sedile posteriore dell'automobile e lo portò verso la panchina di ferro battuto proprio di fronte all'ingresso della casa. La panchina era in pieno sole, riparata dal vento e faceva piuttosto caldo. William accettò un panino al prosciutto.

«E poi c'è anche una torta di frutta. Mia madre le fa ottime.»

«Vive con lei?»

«Per il momento. Fino a quando verrò ad abitare qui.»

«E qui ci starà da solo?»

«Non ho moglie, se è questo che intendi.»

«Mia madre pensava che lei avesse moglie e dei bambini con i quali noi avremmo potuto fare amicizia.»

L'uomo sorrise. «Chi è noi?»

«Miranda e io. Lei ha quasi sette anni.»

«E dov'è oggi?»

«Lei e la mamma sono fuori per pranzo.»

«Tuo padre lavora in città?»

«Non ho padre. È morto quasi da un anno.»

«Mi dispiace.» L'uomo ebbe un'espressione di sincera partecipazione ma, fortunatamente, non parve per nulla imbarazzato dalla rivelazione di William. «Ho perduto mio padre quando avevo pressappoco la tua età. Niente è più come prima, vero?»

«No. No, niente è più come prima.»

«Che ne dici di un biscotto al cioccolato?» Gliene porse un pacchetto. William ne prese uno, alzò lo sguardo dritto negli occhi del signor Wray, e d'improvviso sorrise, senza una ragione particolare, semplicemente perché si sentiva confortato e a suo agio e... non da ultimo... perché non sentiva più i morsi della fame.

Quando ebbero finito di mangiare, entrarono in casa e visitarono tutte le stanze, una dopo l'altra. Senza mobili, fredda e con un vago odore di umidità, la casa avrebbe potuto essere deprimente, ma non lo era. Al contrario, fu una cosa piuttosto eccitante e anche lusinghiera trovarsi a discutere progetti come se lui fosse un adulto.

«Ho pensato di abbattere questa parete e fare una grande cucina a vista. Installare una bella cucina economica in questo punto e costruirci intorno dei mobili di legno di pino fino a quell'angolo.»

Il suo entusiasmo disperdeva la tristezza perfino da quella cucina che odorava di freddo e di topi.

«E questa vecchia dispensa la trasformerò in un laboratorio, con il tavolo da lavoro qui, sotto la finestra e tutto lo spazio intorno per appendere gli attrezzi e tenerci le provviste.»

«Mio padre aveva un laboratorio, ma era in un capanno in giardino.»

«Immagino che ora lo userai tu.»

«No. Io non sono molto abile con le mani.»

«È straordinario quello che riesci a fare quando vi sei costretto.»

«È quello che pensavo anch'io» esclamò William d'impulso, ma poi si arrestò.

«Cosa pensavi?» chiese con dolcezza il signor Wray.

«Pensavo che sarei riuscito a fare una cosa soltanto perché dovevo. Ma non ci riesco. È troppo difficile.»

«Cosa cercavi di fare?»

«Costruire una casa della bambola. Con una cassetta di montaggio. Per il compleanno di mia sorella.»

«Cosa c'è che non va?»

«Tutto. Sono bloccato. Non riesco a inserire la scala e non sono capace di far combaciare gli stipiti delle finestre.»

«Spero che non ti offenderai se te lo chiedo» disse il signor Wray con molta cortesia, «ma se non sei particolarmente abile nei lavori manuali, perché ti sei imbarcato in un'impresa simile, in primo luogo?»

«Papà aveva promesso a Miranda una casa della bambola. Ma sono troppo costose per poterne comprare una. Ho veramente pensato che ci sarei riuscito.» E poi aggiunse, per fare una totale confessione della propria stupidità: «E costa venti sterline».

«Tua madre non potrebbe aiutarti?»

«Voglio che sia una sorpresa.»

«Non c'è nessuno a cui potresti chiedere di aiutarti?»

«No, non proprio.»

Il signor Wray si voltò, appoggiandosi al vecchio lavandino, le braccia conserte. «Potrei farlo io?» domandò.

William lo guardò aggrottando la fronte. «Lei mi aiuterebbe?»

«Perché no?»

«Questo pomeriggio? Adesso?»

«Un momento buono quanto un altro.»

Si sentì inondare di gratitudine. «Lei davvero lo farebbe? Non ci vorrà molto. Non più di una mezz'ora...»

Ma ci volle ben più di una mezz'ora. Si dovettero studiare accuratamente le istruzioni, la minuscola scala venne smussata ai lati con la carta vetrata fino a inserirsi perfettamente fra le pareti. Poi il signor Wray dispose in bell'ordine tutti i pezzi e pezzettini di legno su un foglio pulito di carta di giornale, li sistemò a formare i contorni di cinque minuscole finestre, pronte per essere incollate.

«Per primi ci metti i vetri e poi le intelaiature tutt'intorno e le tieni bene in posizione. Proprio come una vera finestra.»

«Oh, capisco.»

Come tutte le cose, una volta spiegate, le varie operazioni divennero meravigliosamente semplici.

Continuarono a lavorare, insieme, in perfetta armonia e William era così assorto, così impegnato, che non udì neppure la macchina che arrivava su per la strada e si fermava al cancello. Si accorse del ritorno di sua madre soltanto per il rumore del portone di casa che si apriva e la voce di lei che lo chiamava.

«William!»

Guardò l'orologio e fu sbalordito constatando che erano quasi le cinque.

Saltò in piedi. «È mia madre.»

Il signor Wray sorrise. «L'ho immaginato.»

«Sarà meglio che scendiamo. E, signor Wray, non dica nulla.»

«Non lo farò.»

«E grazie di cuore per avermi aiutato.»

Uscì dalla stanza e si sporse dalla balaustra. La mamma e sua sorella erano nel vestibolo, la faccia rivolta all'insù, verso di lui. La mamma reggeva un enorme fascio di giunchiglie avvolte in carta velina azzurro pallido e Miranda si stringeva al petto una nuova bambola.

«Vi siete divertite?» domandò.

«È stato bellissimo. William, fuori c'è un'automobile con dentro un cane.»

«È del signor Wray. È qui.» Si voltò mentre il signor Wray usciva a sua volta dalla stanza chiudendo la porta alle sue spalle e gli si accostava. «Sai» continuò William. «È lui che ha comperato la villa.»

Il sorriso si irrigidì un poco sul volto di sua madre, mentre fissava stupefatta l'estraneo apparso così inaspettatamente. William si affrettò a colmare il silenzio con le sue spiegazioni. «Ci siamo conosciuti questo pomeriggio e lui è venuto a casa con me a darmi una mano... per... be', per una cosa...»

«Oh...» Con visibile sforzo lei si riprese. «Signor Wray, come è stato gentile...»

«Niente affatto, è stato un vero piacere» rispose lui con la sua voce profonda e scese le scale per andarle incontro. «Dopotutto stiamo per diventare vicini.»

Le tese la mano. «Già. Già, naturalmente.» Ancora confusa lei passò le giunchiglie sul braccio sinistro e strinse la mano che le veniva offerta.

«E questa deve essere Miranda.»

«Arnold mi ha comperato una nuova bambola» gli disse Miranda. «Si chiama Priscilla.»

«Ma...» La madre di William non aveva ancora afferrato bene la situazione. «Come ha incontrato William?»

Prima che il signor Wray avesse il tempo di rispondere, William cominciò a spiegare. «Mi sono dimenticato che non dovevo passare dal giardino e il signor Wray era là. Abbiamo mangiato insieme il suo picnic.»

«Che ne è stato del pasticcio di montone?»

«Mi sono dimenticato anche di quello.»

Per qualche strana ragione quelle ultime parole servirono a rompere il ghiaccio e all'improvviso tutti si ritrovarono a sorridere.

«Bene, avete già preso il tè?» domandò la mamma. «No? Neppure noi e muoio dal desiderio di una buona tazza di tè caldo. Entri in salotto, signor Wray, io vado a mettere l'acqua sul fuoco.»

«Ci penso io» esclamò William correndo giù per le scale. «Lo faccio io il tè.»

In cucina preparò il vassoio, trovò i biscotti in una scatola di latta e riempì il bollitore. Mentre aspettava che l'acqua bollisse, ripensò con una certa soddisfazione agli avvenimenti della giornata. Il problema della casa della bambola era risolto, sapeva ciò che doveva fare e l'avrebbe finita in tempo per il compleanno di Miranda. E il signor Wray sarebbe venuto a vivere alla villa, e non era affatto quella calcolatrice che lui aveva temuto, ma era invece la persona più simpatica che lui avesse conosciuto da anni. Era pronto a scommettere che loro avrebbero avuto il permesso di passare dal giardino proprio come avevano fatto ai tempi della signorina Pritchett.

È così, per una cosa e per l'altra, si accorse di sentirsi meglio di quanto gli fosse accaduto da molto tempo. L'acqua bolliva, riempì la teiera, la mise sul vassoio e la portò in salotto. Dalla stanza dei giochi veniva il suono del televisore che Miranda si era messa a guardare e dal salotto un piacevole mormorio di voci.

«Quando verrà ad abitare qui?»

«Il più presto possibile.»

«Avrà molto da fare.»

«C'è tutto il tempo. Tutto il tempo del mondo.»

William spinse la porta con il piede. La stanza era colma della luce calda del tramonto e c'era qualcosa nell'aria, qualcosa di così tangibile che si sarebbe potuto quasi toccare. Intimità, forse. Serenità. Ma anche una certa eccitazione.

Tutto il tempo del mondo.

Stavano seduti accanto al caminetto, a metà rivolti verso le fiamme che erano appena state ravvivate, ma lui vide il volto di sua madre riflesso nello specchio sopra il camino. D'un tratto lei si mise a ridere anche se lui non poté indovinarne il motivo, e scrollò i bei capelli rossi. E allora sul suo volto comparve quell'espressione... l'antico fulgore che lui non vi aveva più visto da quando era morto papà.

La sua fantasia balzò lontano, come un cavallo da corsa, solo per essere frenata da un fermo colpo di briglie. Non stava bene fare progetti. Le cose dovevano accadere quando era il loro momento.

«Il tè è pronto» annunciò e depose il vassoio. Rialzando lo sguardo vide le giunchiglie, posate sul ripiano della finestra, dove sua madre le aveva lasciate cadere. La carta velina si era un po' sgualcita e i petali delicati cominciavano ad appassire. William pensò ad Arnold e in fondo al cuore provò molta pena per lui.

Fine e inizio

Senza molta speranza Tom disse: «Potresti venire con me questo weekend».

Elaine fece una breve risatina ironica. «Tesoro, riesci a immaginarmi a gelare in un castello nel Northumberland?»

«No, veramente no» ammise lui con sincerità.

«Inoltre non sono stata invitata.»

«Questo non avrebbe importanza. La zia Mabel sarebbe felice di vedersi intorno una faccia nuova. In particolare una faccia attraente come la tua.»

Elaine si sforzò di non mostrarsi soddisfatta. Adorava i complimenti e li assorbiva come una carta assorbente fa con l'inchiostro. «L'adulazione non ti servirà a molto» gli rispose. «E sono davvero in collera. Era già fissato che saresti venuto con me dagli Stainforths per questo weekend. Che cosa gli potrò raccontare?»

«Di' la verità. Che devo andare al nord per il settantacinquesimo compleanno di mia zia Mabel.»

«Ma perché ci devi proprio andare?»

Con molta pazienza ricominciò a spiegare. «Perché qualcuno della famiglia deve pur fare atto di presenza e i miei genitori sono a Maiorca, mia sorella vive a Hong Kong con suo marito. Te l'ho già raccontato almeno tre volte.»

«E io continuo a non capire perché devi piantarmi in asso in questo modo. Non mi piace essere piantata in asso.» Gli rivolse uno dei suoi sorrisi più convincenti. «Non ci sono abituata.»

«Non ti pianterei mai in asso» proclamò lui solennemente «per nessuno al mondo all'infuori di zia Mabel. Ma lei è una vecchia signora molto speciale che non ha figli suoi ed è sempre stata meravigliosa per noi tutti quando eravamo bambini. E deve aver fatto un lavoro enorme per organizzare ogni genere di divertimenti per questa festa. Trovo che è un gesto molto coraggioso da parte sua. Sarebbe davvero scortese se non facessi uno sforzo per essere presente. Inoltre» concluse per amore di verità «desidero molto andarci.» E ripeté ancora: «Potresti venire con me».

«Non conoscerei nessuno.»

«Dopo cinque minuti, conosceresti tutti.»

«Comunque, detesto stare al freddo.»

Lui smise di tentare di convincerla. Era sempre molto piacevole portare Elaine con sé e presentarla ai suoi intimoriti conoscenti, perché lei era un'apparizione così sensazionale che ogni volta la sua presunzione ne usciva accresciuta. Per contro però, se non si divertiva, Elaine non era il tipo da sforzarsi di nasconderlo. Stare con zia Mabel era sempre un'avventura un po' rischiosa. Il benessere e il comfort dell'ospite dipendevano in gran parte dalla situazione meteorologica e se, per esempio, il weekend successivo fosse stato freddo o umido, Elaine, da quel fiore di serra londinese che era, avrebbe potuto rivelarsi la peggiore compagnia immaginabile.

Tom allungò la mano e la posò su quella di lei. «D'accordo» disse. «Non sei obbligata a venire. Ti telefonerò non appena torno e ti racconto ogni cosa. E tu dovrai semplicemente fare le mie scuse agli Stainforths.»

Il giorno dopo era venerdì. Tom, che aveva già sistemato le cose con il suo capo, lasciò l'ufficio all'ora di pranzo e si avviò in automobile verso nord, prendendo l'autostrada. Mentre guidava fu in grado di lasciare libero sfogo ai suoi pensieri. Inevitabilmente, essi scelsero di rimuginare il problema di Elaine.

Ormai la conosceva da tre mesi e nonostante avesse il potere di esasperarlo piuttosto spesso, rimaneva pur sempre la donna più affascinante che lui avesse incontrato da molti anni. Trovava deliziosamente stimolante la sua assoluta imprevedibilità e lei riusciva sempre a farlo ridere. Per questa ragione l'aveva portata a casa una volta o due per lunghi weekend, non immaginando che anche sua madre avrebbe trovato Elaine altrettanto attraente.

«È semplicemente deliziosa» continuava a dire, ma era una madre modello e, con evidente sforzo, fece in modo di non dire di più.

Tom però sapeva perfettamente che cosa pensava. Dopotutto lui aveva quasi trent'anni. Era tempo che si sistemasse, si sposasse, offrisse a sua madre quei nipotini che lei tanto desiderava. Ma voleva davvero sposare Elaine? Era un dilemma che lo tormentava da parecchio tempo. Forse andare via, staccarsi per un po' da quel pensiero – e da lei – era la cosa migliore che gli potesse capitare. Avrebbe potuto studiare il problema da una certa distanza, come se stesse esaminando un dipinto complicato, vedere i particolari del loro rapporto nella giusta prospettiva. La cosa migliore per riuscirci era smettere di pensare a lei, così accantonò con fermezza il pensiero di Elaine per concentrarsi invece sul weekend che gli stava davanti.

Northumberland. Kinton. La festa di zia Mabel. Chi ci sarebbe stato? Tom era l'unico rappresentante della sua famiglia, ma chi ci sarebbe stato degli altri cugini? Tutti i parenti più giovani di Ned, che avevano costituito il grosso della banda di bambini che avevano trascorso a Kinton le ore più tumultuose della loro infanzia. Mentalmente fece scorrere un dito su una lista immaginaria.

Roger era militare. Anne si era sposata e aveva figli. Il giovane Ned era in Australia. Kitty... Accelerò per passare sulla corsia più veloce e sorpassare un rombante autocarro e si accorse di sorridere. Kitty. Per qualche strana confusione nei rapporti familiari, Kitty era la pronipote di Ned. Kitty era stata la ribelle, quella che guidava il gruppo. Kitty che cadeva giù dalla casetta costruita sull'albero. Kitty che organizzava una corsa sui pattini una notte che il lago era gelato. Kitty che era andata a dormire sul bastione esterno del castello, perché qualcuno degli altri l'aveva sfidata e perché pensava che così forse avrebbe potuto vedere un fantasma.

Il resto della banda con l'andare degli anni si era più o meno adeguato. Avevano seguito corsi di dattilografia ed erano diventate segretarie. Erano andati come praticanti presso studi di commercialisti o di avvocati e alla fine si erano laureati. Avevano fatto il servizio militare. Kitty non si era adeguata a nulla. Per la disperazione dei suoi genitori che alla fine l'avevano mandata a Parigi presso una famiglia come ragazza alla pari, ma dopo che Madame l'aveva trovata stretta in un appassionato abbraccio con Monsieur, l'aveva – scorrettamente, su questo tutti erano d'accordo – buttata fuori.

"Vieni a casa" aveva telegrafato angosciata sua madre, ma Kitty non era tornata. Facendo l'autostop era arrivata fin nel sud della Francia, dove aveva conosciuto l'uomo più impossibile che si potesse incontrare – e anche su questo tutti furono d'accordo.

Si chiamava Terence, era un rozzo irlandese della Contea di Cork, e gestiva un servizio di yacht che affittava nella baia di Saint-Tropez. Per qualche tempo Kitty condusse con lui gli yacht e alla fine lo portò in Inghilterra per farlo conoscere ai suoi genitori. L'opposizione della famiglia a quell'individuo fu così assoluta e mortale che accadde l'inevitabile. Kitty lo sposò.

«Ma perché?» aveva domandato Tom a sua madre quando aveva sentito quell'incredibile notizia.

«Non ne ho idea» fu la risposta. «Tu conosci Kitty meglio di me.»

«Lei era quel tipo di persona» spiegò Tom «che potevi guidare con una carota, ma non avresti mai potuto spingere con la frusta.»

Una volta, di ritorno a Londra da un weekend nel Sussex, lui era andato a trovare Kitty e suo marito; vivevano in una casa galleggiante e Kitty era incinta. Il battello e Kitty erano in un tale stato di abbandono che Tom, senza mai averci pensato prima, invitò lei e il marito a cena. Fu una serata disastrosa. Terence si era ubriacato; Kitty aveva continuato a parlare come caricata da una molla e Tom non aveva avuto occasione di dire nulla. Aveva semplicemente ascoltato, pagato il conto, aiutato Kitty a riportare Terence a bordo e a rimetterlo nella sua cuccetta. Poi l'aveva lasciata e aveva ripreso la strada per Londra. Più tardi aveva saputo che il bambino era un maschio.

Una volta, quando era appena un giovanotto, Mabel aveva detto a Tom che avrebbe dovuto sposare Kitty. Lui si era sottratto alla sola idea, in parte perché Kitty era come una sorella per lui e in parte perché, a diciannove anni, si sentiva imbarazzato perfino a sentir parlare di cose del genere.

«Perché mi dici questo?» aveva domandato a Mabel.

«Tu sei la sola persona che si sia mai occupata di lei. Quando le dicevi di fare una cosa o di non farla, lei ubbidiva. Naturalmente i suoi genitori non hanno mai saputo come prenderla.»

«È così esuberante, mi stancherebbe da morire» aveva risposto Tom. Stava giusto per andare a Cambridge e sedicenni esuberanti come Kitty non trovavano posto nei suoi progetti.

«Non sarà sempre esuberante» aveva fatto notare la zia Mabel. «Un giorno sarà bellissima.»

La strada si snodava dietro di lui come un grosso nastro grigio. Attraversò Newcastle e si addentrò nel Northumberland. Lasciò l'autostrada e si diresse verso la campagna, terra di brughiera con piccole alture e minuscoli villaggi di pietra e giù per ripidi viali di faggi. Ormai era tardo pomeriggio. Il sole stava tramontando in un'orgia di rosa, gettando ombre rosate sulla parte inferiore di grosse nubi grigie di pioggia.

Finalmente arrivò a Kinton, girò intorno alla chiesa, con la sua tozza torre quadrata e davanti a lui si allungò la strada principale del villaggio. Una strada che non aveva nulla di particolare, due file di casette, piccoli negozi, un pub. Avrebbe potuto trovarsi ovunque. A eccezione del fatto che, all'estremità di quella strada, una rampa mal acciottolata saliva per un pendio erboso e passava sotto l'arco di un'imponente cancellata. Al di là si apriva un cortile guardato da alte mura, grande come un campo di calcio e all'estremità del cortile si ergeva il castello. Alto quattro piani, munito di torrette; romantico, inatteso, assurdo.

Qui abitava la straordinaria, formidabile zia di Tom, Mabel.

Sorella maggiore del padre di Tom, pazza per i cavalli, coriacea, dotata di grande senso pratico. Nessuno si era mai aspettato che Mabel trovasse marito. Ma quando si era avvicinata alla trentina, l'amore – o qualcosa di molto simile – aveva colpito nel segno. Aveva incontrato Ned Kinnerton e nello spazio di due mesi lo aveva sposato.

I membri della famiglia era stati, a quanto si diceva, divisi fra la gioia e l'orrore.

«Ma non è meraviglioso che alla fine abbia trovato marito?»

«Ha il doppio dei suoi anni.»

«Dovrà andare a vivere in un enorme castello, senza riscaldamento, nel Northumberland.»

Ma Mabel amava Kinton quanto lo amava Ned. La loro unione non fu benedetta dalla nascita di figli, tuttavia, come a compensare questo errore della natura, una grande raccolta di nipoti e nipotine piovvero su Mabel e Ned nei periodi delle vacanze estive. A Mabel non importava nulla di ciò che i bambini potevano fare, purché nessuno si permettesse mai di trattare male gli animali. Così, del tutto incontrollati, i bambini si arrampicavano su per i bastioni del castello, dormivano in una tenda improvvisata sotto il grande cedro, fingevano di far cadere olio bollente dalle fenditure delle finestre sopra il massiccio portale d'ingresso, nuotavano nel laghetto invaso dai canneti, si inventavano archi e frecce, cadevano dagli alberi.

Quando Ned morì, tutti pensarono che Mabel avrebbe lasciato Kinton. Ma l'unico parente maschio che avrebbe potuto essere in grado di accollarsi la pesante responsabilità del castello, si era già trasferito in Australia e si era creato laggiù una buona esistenza, e così Mabel rimase. «Non c'è bisogno di riscaldare tutte le stanze» aveva fatto notare e aveva chiuso tutte le soffitte drappeggiando spesse coperte di lana a bloccare le scale che salivano a chiocciola.

A parte questo, la vita continuò come prima. Il castello sempre pieno di bambini – ora adolescenti e sul punto di diventare adulti. Sempre pranzi immensi intorno alla lunga tavola da pranzo di mogano. Sempre cani dappertutto, braci di enormi ciocchi nei caminetti, istantanee invecchiate e malridotte infilate nelle cornici degli specchi.

Kinton. Tom era arrivato. Portò lentamente la macchina su per la rampa, passò sotto il grande arco in ombra dell'ingresso.

Sul lato più lungo si stendeva un immenso prato malconcio. Lì la strada si separava e correva sui due lati, per riunirsi di nuovo di fronte al massiccio portale. Le mura che circondavano lo spiazzo erano parte delle vestigia più antiche del castello e nelle crepe dei muri crescevano ciuffi di valeriana selvatica e violacciocche.

Tom parcheggiò la macchina e scese. L'aria della sera aveva un buon odore dolce e fresco, ma faceva più freddo che a Londra. Salì i gradini e afferrò l'enorme maniglia di ferro battuto del portone d'ingresso, che si aprì lentamente verso l'interno, con uno scricchiolio sinistro, come quello di una porta nei film dell'orrore. All'interno, il vestibolo altissimo e non riscaldato lo ricevette con una folata di freddo umido. I pavimenti erano di pietra, un immenso caminetto si levava sul fondo fiancheggiato da armature polverose, coronato da una serie di spade antiche. Attraversò il vestibolo, passò una serie di porte e fu come se avesse lasciato dietro di sé il Medioevo e stesse entrando in pieno Rinascimento italiano.

Quando era venuto a Kinton per la prima volta da bambino, preparato a vedere soltanto scale a chiocciola e passaggi segreti e stanzette anguste rivestite di pannelli di legno scuro, era rimasto confuso, sconcertato da tutta quell'opulenza. Aveva tanto desiderato andare a vivere in un castello medievale e si sentiva vagamente defraudato. Ma quando ne parlò a Ned, questi gli spiegò che uno dei suoi antenati del periodo vittoriano aveva preso in moglie una lady di grande ricchezza e una delle sue condizioni per sposarlo era che lui le lasciasse mano libera nell'arredamento dell'interno del castello.

Dopo di che aveva speso cinque anni di tempo e una grande quantità di denaro per trasformare Kinton in una sorta di pezzo da esposizione di splendore pseudo-rinascimentale. Muri divisori erano stati eliminati fin dove era possibile. Gli architetti avevano disegnato il grande scalone ricurvo, gli ampi corridoi a galleria, larghi e ricoperti di pannelli. Le finestre delicatamente arcuate e sorrette da colonne.

Un italiano era stato fatto venire da Firenze per dipingere e affrescare i soffitti e trasformare le pareti del boudoir dell'ereditiera con una grandiosa pittura murale *trompe-l'œil* in una terrazza mediterranea completa di vasi di coccio pieni di gerani scarlatti.

Una volta completati tutti questi lavori strutturali, c'erano voluti ancora sei mesi prima che la giovane coppia fosse in grado di prendere possesso della dimora. Erano state scelte tappezzerie, messi tendaggi e nuovi tappeti in tutte le stanze. I ritratti dei Kinnerton erano stati appesi alle pareti della sala da pranzo e ricordi di famiglia esposti in vetrine con le ante di cristallo.

Ma da quei lontani giorni di folli stravaganze, a Kinton non era più stato fatto molto. Nulla era stato mutato o rinnovato, sebbene di tanto in tanto molti pezzi dovessero essere inchiodati, aggiustati, ridipinti o rappezzati.

Nei salotti il fuoco bruciava basso nei caminetti, dietro le grate, ma le camere da letto a Kinton riuscivano a essere di un freddo penetrante.

C'era un odore muschioso, familiare, che andava al cuore. Tom corse su per l'ampia curva dello scalone, facendo i gradini a due a due, sfiorando leggermente il corrimano di mogano che aveva acquistato lucentezza sotto generazioni di mani. Giunto in cima si fermò un momento in ascolto nel grande pianerottolo. Non si udiva alcun rumore ben definito, ma capì che Mabel non doveva essere lontana.

La trovò nella biblioteca, con indosso un grembiule e un cappello, circondata dalla consueta schiera di vecchi, fedelissimi cani e una grande confusione di giornali e gambi di fiori. Dentro un basso vaso cinese di inestimabile valore stava montando una elaborata composizione floreale.

«Oh, carissimo.»

Depose le cesoie e lo strinse in un abbraccio, che non era un'esperienza da poco perché Mabel era alta quanto Tom e larga il doppio. Poi si ritrasse, tenendolo davanti a sé a braccia tese.

Tom aveva sempre pensato che il volto di Mabel aveva qualcosa di mascolino: lineamenti forti, naso grosso, mento squadrato. E a sottolineare questa caratteristica dei suoi tratti c'era una pettinatura senza debolezze femminili; i capelli grigi erano tirati ben indietro e fissati sulla nuca in uno chignon non perfetto.

«Hai un aspetto splendido» esclamò. «Hai fatto buon viaggio? Come sei stato bravo a venire. Guarda qui, sto tentando di rendere la casa presentabile per domani sera. Non ti so dire che lavoro è stato. Eustace - te lo ricordi il mio vecchio giardiniere - è venuto ad aiutarmi, spostando mobili di qua e di là e sua moglie ha tirato a lucido tutto ciò che è visibile, comprese le ciotole dei cani, e la cucina è piena di fornitori di cibi e bevande. Stento a riconoscere la mia stessa casa. E come stanno i tuoi genitori?»

Prese le sue cesoie e ricominciò il suo lavoro mentre Tom, appoggiato a un tavolo, le mani in tasca, raccontava.

«Cattivissime creature» osservò, «andare a Maiorca proprio in questo periodo. Ci tenevo molto ad averli qui. Ecco fatto!» Infilò l'ultimo fiore e si scostò per ammirare l'effetto.

«Zia Mabel, ma tutto questo non è troppa fatica per te?»

«No, non proprio. Non faccio che dire agli altri cosa

devono fare e loro lo fanno. Questo si chiama delegare. E non avremo una vera e propria orchestra. Oggi più nessuno sa ballare il valzer. Così ho disposto una sorta di discoteca.»

«E dove la metterai?»

«Nella vecchia nursery. L'abbiamo svuotata di tutti i giocattoli e le casette delle bambole e i libri e Kitty sta decorandola per farne una specie di giungla.»

Dopo un momento Tom domandò: «Kitty?».

«Sì, Kitty. La nostra Kitty.»

«È qui?»

«Certo che è qui.»

«Ma l'ultima volta che la vidi... viveva in una casa galleggiante.»

«Oh, mio caro, mi sembra che tu sia davvero poco aggiornato. Il matrimonio è andato a rotoli. Ha già ottenuto il divorzio.»

«Che ne è stato di Terence?»

«Credo che sia ritornato nel sud della Francia.»

«E il bambino?»

«È con Kitty.»

«Lei abita qui?»

«No, sta a Caxford.» Caxford era un villaggio più lontano, nella brughiera, a poche miglia da lì. «Dopo il divorzio venne a stare per qualche tempo con me e poi si comperò quel cottage abbandonato. Dio solo sa con cosa, perché a quanto pare non possiede due soldi bucati. Comunque lo comperò e ci spiegò che lo avrebbe rimesso a posto e sarebbe andata a viverci. A questo punto il comune dichiarò il cottage monumento nazionale. Immaginai che questo fosse la fine della faccenda, ma lei riuscì a ottenere una buona sovvenzione e da allora vive là in una roulotte, con Crispin.»

«Crispin?»

«Il bambino. Un simpatico ragazzino.»

«Ma cosa pensa di fare della sua vita?» domandò Tom.

«Oh, Dio solo lo sa. Ti ricordi com'era Kitty, una volta che riusciva ad avere quello che voleva, non si poteva più tirarle fuori una parola sensata. Vuoi una tazza di tè?»

«No, grazie.»

«Ti darò un drink più tardi.» Mabel cominciò a raccogliere tutti gli scarti della sua composizione floreale, ma mentre lo faceva, qualcuno bussò alla porta e comparve la testa di uno sconosciuto.

«Signora Kinnerton, sono arrivati i bicchieri. Dove desidera che vengano messi?»

«Oh, santo cielo, se non è una cosa, è un'altra! Finisci tu qui per me, Tom, ti spiace?, e metti un po' di legna nel caminetto...»

E se ne andò.

Tom rimase solo nella sala vuota. Ubbidiente, gettò nel fuoco alcuni gambi di fiori morti, aggiunse dei ciocchi e uscì a cercare Kitty.

La vecchia nursery di Kinton era situata a una certa distanza dalle stanze principali e da esse isolata tramite una porta ricoperta di panno rosso fissato con borchie metalliche. La stanza corrispondeva alla struttura perimetrale di una delle molte torri ed era perciò rotonda, con due finestre ad arco, molto basse, e questo di per sé la rendeva estremamente affascinante per i bambini piccoli. Ora era vuota. Il soffitto e le pareti, tuttavia, erano coperte da un drappeggio fatto di rete da giardino che pendeva da un punto centrale del tetto e in tutta la rete erano intrecciati lunghi rami di edera rampicante e rametti di sempreverde.

Nella stanza c'era inoltre una scaletta piuttosto alta, in cima alla quale, con pinze strette fra i denti e un rotolo di corda verde in mano, si trovava una ragazza alta e sottile, i lunghi capelli biondi raccolti in una coda di cavallo e sul viso un'espressione di profonda concentrazione, mentre cercava di sistemare nella rete un ramo recalcitrante di abete rosso.

Quando lui entrò nella stanza, lei si tolse le pinze dalla bocca e senza guardare giù disse: «Se qualcuno volesse togliermi almeno tutta questa edera dalla faccia...».

«Ciao, Kitty» disse Tom.

Lei si girò, con un gesto abbastanza rischioso per la propria sicurezza e guardò giù. Il ramo di abete rosso cadde sul pavimento e l'edera le si avvolse intorno al collo come una ghirlanda pagana. Dopo due secondi esclamò: «Tom».

«Sembra che tu ti diverta stando lassù.»

«Non mi diverto affatto. Non riesco a fare in modo che il verde resti al suo posto.»

«A me sembra che vada bene.»

Con gesti cauti lei cercò di liberarsi dell'edera che l'avvolgeva, la depose fra le pieghe della rete e poi si voltò e sedette sul gradino più alto della scala, di fronte a lui.

Disse: «Sapevo che saresti venuto. Zia Mabel me lo aveva detto».

«Io non sapevo che saresti stata qui.»

«Bella sorpresa per te.»

«Sei magra. Ti dona molto.»

«Colpa di tutto il mio duro lavoro. Hai sentito della casa?»

«Mabel me lo stava appunto raccontando. Mi ha anche raccontato del divorzio. Mi dispiace.»

«A me no. Tutta la faccenda è stata solo uno spaventoso errore, un errore che non avrei mai dovuto fare.» Alzò le spalle. «Ma tu mi conosci, Tom. Quando c'era una cosa stupida da fare, io la facevo subito.»

«Dov'è il tuo bambino?»

«Sarà da qualche parte, in casa.»

Indossava un vecchio paio di jeans sporchi e scarpette di tela blu. Il pullover era così vecchio che stava andando a pezzi. Aveva un buco in una manica dal quale usciva il gomito. Alzando gli occhi su di lei, Tom si rese conto di quanto era cambiata. Dove un tempo c'era stata la morbida curva delle guance sopra il mento ostinato, ora le ossa sporgevano ad angolo. C'erano piccole rughe sottili intorno alla bocca, ma la forma era sempre la stessa, pronta al riso e quando sorrideva si formava una fossetta.

Ora sorrideva, appunto. Gli occhi erano di un azzurro intenso. Tom distolse lo sguardo da lei in cerca di altre cose di cui parlare. Osservò la complicata struttura di rete da giardino e rami verdi. «Hai fatto tutto questo da sola?»

«Per lo più. Eustace mi ha aiutata a montare la rete. La stanza diventerà una discoteca. Non ti pare che Mabel sia meravigliosa? Pensa un po', mettere su una discoteca per il suo settantacinquesimo compleanno!»

«Hai fatto un ottimo lavoro. Ha proprio tutta l'aria di un night club.»

Con tono piuttosto nostalgico lei domandò: «Com'è Londra in questi tempi?».

«Quella di sempre.»

«Hai ancora lo stesso lavoro? Con le assicurazioni?»

«Finora.»

«Finora tutto bene. E la tua vita sentimentale? Non è ora che tu ti sposi? Non che io sia un buon esempio da seguire.»

«La mia vita sentimentale è perfettamente soddisfacente, grazie.»

«Lieta di saperlo. Prendi!»

Lui colse al volo le pinze che lei gli gettava e il rotolo di corda e andò a tenere la scaletta mentre Kitty scendeva.

«Raccontami della tua casa.»

«Non c'è molto da raccontare. Ora viviamo in una roulotte.»

«Mi mostrerai la casa?»

«Certo che te la mostrerò. Puoi venire domani. Probabilmente ti troverò qualche lavoro da fare.»

«Pensi che se andassimo a far sentire la nostra voce nel posto giusto, forse qualcuno ci darebbe una tazza di tè?»

Spensero le luci, uscirono e attraversarono il grande pianerottolo e poi spinsero la porta massiccia che conduceva verso la cucina. Lì un paio di robuste matrone erano impegnate in ogni sorta di preparativi culinari per il party del giorno seguente. Dal forno usciva giusto in quel momento un grosso tacchino; un mixer elettrico stava montando a neve degli albumi e in una pentola enorme sobbolliva una minestra. In mezzo a tutta quella confusione, all'estremità del lungo tavolo di cucina stava seduto Crispin, intento a mangiare pezzetti di dolce. Assomigliava a Kitty in maniera impressionante.

Lei fece le presentazioni.

«Questo è Tom, una specie di cugino. Non so bene se dovrai chiamarlo Tom o zio Tom o cugino Tom o che altro.»

«Soltanto Tom» rispose questi, prendendo una sedia e mettendosi a sedere davanti al bambino. Kitty era andata a unirsi alle matrone all'altro capo della cucina.

«Noi viviamo in una roulotte» gli disse Crispin.

«Lo so.»

«Poi andremo a vivere in una casa.»

«Me lo hanno raccontato. Verrò a vederla.»

«Non potrai camminare sul pavimento, perché è tutto appiccicoso. La mamma ha dato la vernicetta...»

«A quest'ora sarà asciutto.»

Kitty ritornò dicendo che un vassoio con il tè era appena stato portato nella biblioteca, così vi si diressero e trovarono Mabel seduta accanto al fuoco, che divideva pan di zenzero con quattro cani scodinzolanti.

Quella notte Tom dormì in un letto dalla testata di ottone, in una camera che aveva un'unica lampadina pendente dal centro del soffitto e una tremenda corrente d'aria che fischiava attraverso le tavole del pavimento. A una breve ispezione si scoprì che questa veniva da un buco nel tetto dell'attigua camera della torre, dove una fila di ganci e alcuni portabiti di ferro indicavano che si trattava dello spogliatoio in cui lui avrebbe dovuto appendere i suoi vestiti. Disfatta la valigia, Tom li appese, si infilò il pigiama e fece un lungo viaggio alla ricerca del bagno più vicino per lavarsi i denti. Finalmente andò a letto. Le lenzuola erano di lino, molto rammendate e gelide al contatto, la federa del cuscino così pesantemente ricamata che immaginava la mattina seguente si sarebbe svegliato con il disegno impresso sulla guancia.

Quella notte piovve. Si svegliò e rimase in ascolto; da principio un rado gocciolio e infine un tamburellare forte e continuo sul tetto e, inevitabilmente, il toc, toc, toc delle gocce che passavano dalla fessura nel tetto della camera della torre. Tom rimase disteso nel letto e pensò al suo smoking appeso nella stanza accanto, chiedendosi se doveva o no alzarsi per andare a metterlo in salvo e alla fine decise che non voleva alzarsi. Pensò a Mabel e cercò di immaginare per quanto tempo ancora avrebbe potuto continuare a vivere in quella vasta e primitiva dimora. Pensò a Kitty e a Crispin, al caldo e all'asciutto nella loro roulotte. Pensò a Elaine e fu contento, date le circostanze, che lei avesse deciso di non accompagnarlo. I suoi pensieri tornarono a Kitty. Quel viso... quella bocca e la fossetta che si formava con il sorriso. Sempre pensando a Kitty si addormentò, cullato dal rumore tranquillo della pioggia.

Al mattino la pioggia era cessata. Tom si svegliò tardi, scese dabbasso e trovò un piatto di bacon con le uova tenuto in caldo nel forno e un gran fervore di attività domestiche in uno stadio già molto avanzato. Sedie e poltrone venivano sospinte di qua e di là, cartoni di bicchieri trasportati su per le scale, i tavoli venivano ricoperti con immense tovaglie di fiandra non usate da anni. Attraverso l'arco della cinta esterna arrivavano nel cortile camioncini che andavano a parcheggiare davanti all'ingresso principale per scaricare piante in vaso, pile di piatti, vassoi di panini appena sfornati.

Da uno dei camioncini, di aspetto assai poco raccomandabile, uscirono due giovanotti con i capelli lunghi e tutti gli aggeggi per impiantare la discoteca. Tom li lasciò, attorcigliati in una massa di cavi elettrici, a montare i loro microfoni, amplificatori e altoparlanti. Poi, quando chiese se poteva fare qualcosa, gli assegnarono il faticoso compito di portare su dalla scala di servizio sacchi di legna per alimentare i molti caminetti.

Zia Mabel era dappertutto, con i suoi piedoni enormi, avvolta in un grembiule da giardino di tela di sacco, apparentemente instancabile. Al quarto viaggio su per le scale, con un sacco di legna sulle spalle, Tom la incontrò sul ballatoio della cucina, pacificamente intenta a mescolare il cibo per la sua folta schiera di cani, come se quello fosse il compito più importante della giornata.

Lui mise giù il sacco e raddrizzò le spalle indolenzite.

«Peggio che lavorare nelle miniere di sale. Quanti ne dovrò portare ancora?»

«Oh, tesoro mio, sono sicura che ne hai portati abbastanza. Non mi sono accorta che stavi ancora facendo quel lavoro. Pensavo che avessi smesso.»

Lui rise. «Nessuno mi ha detto di smettere.»

«Be', smetti adesso. Smetti di fare qualsiasi cosa. Non c'è più nulla da fare e, se c'è, lo farà qualcun altro.»

Guardò il massiccio orologio che aveva al polso. «Vai a berti qualcosa al pub. E vai anche a mangiare un boccone. Il servizio di buffet non prevede niente per pranzo e io non oso entrare in cucina per prepararti qualcosa. Sono sicura che mi butterebbero fuori.»

«Ho pensato» disse Tom «che potrei andare fino a Caxford a vedere la nuova casa di Kitty.»

«Che splendida idea! Puoi portarla fuori a pranzo. Sono sicura che quella ragazza non mangia abbastanza. Talvolta mi domando se mangia mai qualcosa. Per questo è così magra. E in quanto al piccolo Crispin, quando viene qui ha sempre le mani nella scatola dei biscotti. Morto di fame, molto probabilmente» aggiunse tranquilla e si chinò tutta sorridente verso i suoi animali che sbavavano. «Chi è pronto per la pappa?»

Caxford si trovava all'estremità della brughiera, con la vista del Mare del Nord in lontananza e una chiesetta bellissima circondata da alberi tutti volti verso l'interno, lontano dalla prepotenza del vento. La casa di Kitty si trovava all'estremità della strada principale, un po' isolata, distaccata dall'ultima fila di cottage. Tom arrivò con la macchina fino in fondo alla strada, scese, assaporò l'aroma forte della torba che saliva dalla brughiera, udì il belato lontano di pecore. Vide subito la casetta, le vecchie mura con sopra il tetto nuovo, il caos causato dai lavori di ristrutturazione in quello che doveva essere stato il giardino davanti alla casa.

Con gesto cauto Tom aprì un cancelletto di legno malridotto e salì lungo un sentiero che portava a fianco della casa. Dietro si stendeva un ampio terreno. Si guardò intorno con interesse e vide la grande siepe di biancospino, una serie di piccoli fabbricati che dovevano essere stati probabilmente i porcili e di fronte a questi la roulotte di Kitty, che serviva da abitazione fintanto che il cottage non era pronto; accanto, una vecchia automobile sconquassata, un miscelatore di cemento e una quantità di carriole e utensili da lavoro.

Facendosi strada nella fanghiglia, Tom arrivò sul retro della casa; vide che da questo lato la costruzione era stata ampliata con un'aggiunta del tutto nuova, le tegole del tetto nuovo che si perdevano nell'inclinazione di quello vecchio. Sul terreno fangoso erano state disposte delle tavole che permettevano di arrivare all'ingresso principale, sulla facciata della costruzione, a una porta bellissima a pannelli di pino striato. Era aperta e dall'interno veniva il suono allegro di una musica pop.

Tom avanzò sulle tavole e bussò alla porta. «Kitty!»

La musica tacque. Lei aveva spento il transistor. Un attimo dopo comparve, lo stesso aspetto del giorno prima, a parte una macchia di vernice scura sulla guancia.

«Tom! Non credevo che saresti davvero venuto oggi.»

«Te l'avevo detto che sarei venuto.»

«Pensavo che saresti stato troppo occupato ad aiutare Mabel.»

«Ho lavorato come uno schiavo, ma grazie a Dio alla fine mi ha buttato fuori. Ha detto che dovevo venire qui e portarti a pranzo.» Varcò la soglia e si guardò intorno con interesse. «Che cosa stai facendo?»

«Sto giusto finendo il pavimento della camera di Crispin.»

«E Crispin dov'è?»

«È andato a passare la giornata con la famiglia del maestro di scuola. Sono persone straordinariamente gentili. Davvero i miei migliori amici. La signora me lo tiene anche per questa notte e mi ha detto che posso fare un bagno e cambiarmi a casa sua per la festa di Mabel. Non è molto facile agghindarsi per un ballo quando si vive nello spazio ristretto di una roulotte.»

«No, lo capisco. Quando ti trasferirai qui?»

«Penso che la casa dovrebbe essere pronta fra due settimane circa.»

«Hai già i mobili?»

«Quanto basta. Almeno per noi due, tanto per cominciare. È soltanto un cottage. Niente di importante.»

«In compenso ha una porta d'ingresso veramente imponente.»

Kitty ne fu felice. «Non è una bellezza? L'ho trovata da un venditore di rottami. Tutte le porte le ho comperate da rigattieri o negozianti di roba usata. Sai, c'è gente che demolisce case vecchie molto belle perché stanno andando a pezzi oppure qualcuno vuole costruire una fabbrica nel giardino e a volte c'è qualcuno che ha il buonsenso di salvare le porte e le intelaiature delle finestre e le imposte. Questa era così bella che ho immediatamente deciso di farne la porta d'ingresso.»

«Chi ha tolto la vernice?»

«Io. Ho fatto anche una quantità di altre cose. Voglio dire, i muratori hanno fatto tutto il lavoro più importante, ma sono molto gentili e a quanto pare non gli dà fastidio avermi continuamente tra i piedi. E se chiami qualcuno per togliere la vernice dalle porte, ti costa un mucchio di soldi e, vedi, io non ne ho molti. Comunque, vieni e dai un'occhiata intorno. Questa è la cucina e noi dovremo mangiare qui, quindi sarà una cucina-sala da pranzo...» spiegò Kitty.

Lentamente visitarono tutta la casa, passando da una stanza all'altra e il naturale interesse di Tom si trasformò in una specie di incredula ammirazione, perché Kitty era riuscita a intuire in un cottage abbandonato tutte le possibilità di creare una casa veramente unica. Ogni stanza aveva una sua caratteristica inattesa, piena di fascino. Una piccola buffa finestra, un angolo dove collocare i libri, un soffitto particolare, un lucernario.

La cucina aveva un pavimento di mattonelle rosse e

una rampa di scale portava alla camera di Crispin nel sottotetto, con una lunga finestra bassa nel punto in cui avrebbe collocato il suo letto, di modo che potesse vedere il levarsi del sole al mattino.

Il soggiorno non aveva soltanto un piccolo e delizioso caminetto vittoriano, ma anche un soppalco, a cui si accedeva con una scala a pioli che Kitty aveva fissato alla parete.

«Quello è l'angolo dove Crispin potrà andare a vedere la televisione. Così potrà starsene per conto suo e non dovrà stare zitto quando io ricevo degli amici.»

Nel caminetto bruciava un bel fuoco allegro.

«Ho acceso il fuoco per vedere se tira bene.»

«Il caminetto c'era già?»

«No. L'ho trovato anche quello da un robivecchi e ci ho messo intorno le piastrelle bianche e blu. Mi pare che stiano bene, cosa ne dici?»

Gli mostrò una credenza di pino che aveva comperato e che avrebbe riempito di porcellane colorate. Gli mostrò una poltrona che aveva costruito con una vecchia botte segata in due. Gli mostrò la sua camera da letto a pianterreno, con una vetrata che dava su quello che un giorno sarebbe diventato un terrazzo.

Lui si fermò a guardare fuori lo spiazzo fangoso e le pile di mattoni. «E chi ti sistemerà il giardino?»

«Lo farò io. Dovrò prima scavare, perché qui sotto ci sono sepolti una quantità di orrendi tesori. Come vecchie testate di letti. Pensavo di farci passare un dissodatore meccanico, ma penso che si romperebbe subito.»

«Hai intenzione di vivere qui con Crispin?»

«Naturalmente. Cos'altro pensi che potrei fare?»

«Vendere. Farci un enorme guadagno. Spostarti.»

«Non potrei vendere questa casa. Ci ho messo troppo di me stessa.»

«È molto isolata.»

«Questo mi piace.»

«E Crispin? Che ne sarà di lui? Quando sarà più grande dovrà frequentare delle scuole.»

«Andrà qui alla scuola del villaggio.»

Lui si girò dalla finestra a guardarla in viso. «Kitty, sei sicura di non esserti assunta un peso troppo grande?»

Per un momento lei incontrò il suo sguardo; nella faccia minuta gli occhi erano enormi, di un azzurro incredibile. Poi volse il viso altrove.

«Guarda, Tom, questi sono i miei armadi a muro. Vedi come sono grandi. Ora temo di non avere altro che un paio di jeans e un vestito da metterci. Come vedi, per le ante abbiamo usato delle vecchie persiane. Sono belle, non ti pare?»

Passò una mano sul legno levigato, color miele ed era come vedere una persona accarezzare una creatura vivente. «E queste belle modanature a stucco. Da principio pensai che fosse legno intagliato e stavo quasi per limarlo via...» Lui le guardò le mani, vide le unghie spezzate, la pelle irruvidita in cui lo sporco era penetrato profondamente.

«Kitty, sei sicura che sia proprio questo che vuoi?»

Lei non rispose subito. Lui aspettò un lungo momento e alla fine lei disse: «Fra un minuto, Tom, tu comincerai a dire: "Kitty, tu non vuoi vivere qui". È quello che ho continuato a sentirmi dire tutta la vita. "Kitty, tu non vuoi montare quel cavallo." "Kitty, tu non vuoi comperare quella bicicletta." "Kitty, tu non vorrai indossare quell'orribile vestito." Qualunque cosa io volessi veramente fare, i miei genitori mi dicevano che non era vero, che non era quello che volevo. Come potevano sapere che cosa io volevo davvero? E non servì a nulla dire loro che non volevo andare a Parigi a fare la ragazza alla pari, ma se non fossi andata mi avrebbero mandata in qualche orrendo posto per imparare a cucinare o a scrivere a macchina o a sistemare fiori. Io non sono la persona adatta per queste cose, Tom. Ecco perché quando mi buttarono fuori dal posto che avevo a Parigi - e non fu colpa mia, Monsieur non era capace di tenere le mani a posto e quando Madame lo sorprese, naturalmente la colpa fu mia! - non tornai a casa. Sapevo che se non mi fossi liberata allora non ci sarei riuscita mai più. E in quanto a Terence, mio marito... se soltanto mi avessero lasciata in pace, so benissimo che non lo avrei sposato. Ma tutto ricominciò subito, non appena gli misero gli occhi addosso. "Kitty, non vorrai avere niente a che fare con un uomo simile." "Kitty, non penserai di passare il resto della tua vita vivendo su un battello." "Kitty, non avrai intenzione di sposarlo." E alla fine, lo feci. È così, per quanto semplice e stupido possa apparire».

Tom appoggiò le spalle al vetro freddo della porta finestra e si mise le mani in tasca. Cauto, disse: «Non vorrei mai dirti che cosa vuoi o non vuoi. Non sarei in grado di dirlo. L'unica cosa è che non voglio vederti fare un altro errore, andare a metterti in una situazione al di sopra delle tue forze».

«Ho passato tutta la vita a fare errori, ma tuttavia devo avere la possibilità di fare a modo mio. Ho Crispin e non ho bisogno di molto denaro. E mi piace stare a Caxford. Mi piace stare vicino a Mabel. Essere vicino a Kinton e ricordare quanto eravamo felici da bambini.»

«Provo una grandissima ammirazione per te, Kitty» disse Tom. «Sono sbalordito di tutto ciò che sei riuscita a fare. Soltanto non posso sopportare il pensiero che tu debba continuare a lottare da sola...»

«Vuoi dire per la casa? Ma questa è stata una specie di terapia. Mi ha aiutata a liberarmi di Terence.» Richiuse le ante dell'armadio e girò la chiave, come se in quel modo riuscisse a chiudere fuori Terence. «Sai, Tom, quando ho saputo che saresti venuto questo weekend, ho desiderato che non fosse vero. Non volevo dover ricordare quella sera terribile quando tu ci portasti fuori a cena e Terence si ubriacò in quel modo. Credo che mi colmi ancora di imbarazzo e di vergogna. A nessuno piace sentirsi pieni di vergogna. O colpevoli.»

«Non hai alcun motivo di sentirti colpevole. Ho l'impressione che tu sia passata attraverso un lungo tunnel buio, sola, e ora sei qui, ancora intera e hai Crispin. In quanto a Terence, be', penso che tu possa metterlo in conto come un'esperienza.»

«Allora non pensi che questa casa sia un altro errore?»

«Una persona che non ha mai fatto un errore non ha mai fatto nulla. E anche se è un errore, è un magnifico errore. Come ti ho già detto, ti ammiro moltissimo.»

«Non devi dire così. Non devi essere troppo gentile.»

Con una certa sorpresa Tom si accorse che lei stava per mettersi a piangere. Non ricordava di aver mai visto Kitty piangere.

«Io... io non sono abituata a trovare persone così gentili...»

«Oh, Kitty...»

«È semplicemente il fatto di parlarne. Persino Mabel pensa che io sia pazza. Non sono mai stata capace di parlare con nessuno. Non in questo modo. Non con qualcuno come te.»

«Non devi piangere.»

«Lo so, ma non posso farne a meno.»

Cercò disperatamente un fazzoletto che non aveva e lui le offrì il suo, si soffiò il naso e si asciugò gli occhi. «È solo che tante cose sono andate male e qualche volta – come questo inverno – quando sono stanca e la macchina non parte e nella roulotte si gela e Crispin non ha un posto dove andare a giocare... allora perdo fiducia in me stessa e comincio a chiedermi se sono davvero tanto irresponsabile come tutti continuano a dirmi. "Ma Kitty, non vorrai seppellirti nel Northumberland." "Kitty, devi pensare a Crispin." "Kitty, sei tremendamente egoista ad allontanarti in questo modo dalla tua famiglia." "Kitty, cosa pensi di fare della tua vita?"»

Tom non poteva più ascoltarla. Attraversò la stanza, la fece girare verso di sé e la prese fra le braccia. Attraverso la lana del pullover sentiva la sua magrezza, poteva contare le costole e sotto il mento aveva la morbida fragranza dei suoi capelli.

Disse: «Non piangere più. Non riesco a pensare a te in lacrime e vederti piangere mi fa sentire come se il mondo stesse andando in pezzi».

«Non intendevo essere così stupida.»

«Non sei stupida. Penso che sei fantastica. Sei bellissima, sei sopravvissuta e hai il tuo bambino. È questo che penso di te. E ho un grande bisogno di un drink. Andiamo giù al pub. Ci siederemo accanto al fuoco e parleremo di cose allegre, come l'estate che si avvicina e la festa di compleanno di Mabel. Poi andremo a mangiare qualcosa e andremo a fare una corsa in macchina e poi una passeggiata in brughiera. Arriveremo sulla spiaggia e giocheremo a gettare sassolini in mare oppure andremo in paese, troveremo un antiquario e ti comprerò qualcosa di meraviglioso per la tua nuova casa. Faremo tutto quello che vuoi tu, Kitty. Devi solo dirlo. Devi solo dirmelo...»

Stava già scendendo il crepuscolo quando lui ritornò a Kinton. Le prime luci si accendevano mentre svoltava l'angolo del villaggio e il castello si ergeva in lontananza davanti a lui, una sagoma scura contro un cielo turchese.

Era strano pensare che quella sera, forse per l'ultima volta, Kinton sarebbe stato *en fête*. Sarebbe stato inondato di luci e pieno di musica. Automobili sarebbero passate oltre l'arco del cancello, i fari levati a illuminare le antiche mura. Le vecchie stanze con i loro logori arredi, piene di fiori e ammorbidite dalla luce delle candele, avrebbero risuonato di voci e di risa.

Ma per l'ultima volta. Era un miracolo che fosse durato così a lungo. Kinton era un assurdo anacronismo, fuori del tempo, forse, ma non certo più anacronistico di Mabel stessa. Era lei che aveva ottenuto tanto tenendosi stretta a ciò in cui credeva; sapendo quello che voleva dalla vita; disposta a pagare per questo. Aveva trasformato il castello in una casa e l'aveva riempita di figli altrui, aveva visto solo bellezza in quelle gelide stanze dai soffitti alti. Aveva curato il giardino, portato a passeggio i cani, raccolto amici intorno al caminetto. Con i suoi cocciuti espedienti era riuscita a tenere insieme il tessuto dei lisi tappeti, a far funzionare caldaie recalcitranti, e mantenere in piedi muri che si andavano sgretolando. Per così tanti anni era stata indomita.

Mentre guidava lentamente lungo la strada del villaggio, risaliva la rampa, passava sotto il grande arco, Tom ripeté la parola: indomita. E gli venne improvvisamente alla mente che Kitty e Mabel avevano molto in comune. Entrambe erano anticonformiste fino all'eccentricità, le loro azioni incomprensibili alla gente comune. Ma erano anche sopravvissute a tutto. In un modo o nell'altro, qualunque cosa accadesse, l'istinto gli diceva che sarebbero entrambe sopravvissute.

Era in camera sua, in piedi davanti al tavolo da toilette, tentando di annodarsi la cravattina nera in quella luce incerta quando udì bussare alla porta.

«Tom.»

Si girò. Era Mabel. Era splendida in un lungo abito da sera marrone di taglio antiquato, con i brillanti di famiglia alle orecchie e al collo le perle che Ned le aveva dato il giorno del loro matrimonio.

Tom smise di lottare con la cravatta. Disse: «Sei meravigliosa» e lo pensava veramente.

Lei richiuse la porta e avanzò verso di lui. «Sai, Tom, mi sento abbastanza meravigliosa. Davvero giovane e festosa. Vuoi che ti aiuti ad annodare la cravatta? Dovevo sempre farlo per Ned, pover'uomo. Non sapeva mai da che parte cominciare.»

Tom, che invece lo sapeva, le rimase ubbidiente davanti mentre lei faceva il nodo alla cravatta. «Ecco fatto» e batté con la mano sull'opera compiuta. «Perfetto.»

Rimasero uno di fronte all'altra, sorridenti.

Lui disse: «Forse questo è un momento buono come un altro per darti il mio regalo». Andò a prendere dal piano del cassettone un grande pacco piatto, accuratamente avvolto in carta velina bianca e legato con un fiocco di nastro dorato.

«Oh, Tom, sei davvero un caro ragazzo. Non avresti dovuto portarmi un regalo. Averti qui è già un grande regalo.»

Ma con gioia evidente e grande curiosità lo portò fino al letto, sedette e cominciò a sciogliere il nodo. Tom andò a sedere accanto a lei. Il nastro e la carta caddero e di colpo comparve la stampa antica, montata e incorniciata.

«Tom! Oh, Tom, ma è Kinton! Dove lo hai trovato?»

«Da un antiquario di Salisbury, per una straordinaria coincidenza. Ce n'erano due o tre, un fondo di magazzino, e una era questa.» Rammentò il piacere che aveva provato comprandola, trovando un regalo così perfetto per Mabel. «L'ho riportata a Londra e l'ho fatta montare e incorniciare.»

Lei la scrutò socchiudendo gli occhi, perché era miope ma con l'abito da sera non portava gli occhiali. «Dev'essere molto antica. Avrà almeno duecento anni, direi. Che pensiero affettuoso. Questa la potrò portare con me...»

«Portarla con te?»

«Sì.» Posò con cura il quadro sul letto e si girò verso di lui. «Non avevo intenzione di dirtelo questa sera, ma forse lo farò, dopotutto. È giusto che tu sia il primo a saperlo. Lascerò Kinton. D'un tratto è diventato troppo per me. Troppo grande e troppo vecchio.» Rise. «Come me.»

«Dove vuoi andare?»

«C'è una piccola casa sulla strada principale del villaggio. La sto tenendo d'occhio già da un po'. La farò rimodernare, farò mettere il riscaldamento centrale e io e i cani ci trasferiremo là il più presto possibile e vivremo il resto della nostra vita fra il macellaio da una parte e il giornalaio dall'altra.»

Cercando di immaginare la cosa, Tom sorrise e disse: «Sai, non sono sorpreso. Addolorato ma non sorpreso. Venendo a casa questa sera, mentre passavo per la strada del paese, ho visto il castello e ho capito che non era possibile che tirasse avanti ancora per molto».

«Mi sarebbe piaciuto morire qui. Ma prima o poi potrei essere molto malata e molto, molto vecchia e che preoccupazione e che fatica sarei per tutti i parenti e i buoni amici.»

«Hai ancora davanti anni e anni.»

«Non sono addolorata, sai. Viene un momento per mettere fine alle cose; come lasciare una festa quando ti stai davvero divertendo. E noi qui abbiamo avuto momenti molto belli, vero? Questa casa è per me così piena di ricordi felici, e mi dispiacerebbe starmene qui seduta, diventare troppo vecchia e lasciarli ammuffire.»

«Che ne sarà di Kinton?»

«Non ne ho idea. Forse qualcuno lo vorrà comperare per farne una scuola o un ospedale o una casa di riposo, ma ne dubito. Forse lo rileverà lo Stato. O forse cadrà completamente in rovina. Non ci manca più molto. Nelle cantine il legno è già tutto marcio. Gli scarafaggi hanno invaso la torre ovest.» Mabel rise e gli diede un affettuoso colpetto sul ginocchio. «Pipistrelli nel campanile!»

Tom rise con lei. Poi disse: «Se vuoi far restaurare la casa in paese, perché non chiedi a Kitty di darti una mano?».

«Oh, sì» rispose lei. «Me lo immaginavo che avremmo finito per parlare di lei, presto o tardi.»

«Quella casetta che si è comperata... Sono rimasto senza parole per l'ammirazione. Il lavoro che ha fatto là è incredibile, davvero straordinario.»

«Lo so. È una bambina cocciuta, talvolta esasperante, ma c'è da togliersi tanto di cappello.»

«Non è affatto così dura come le piace far credere.»

«No. Ha passato momenti molto difficili. Dopo il divorzio le avevo chiesto di venire a trascorrere qualche tempo qui da me, con il bambino, ma lei non ha accettato. Mi ha detto che doveva uscire da sola dai guai nei quali si era cacciata.» Restò in silenzio. Tom, alzando gli occhi, vide su di sé il suo sguardo pensoso, carico di pensieri segreti.

Prima che potesse parlare, Mabel gli domandò: «Che cosa avete fatto oggi, tu e Kitty?».

«Abbiamo visitato la casa. Pranzato a Caxford, siamo andati in città e fatto degli acquisti. Le ho regalato dei piatti bianchi e blu di Spode per la sua credenza. Poi l'ho riportata a casa.»

«Tu sei sempre stato molto vicino a Kitty. Penso che forse sei sempre stato la sola persona che l'abbia capita veramente.»

«Una volta mi hai perfino detto che avrei dovuto sposarla.»

«E tu mi hai risposto che sarebbe stato incestuoso, perché per te era come una sorella.»

«E tu hai detto anche che un giorno sarebbe stata bellissima.»

«E tu hai risposto che saresti stato capace di aspettare.»

«Ho aspettato» replicò Tom.

Mabel rimase seduta, paziente, aspettando di vedere se lui si sarebbe dilungato sull'argomento. Quando lui non lo fece, disse: «Non aspettare troppo».

Da molto lontano, dalle profondità del castello, veniva ora il mormorio indistinto della musica. Rimasero in ascolto. Quasi per deferenza verso la festeggiata, i ragazzi dai capelli lunghi della discoteca avevano scelto di dare inizio a quella serata così speciale con una serie di valzer di Strauss.

Mabel ne fu contenta. «Che bello! Ma io pensavo» aggiunse, come se quel complicato sistema di stereo fosse un unico strumento con il quale si esibivano quei due ragazzi, «che sapessero suonare solo rock and roll.»

Tom stava per spiegarle come funzionava la cosa, quando udirono bussare alla porta.

«Mabel!»

«Sono qui, entra pure.»

La porta si aprì lentamente e oltre la fessura comparve la testa di Kitty. Tom si alzò in piedi.

«Mabel, ti ho cercata dappertutto. Devi sbrigarti. Stanno arrivando le prime automobili e devi scendere a ricevere i tuoi ospiti.»

«Cielo!» Mabel si alzò dal letto, si passò una mano sullo chignon, si lisciò le pieghe dell'ampia gonna di pizzo marrone. «Non avevo idea che fosse già tanto tardi.» Lanciò a Kitty uno sguardo penetrante. «E tu quando sei arrivata qui?»

«Più o meno da cinque minuti. Oh, Mabel, sei davvero meravigliosa. Ma ora sbrigati. Devi essere giù quando arrivano.»

«Ci vado, ci vado» rispose Mabel. Raccolse il quadro, la carta e il nastro dorato. Baciò Tom sulla guancia e si diresse verso la porta, baciando fuggevolmente Kitty in modo un po' distratto e se ne andò, la schiena ben eretta, fra uno scintillio di diamanti e il fruscio del pizzo marrone della gonna sul logoro tappeto.

Da un capo all'altro della stanza Tom e Kitty si sorrisero. «Mabel non è la sola a essere meravigliosa, stasera» disse lui. Kitty indossava un abito così straordinariamente femminile e romantico che, all'improvviso, pareva una persona del tutto diversa. Morbido raso bianco e azzurro pallido, con una gonna che frusciava a ogni movimento e un'ampia scollatura che rivelava la linea delicata delle spalle, del collo fragile. I capelli folti e lucidi e di un biondo molto chiaro scendevano a incorniciarle il viso. Orecchini di perle e un minuscolo orologio di brillanti al polso sottile.

«Da dove hai tirato fuori una così splendida creazione? È assolutamente sbalorditivo.»

«È vecchissima. L'avevo a diciotto anni, quando mia madre cercava di trasformarmi in una debuttante.»

Tom sorrise. «Entra e richiudi la porta. Non sono ancora del tutto pronto, ma farò in un minuto.»

Lei ubbidì e andò a sedersi sul letto, dove era stata Mabel. Rimase a guardare mentre lui si infilava le scarpe, prendeva la giacca, la indossava e distribuiva il denaro, le chiavi e il fazzoletto nelle varie tasche. Gli domandò: «Che cosa hai regalato a Mabel per il suo compleanno?».

«Una stampa di Kinton. Ha detto che vuole portarla con sé.»

«Dove vuole portarla con sé?»

«In una casetta giù al villaggio. Lascia il castello.»

Dopo un momento Kitty disse: «Pensavo che potesse farlo».

«Non so se dovevo dirtelo o no. Non occorre che tu ne parli.»

«Sono molto meravigliata che abbia resistito – a vivere qui, voglio dire – così a lungo. Io... sono contenta che se ne vada.»

«Anch'io. Come ha detto lei, la cosa migliore è lasciare una festa quando ancora ti stai divertendo. E non vuole diventare troppo vecchia o inferma ed essere fonte di ansia per tutti gli amici.»

«Se dovesse diventare troppo vecchia e inferma» disse Kitty, «mi occuperò io di lei.»

«Sì» replicò Tom. «Sì, so che lo farai.»

Di sotto la musica continuava. Ma ora, insieme alla musica, saliva il rumore di automobili che arrivavano, un brusio di voci.

«Penso che dovremmo scendere» disse Tom. «Dovremmo essere là a dare a Mabel il nostro appoggio morale.»

«D'accordo.»

Kitty si alzò, lisciandosi la gonna, proprio come aveva fatto Mabel; Tom la prese per mano e insieme uscirono dalla stanza e percorsero il lungo corridoio fino alle scale.

Ora la musica arrivava più distintamente. *Racconti del bosco viennese.* Fianco a fianco scesero le scale. Ma quando superarono l'ampia curva sotto la bellissima arcata, di colpo si presentò ai loro occhi il vestibolo, la grande hall tutta illuminata da innumerevoli candele, i caminetti accesi; il palpitare delle fiamme che si rifletteva nelle superfici rotonde delle dozzine e dozzine di coppe di champagne allineate su un tavolo.

D'improvviso quel momento gli apparve così importante che volle assaporarlo, prolungarlo il più possibile per poterlo ricordare per sempre. Si fermò e trattenne Kitty. «Aspetta» le mormorò.

Lei si girò a guardarlo. «Perché, cosa c'è, Tom?»

«Non ci sarà mai più un momento come questo. Te ne rendi conto, vero? Non dovremmo fuggirne troppo in fretta.»

«Che cosa dovremmo fare?»

«Goderlo, assaporarlo.»

Si abbassò, sedette sul largo gradino di pietra e l'attirò vicino a sé. Lei gli scivolò accanto, in un grande fruscio di raso dell'ampia gonna, e rimase seduta cingendosi le ginocchia con le braccia. Gli sorrideva, ma lui sapeva che aveva capito. Era forse la combinazione di tutto ciò che poteva colmarlo di piacere e di soddisfazione. Il momento, il luogo, e la donna.

Kitty, colei che conosceva da quasi tutta la vita e che pure non conosceva affatto. Lei era parte di tutto l'incanto; parte di quella sera, parte di Kinton. Tom si guardò intorno, guardò il soffitto affrescato, lo splendore delle grandi arcate, delle finestre slanciate, le proporzioni perfette della curva dello scalone di pietra dove loro sedevano insieme. Guardò Kitty in viso e d'un tratto fu colmo di gioia.

Domandò: «Quando traslocherai dalla roulotte nella nuova casa?».

Kitty si mise a ridere.

«Cosa c'è di tanto buffo?»

«Tu. Pensavo che stessi per uscire con qualche frase straordinariamente adulatrice o romantica.»

«Tengo le adulazioni, le frasi romantiche per più tardi. Questo è il momento per cose più prosaiche.»

«Va bene. Te l'ho detto, fra circa due settimane.»

«Pensavo... se tu potessi aspettare per un mese io posso prendermi alcuni giorni di vacanza. Avevo pensato di andare in Spagna, ma verrei molto più volentieri nel Northumberland e forse potrei darti una mano per il trasloco. Questo... se ti fa piacere naturalmente.»

Kitty non rideva più. I suoi occhi erano diventati enormi, fissi, intensamente azzurri. Disse: «Tom, tu non devi mai provare compassione per me».

«Non potrei mai provare compassione per una persona come te. Potrei ammirarti o provare invidia o perfino esasperazione. Ma la compassione non potrebbe mai entrarci.»

«Non credi che ci conosciamo da troppo tempo?»

«Non credo che ci conosciamo neppure lontanamente abbastanza.»

«Io ho Crispin.»

«Lo so.»

«Se tu venissi ad aiutarmi – e penso che nulla potrebbe farmi più piacere – e alla fine decidessi che ne hai avuto abbastanza... voglio dire, non vorrei mai che tu pensassi che non ce l'avrei fatta da sola, che non so essere indipendente. Che non so cavarmela...»

«Sai una cosa, Kitty? Tu stai confondendo le cose.»

«Tu non capisci.»

«Capisco perfettamente.» Le prese una mano e rimase seduto così, guardandola. Pensava a Mabel e a Kinton. Kinton ormai una rovina, e Mabel e i cani in una casetta con il riscaldamento centrale, probabilmente al caldo per la prima volta nella loro vita. Rammentava Kitty bambina, che andava a dormire sul bastione del castello per spavalderia, cocciuta, ribelle e coraggiosa e pensò a suo figlio che avrebbe dormito nella nuova casa vedendo sorgere il sole dal suo letto.

La mano di Kitty era ruvida, graffiata, aveva le unghie rotte, ma lui la trovava bellissima. Se la portò alle labbra, depose un bacio sul palmo e vi rinchiuse sopra le dita di lei.

«Cosa vuol dire questo?» domandò Kitty.

«Una fine» disse lui sorridendo «e un inizio.»

Fiori nella pioggia

Attraverso una nebbia fitta e bagnata e un freddo vento da est, l'autobus di campagna, che camminava lento e con continue fermate, affrontò l'ultima salita verso il paese. Avevamo lasciato Relkirk un'ora prima e mentre la strada serpeggiante si inoltrava in mezzo alle colline, il tempo era peggiorato, tramutandosi da un pomeriggio coperto ma asciutto in questa giornata tetra, fradicia di umidità.

«Eh, è proprio *driech*» commentò il conducente prendendo i soldi della corsa da una contadina grassa con due grandi borse colme degli acquisti della mattina. E la sola parola *driech* mi riportò indietro, al passato e mi fece sentire che stavo quasi tornando a casa.

Ripulii con la mano un pezzo di vetro del finestrino e guardai fuori piena di speranza. Vidi muri di pietra, le forme incerte di betulle d'argento e di larici. Piccole stradine tortuose conducevano verso invisibili fattorie sperdute nell'oscurità, ma ora riconoscevo la strada e sapevo che fra un istante avremmo attraversato il ponte per scendere, finalmente, nella strada principale del paese.

Ero seduta accanto al finestrino. «Scusi» dissi all'uomo accanto a me. «Devo scendere alla prossima fermata.»

«Ah, sì.» Si sollevò pesantemente dal suo posto e rimase in piedi nel corridoio centrale per lasciarmi passare. «Non è una gran bella giornata.»

«No, è orribile.»

Mi portai avanti, verso l'uscita. Attraversammo il ponte e un attimo dopo eravamo arrivati, l'autobus si arrestò accostando al marciapiede, proprio davanti al negozio della signora McLaren.

EFFIE MCLAREN

GENERI VARI DI LACHLAN

UFFICIO POSTALE

L'insegna sopra la porta era la stessa che avevo letto da quando avevo ricordi. La portiera dell'autobus si aprì, ringraziai il conducente e scesi, seguita da un altro paio di passeggeri che mi stavano dietro.

«Certo, certo» eravamo tutti d'accordo, «è proprio una bruttissima giornata.»

Gli altri presero ciascuno la propria strada, ma io rimasi lì, ferma sul marciapiede alla fermata dell'autobus. Aspettai fino a quando il veicolo fu ripartito; fino a quando il rumore di ferraglia del suo motore si fu spento in lontananza, oltre la prima curva della strada. Il silenzio si colmò di altri rumori. Il gorgogliare dell'acqua del torrente. Il belare di pecore invisibili. Il fruscio del vento attraverso i pini sui pendii sopra di me. Tutto meravigliosamente familiare. Immutato.

Io e i miei tre fratelli eravamo arrivati a Lachlan per la prima volta con i nostri genitori una Pasqua, quando io avevo dieci anni. Dopo di allora quella vacanza divenne un rito annuale. Stavamo a Edimburgo, dove mio padre faceva il maestro di scuola, ma entrambi i miei genitori amavano molto la pesca e ogni anno prendevamo in affitto lo stesso cottage dalla signora Farquhar, che abitava in quella che era sempre stata conosciuta come la "Grande Casa".

Erano sempre vacanze splendide. Mentre papà e mamma perlustravano il torrente o sedevano per ore in barca in mezzo al lago, noi bambini venivamo lasciati ai nostri divertimenti, a correre come matti su per i pendii folti di erica, a nuotare in pozze d'acqua ghiacciata, a cercare trote oppure a fare grandi passeggiate verso luoghi lontani e bellissimi, armati di sacco da montagna come veri alpinisti. Altre volte invece restavamo immersi nella vita del villaggio. Ogni tanto mio padre suonava l'armonium nella chiesa presbiteriana la domenica mattina; la mamma invece veniva invitata all'Istituto Rurale Femminile per dimostrare come si facevano i piumini all'italiana, e i miei fratelli si univano ai ragazzi della scuola per gite e concerti.

Ma la cosa più bella – e questo aumentava il fascino della nostra vacanza annuale – era la straordinaria ospitalità della signora Farquhar stessa. Vedova, abbastanza avanti negli anni, la signora aveva una vera, profonda simpatia per il suo prossimo e in casa sua c'era sempre una raccolta di amici con i loro figli e nipoti, magari qualche figlioccio.

Ma aveva un solo nipote, l'unico figlio del suo unico figlio.

Fin dall'inizio fummo accolti nella compagnia, partecipando a ogni divertimento che veniva organizzato. Una partita a tennis, o una riunione per il tè, o un gioco all'aperto, una caccia al tesoro o un picnic. Ricordo che la porta della Grande Casa era sempre aperta, la tavola apparecchiata per il successivo lauto pasto; il fuoco nel caminetto del salotto sempre acceso, caldo e accogliente. Penso alle giunchiglie e penso alla Grande Casa di Lachlan nei giorni della Pasqua. Distese di fiori nel giardino selvatico, enormi mazzi nei vasi dentro casa che riempivano l'aria con il loro profumo.

Quando raccontai a mia madre, al telefono, che sarei venuta a Relkirk a lavorare per un mese, subito mi disse: «Pensi che potrai fare una scappata a Lachlan?».

«Sono sicura che mi daranno un giorno di libertà. Dovranno farlo, un momento o l'altro, altrimenti crollerò. Posso prendere un autobus e fare una gita. Andare a trovare la signora Farquhar.»

«Sì...» Mia madre non pareva molto sicura.

«Perché non dovrei andare a trovarla? Pensi che non si ricorderà più di noi?»

«Oh, tesoro, certo che si ricorderà e sarà felice di vederti. È soltanto che non sono sicura che stia molto bene... Ho sentito parlare di un colpo apoplettico, o un attacco di cuore. Ma forse ora starà meglio. Comunque, potresti telefonare prima...»

Ma non avevo telefonato. Quando mi trovai con un'intera giornata a mia disposizione, presi a Relkirk l'autobus che portava in campagna. E ora ero qui, immobile come una matta sotto la pioggia battente, già completamente fradicia. Attraversai il marciapiede ed entrai nell'ufficio postale; la campanella sopra la porta si mise a suonare e mi venne incontro l'odore familiare di paraffina misto a quello di arance e chiodi di garofano e all'aroma dei dolci.

Il negozio era deserto. Lo era sempre. Era sempre stato vuoto, a meno che proprio in quel momento ci fosse un cliente che comperava francobolli o cioccolata o lattine di pesche sciroppate o del filo per attaccare i bottoni. La signora McLaren preferiva vivere nel retro, al di là della tenda di perline, dove beveva la sua tazza di tè e parlava con il suo gatto. Potevo udirla anche ora: «Be', Tiddles, chi pensi che sarà?». Pochi passi strascicati e lei apparve attraverso le perline, con il suo grembiule a fiori e un berretto marrone, ben tirato sulle sopracciglia. Noi non l'avevamo mai vista senza quel berretto. Mio fratello Roger insisteva a dire che sotto non aveva capelli, era calva come Kojak.

«Be', abbiamo proprio una giornata tremenda. E che cosa posso fare per lei?»

Dissi: «Buongiorno, signora McLaren».

Mi gettò un'occhiata attraverso il banco e aggrottò la fronte. Io mi tolsi il beretto di lana e scossi la testa per liberare i capelli e immediatamente un lampo di luce le illuminò il viso. Mi aveva riconosciuta. La bocca si aprì per la contentezza e le mani si levarono in alto nel gesto classico dello stupore. «Ma questa è Lavinia Hunter! Che sorpresa. Dio del cielo, come sei cresciuta! Ma quanto tempo è passato da quando sei stata qui l'ultima volta?»

«Devono essere cinque anni.»

«Abbiamo sentito la mancanza di tutti voi.»

«Anche noi l'abbiamo sentita. Ma mio padre è morto e mia madre è andata a vivere nel Gloucestershire, vicino a sua sorella. E i miei fratelli sembrano sparsi in tutto il mondo.»

«Mi dispiace tanto per tuo padre. Era una così cara persona. E tu, cosa fai?»

«Sono infermiera.»

«Ma è magnifico. Sei in un ospedale?»

«No. Sono stata in un ospedale. Ma ora lavoro come infermiera privata. Sono a Relkirk da una famiglia, solo per un mese, per occuparmi di due bambini e di un neonato. Sarei venuta a trovare tutti voi anche prima, ma non è facile avere una giornata di libertà.»

«No, no, avrai certo molto da fare.»

«Io... pensavo di andare a trovare la signora Farquhar.»

«Oh, mio Dio.» Lo sguardo contento della signora McLaren si mutò in un'espressione cupa di tristezza. «Povera signora Farquhar. Ha avuto un piccolo colpo apoplettico e ora se ne sta andando. Non si è più ripresa. E la casa è cambiata ora, non è più come quando c'eravate tutti voi a giocare. Soltanto la vecchia signora di sopra, nel suo letto, e due infermiere, giorno e notte. Mary e Sandy Reekie ci sono ancora, lei fa la cucina e lui tiene il giardino, ma Mary dice che è una grande tristezza cucinare solo per le infermiere, perché la povera signora Farquhar non mangia più che qualche cucchiaiata di omogeneizzati.»

«Oh, mi dispiace tanto. Allora lei non crede che sia il caso di andare su?»

«E perché no? Potrebbe darsi che abbia una giornata buona e, in tal caso, chi può dire quanto le farebbe bene vedersi intorno una faccia giovane e allegra.»

«Ma non è venuto nessuno a stare con lei?» Era ben triste pensare a quella grande casa deserta.

«Be', a che servirebbe? Mary Reekie mi ha detto che la sola persona che la signora vorrebbe vedere è Rory e lei lo ha detto al pastore, e lui ha scritto a Rory, ma Rory è in America e non so nemmeno se hanno avuto risposta alla lettera.»

Rory. Il nipote della signora Farquhar. Cosa aveva spinto la signora McLaren a pronunciare all'improvviso quel nome? La fissai attraverso il banco e tentai di cogliere qualche bagliore di inspiegato intuito scozzese. Ma i suoi occhi pallidi rimasero pieni di innocenza e ricambiarono il mio sguardo senza turbamento. Mi dissi che non poteva indovinare il battito violento che il solo udire quel nome aveva suscitato nel mio cuore. Rory Farquhar. Avevo sempre pensato a lui come Rory e scriverò il suo nome così, ma in realtà il suo nome si scriveva, con gaelica incoerenza, R-u-a-r-a-i-d-h.

Mi innamorai di Rory in una assolata primavera, quando avevo sedici anni e lui venti. Non ero mai stata innamorata prima e questo ebbe l'effetto non di rendermi sognante, ma di darmi una più intensa percezione delle cose, così che oggetti che prima non avevo mai notato diventavano improvvisamente bellissimi - foglie e alberi, sedie, piatti, la luce del fuoco nel caminetto - tutto era toccato dalla magia di una novità affascinante, come se non avessi mai visto prima di allora nessuna di queste cose tanto consuete.

Quella primavera c'erano stati molti picnic e nuotate nel lago e partite di tennis; ma la cosa più bella era stata l'ozio, l'imparare a conoscerci l'un l'altro con tanta semplicità. Stare distesi nel prato di fronte alla casa osservando qualcuno gettare l'amo nell'acqua, con un fiocco di lana di pecora al posto di una mosca come esca. O andare alla fattoria la sera a prendere il latte, o aiutare la moglie del fattore a nutrire con il biberon l'agnellino abbandonato che viveva accanto al camino nella sua cucina.

Al termine di quelle vacanze la signora Farquhar aveva organizzato una piccola festa. Svuotammo di tutti i mobili la vecchia sala da biliardo e al suono di un grammofono ballammo dei reel. Rory indossava il kilt e una vecchia camicia cachi che era stata di suo padre e mi insegnava i passi della danza e mi faceva roteare fino a che mi mancava il respiro. Fu alla fine di quella serata che mi baciò, ma non fu un momento di felicità, perché l'indomani mattina ripartiva per Londra e io non seppi mai con certezza se era stato un bacio d'amore o di addio.

Dopo la sua partenza vissi in un mondo di fantasia, immaginando di ricevere da lui lettere o telefonate, immaginando che si fosse accorto di non poter vivere senza di me. Ma tutto ciò che avvenne fu che lui cominciò a lavorare a Londra nella ditta di suo padre e dopo di allora non venne più a Lachlan per Pasqua. Se si prendeva qualche giorno di vacanza in primavera, mi spiegò la signora Farquhar, andava a sciare e io immaginavo ragazze ricche e bellissime in eleganti costumi da sci e morivo dalla gelosia.

Una volta rubai una fotografia di Rory da un vecchio album trovato in uno scaffale della biblioteca della signora Farquhar. Si era staccata ed era caduta fuori dalle pagine ingiallite, così non era un vero e proprio furto. La raccolsi dal pavimento e la misi in tasca e più tardi nelle pagine del mio diario. L'ho sempre conservata, anche se non avevo più rivisto Rory e, dopo la morte di mio padre, avevamo smesso di venire a Lachlan e non avevo più avuto sue notizie.

E ora che la signora McLaren aveva pronunciato il suo nome ricordai il giovane Rory con il suo kilt consunto, il volto abbronzato e i capelli scuri.

«Cosa fa in America?» domandai.

«Oh, non so quali affari, a New York. Sai, anche suo padre è morto.»

«Immagino che Rory ora sarà ammogliato, con una schiera di bambini.»

«No, no. Rory non si è mai sposato.»

Chiacchierammo ancora un po' e poi comperai da lei della cioccolata, la salutai e uscii dal negozio, incamminandomi in direzione della grande casa. Strappai la stagnola della cioccolata e ne morsi un pezzetto. Mangiato così, all'aria aperta, aveva lo stesso sapore di un tempo.

Andrò semplicemente a vedere, mi dissi. *Vado a suonare il campanello e se l'infermiera mi manda al diavolo, non importa.*

Una donna scendeva per la strada verso di me con un cestino della spesa sul braccio, nella tipica tenuta di tutte le donne che vivono in campagna: foulard in testa, gonna di tweed e gilet trapuntato di quell'orribile verde melmoso.

Non posso venire fin qui e almeno non provare.

La donna si fermò. «Lavinia.»

Mi fermai anch'io. Era davvero la giornata buona per essere riconosciuta. Mi sentii mancare il cuore. «Buongiorno, signora Felham.»

Proprio lei dovevo incontrare. Stella Felham, l'unica donna del paese che mia madre non riuscì mai a trovare simpatica. Lei e suo marito, un ex avvocato in pensione, si erano costruiti una casa a Lachlan quando lui aveva smesso di lavorare e vi si erano stabiliti per sempre. Lui era un maniaco della pesca e quando aveva bevuto un po' invece di salutare diceva «Occhio alla canna» e lei era spaventosamente efficiente e passava la maggior parte del suo tempo a costringere le signore del paese a frequentare impossibili conferenze del Comitato Artistico o trascinandole in manifestazioni di beneficenza per raccogliere soldi. Le signore del paese erano garbate e molto carine, ma nonostante gli entusiasmi di Stella Felham, le manifestazioni di beneficenza non fruttavano mai molto denaro. Lei non riusciva a capirne la ragione, e noi tutti eravamo troppo gentili per dirglielo.

«Che sorpresa! Non potevo credere che fossi proprio tu. Cosa fai da queste parti?»

Glielo dissi, come lo avevo detto alla signora McLaren.

«Ma mia cara, devi assolutamente venire a trovarci. Lionel sarebbe felice di vederti. *Occhio alla canna* oggi comunque è arrabbiatissimo. Avrebbe dovuto andare a pescare, ma all'ultimo momento non se n'è fatto nulla.»

«È... molto gentile da parte sua, ma veramente io sto andando a trovare la signora Farquhar.»

«La signora Farquhar!» La sua voce salì di un'ottava. «Ma nessuno te lo ha detto? Sta morendo.»

Avrei potuto picchiarla.

«Ha avuto quel terribile colpo un paio di mesi fa. Mio Dio, infermiere giorno e notte. Non serve a nulla andarla a trovare, lei è distesa nel suo letto immobile come un pezzo di legno. Noi facciamo tutto quello che si può, ma temo che andare a trovarla sia soltanto una perdita di tempo. È molto triste se ci si ricorda che donna meravigliosa era e quanto ha fatto per il paese. Ma naturalmente la casa ora non è più quella fonte di pasti gratuiti che era un tempo e nessuno dei suoi cosiddetti amici si fa più vedere. E in quanto alla sua famiglia» arricciò le labbra «potrei uccidere quel Rory. Se ne sta a New York e non è mai più venuto a trovarla. Quando si pensa che sarà lui, ovviamente, a ereditare tutto quanto...»

Non potevo sopportare che qualcuno parlasse male di Rory e tanto meno Stella Felham.

Dissi: «Mi dispiace, ma ora devo proprio andare. Non ho molto tempo. Devo prendere l'ultimo autobus per ritornare a Relkirk».

«Allora vuoi proprio andare alla Grande Casa?» Lo disse con un tono come se lo facessi apposta per disubbidirle.

«Sì, ci vado.»

«Oh, va bene. Ma se hai un momento di tempo prima di prendere l'autobus, ricordati di passare da noi...»

«Certamente.» Rammentai la loro casa moderna, con la vetrata panoramica che incorniciava la pioggia e i ciocchi finti nel caminetto elettrico. «Molto gentile...»

«Lionel ti offrirà un bicchierino...»

Mi ritrassi e mi voltai, lasciandola lì a guardarmi come se fossi pazza. E probabilmente lo ero.

Non volevo pensare a Rory che se ne stava a New York. Se non era tornato a casa, se non aveva risposto alla lettera del pastore, c'erano con tutta probabilità dei validi motivi. Camminai a lunghi passi veloci, per scaldarmi, dirigendomi verso la collina; presi infine lo stretto sentiero che conduceva ai cancelli della Grande Casa. Me li trovai davanti, aperti, ma non salii per il viale, presi invece la scorciatoia attraverso il giardino selvatico, in mezzo a ciuffi di giunchiglie fradice di pioggia. Erano ancora in boccio, chiuse contro il maltempo, i calici non aperti. Passai sotto gli alberi e aprii l'alto cancello che chiudeva la barriera per i cervi. Al di là c'era l'erba alta, le azalee e i rododendri ibridi e poi il prato, che saliva fino allo spiazzo di ghiaia davanti alla casa.

Attraverso la foschia la casa prese forma. La vecchia, brutta casa di pietra rossa con la serra attaccata da una parte e la torretta sopra la porta d'ingresso. Salii lungo il pendio erboso, attraversai lo spiazzo di ghiaia, arrivai al portico e suonai il campanello. Poi, mentre la scampanellata risuonava ancora nelle profondità della casa, aprii la porta a vetri interna ed entrai.

C'era un grande silenzio. Un ordine perfetto. Non c'erano fiori sulla tavola nell'ingresso; non abbaiare di cani; non voci infantili che spezzassero il silenzio. C'era profumo di pino e di cera e anche un vago sentore di disinfettante, di infermeria, di ospedale per me così familiare che lo avvertii immediatamente. Mi avviai verso il centro del vestibolo e mi tolsi il berretto. Guardai su per le scale deserte e poi, non volendo chiamare a voce troppo alta, dissi soltanto: «C'è nessuno?».

Dal profondo del silenzio mi arrivò il rumore di passi nel corridoio del piano di sopra. Non il passo rapido e ovattato di un'infermiera di professione, ma passi maschili, pesanti. Sandy Reekie, pensai, salito a portare la legna per il caminetto nella stanza della malata. Aspettai.

I passi cominciarono a scendere. Arrivarono al pianerottolo a metà scala e si fermarono. La figura si disegnava contro la luce della finestra delle scale. Non Sandy Reekie, che ricordavo sottile e un po' curvo, ma un uomo alto, con un kilt e un grosso pullover.

«Chi è?» domandò e poi mi vide, il mio viso sollevato

verso il suo. Poi, per la terza volta in quella giornata, qualcuno pronunciò il mio nome. «Lavinia.»

E io risposi semplicemente: «Rory».

Scese le scale, la mano che scorreva lungo la balaustra. Attraversò il vestibolo e mi prese la mano.

«Non ci posso credere» disse e mi baciò sulla guancia.

«Non ci posso credere neanch'io. Tutti dicono che sei a New York.»

«Sono arrivato l'altra notte. Sono qui da poco più di un giorno.»

«Come sta la nonna?»

«Sta morendo.» Ma non lo disse con il tono con cui lo aveva detto Stella Felham. Lo disse in modo dolce e sereno, come se mi stesse annunciando che la signora Farquhar era quasi addormentata.

«Ero venuta a trovarla» dissi.

«Da dove? Dove stai?»

«A Relkirk. Sono lì per un mese, come infermiera. Ho avuto una giornata di libertà e ho pensato di venire a Lachlan. Mia madre mi ha detto che la signora Farquhar era stata malata, ma pensavo che ora stesse meglio.»

«Ci sono con lei due infermiere, giorno e notte. Ma oggi l'infermiera di giorno mi ha chiesto di andare a Relkirk a fare delle spese e così le ho prestato la macchina e ho detto che avrei badato io alla nonna.» Fece una pausa, esitante e poi disse: «C'è il fuoco acceso nel salotto. Andiamo di là. Sarà un po' più allegro. E tu sei bagnata fradicia».

Era più allegro. Lui mise altri ciocchi sul fuoco e le fiamme divamparono. Io mi tolsi la giacca a vento e mi scaldai le mani gonfie e arrossate davanti alle fiamme. «Dimmi tutto di te» chiese Rory, così mi misi a raccontare e quando ebbi finito con le notizie della famiglia mi sentivo di nuovo ben calda e l'orologio sul caminetto batté le quattro, Rory mi lasciò accanto al fuoco e andò a mettere l'acqua sul fornello per fare una tazza di tè. Rimasi seduta davanti al caminetto, protetta e contenta e lo aspettai. Quando ritornò con un vassoio, le tazze, la teiera e un pezzetto di pan di zenzero che aveva trovato in una scatola di biscotti, domandai: «E cosa mi dici di te? Ti ho raccontato tutto della mia famiglia. Ora tocca a te raccontare».

«Non c'è molto da dire, per la verità. Ho lavorato con mio padre per qualche tempo e poi, alla sua morte, me ne andai nel nostro ufficio in America. Ero a San Francisco quando la nonna si ammalò. Per questo ho tardato tanto a tornare.»

«Il pastore ti ha scritto una lettera.»

Stavo versando il tè. Lui sedette in una poltrona e mi guardò con un grande sorriso. «Il servizio informazioni di Lachlan non sbaglia mai. Chi te lo ha detto?»

«La signora McLaren del negozio e poi la signora Felham.»

«Quella donna! Ha dato più fastidio di quanto si possa immaginare. Attaccata continuamente al telefono, dicendo alle infermiere cosa dovevano o non dovevano fare, dando ordini a tutti quanti, spiegando ai Reekie come avrebbero dovuto comportarsi. Un vero incubo.»

«Mi ha detto che la signora Farquhar sta distesa immobile nel suo letto come un pezzo di legno e che non aveva alcun senso venire a trovarla.»

«Soltanto perché non le è stato permesso di avvicinarsi alla casa ed è ferocemente gelosa di chiunque altro lo possa fare.»

«Sono sicura che ha buone intenzioni. Questo per lo meno era quello che diceva sempre mia madre. Vai avanti a raccontare dell'America.»

«Be', in ogni modo ho ricevuto la lettera del pastore. Ma l'ho trovata soltanto quando sono rientrato a New

York. Ho preso il primo volo possibile per venire a casa.»

«E se... quando lei muore... cosa ne sarà della casa?»

«Resterà a me. Sarà una fortuna. Ma che diavolo potrò farne?»

«Potresti smetterla di fare l'importante uomo d'affari e ritirarti in campagna a occuparti di agricoltura.»

«Forse finirò come Lionel Felham, esclamando "Occhio alla canna" ogni volta che bevo qualcosa.»

Considerai l'eventualità. «No, non credo che lo faresti.»

Sorrise di nuovo. «E poi al giorno d'oggi l'agricoltura è il lavoro più impegnativo che ci sia. Dovrei tornare all'università, ricominciare da principio, imparare un mestiere completamente nuovo.»

«Molti lo fanno. Potresti andare a Cirencester, frequentare quel corso che chiamano "gin and tonic", vale a dire un corso per persone che hanno finito gli studi, ufficiali in pensione, gente di questo tipo.»

«Come fai a essere così bene informata?»

«Mia madre vive a meno di cinque chilometri da Cirencester.»

Lui scoppiò a ridere e d'un tratto fu giovane come lo ricordavo. «E in tal caso potrei di nuovo esserti vicino. Questa è davvero la proposta più allettante che potessi ricevere. Ci dovrò pensare seriamente.» Poi si ricompose. «Vorrei poter restare legato a questo posto, più di qualsiasi cosa al mondo. Che momenti felici abbiamo vissuto qui. E quanti ne potremmo vivere ancora. Ti ricordi quando andavamo giù alla fattoria a prendere il latte? E quando tu davi il biberon all'agnellino?»

«L'ho ricordato anch'io.»

«E le serate quando ballavamo i reel...»

Continuammo a chiacchierare, rivangando ricordi, fino a quando l'orologio batté le cinque. Non potevo credere che il tempo fosse passato così in fretta. Deposi la mia tazza vuota e mi alzai. «Rory, ora devo andare, altrimenti perdo l'autobus.»

«Ti riaccompagnerei volentieri io, ma non ho l'automobile e non posso lasciare la nonna.» Esitò un momento. «Vuoi salire a vederla?»

Lo guardai. Dissi: «Non voglio essere come Stella Felham. Desideravo soltanto rivederla, parlare con lei. Ora penso di voler soltanto dirle addio».

Lui mi prese per mano. «Vieni, allora» disse.

Uscimmo dal salotto e salimmo le scale, mano nella mano. Giù per il corridoio. In fondo c'era una porta aperta e qui l'odore di ospedale era più forte. Varcammo la soglia e fummo nella elegante camera da letto in penombra dove la signora Farquhar aveva dormito fin dal giorno in cui era arrivata sposa a Lachlan. Oltre i segni evidenti della presenza di infermiere professionali, la camera era ancora calda e accogliente, molto femminile, con le spazzole d'argento sul tavolino da toilette, fotografie sparse dovunque, tendaggi arricciati intorno alle lunghe finestre aperte.

Ci accostammo al letto. Vidi il suo viso, sereno e ancora bellissimo, gli occhi chiusi, le mani rugose quietamente distese sul risvolto del lenzuolo di lino. Presi la sua mano nella mia ed era calda e vi sentii il pulsare della vita, ancora forte e persistente. Indossava una liseuse di lana rosa pallido orlata di chiffon. Intorno al collo aveva un nastro di raso, provocante come se ve lo avesse messo lei stessa.

Rory chiamò: «Nonna». Pensavo che dormisse, ma aprì gli occhi e lo guardò e poi voltò la testa e guardò me. Per un momento gli occhi azzurri rimasero vuoti, perplessi e poi, lentamente, si animarono. Un lampo li illuminò. Mi aveva riconosciuto. Le sue dita si strinsero intorno alle mie, un sorriso sfiorò le labbra avvizzite e a voce bassa, ma chiara pronunciò il mio nome.

«Lavinia.»

Restammo solo un momento. Parlammo anche, scambiando una o due parole, poi i suoi occhi si richiusero. Mi chinai rapidamente e la baciai. Le sue dita si allentarono, io ritirai la mano e mi rialzai.

Le dissi addio, ma non a voce alta. Poi Rory mi mise un braccio intorno alle spalle, mi fece voltare e uscimmo dalla stanza, lasciandola sola.

Ero in lacrime. Non riuscivo a trovare un fazzoletto, ma Rory ne aveva uno e mi asciugò gli occhi e alla fine smisi di piangere. Tornammo giù nel salotto e io cercai la mia giacca a vento e me la infilai. Mi misi il berretto di lana e dissi: «Grazie di avermela lasciata vedere».

«Non devi essere triste.»

«Ora devo andare. Devo prendere l'autobus. Fammi sapere cosa decidi di fare.»

«Lo farò. Quando avrò deciso.»

Uscimmo dal salotto, attraversammo il vestibolo e fummo fuori, oltre la porta aperta. Era più freddo e umido che mai, ma l'aria odorava di erica e di torba e nel cielo, da qualche parte al di là delle nuvole gonfie di pioggia una invisibile beccaccia di mare levava il suo canto solitario, come un pianto.

«Stai bene?» domandò Rory.

«Certo.»

«Conosci la strada?»

Sorrisi. «Naturalmente.» Tesi la mano. «Addio, Rory.»

Lui prese la mano, mi attirò vicino e mi baciò. «Non ti dirò addio» disse. «Ti dirò quello che gli americani dicono sempre. Stammi bene. Suona meno definitivo. Soltanto questo: stammi bene.»

Annuii. Lasciò andare la mia mano e io mi voltai e mi allontanai, giù attraverso il prato e nel tunnel velato di nebbia sotto gli alberi, dove fiorivano le azalee e le giunchiglie sbattevano le testoline nel vento, aspettando il primo raggio di sole, il primo alito di caldo.

Schermaglie d'amore

Quello, dunque, era il vero inizio della loro vita in comune. La luna di miele era finita, l'avevano già alle spalle. Quella mattina Julian aveva ripreso il lavoro, nel suo ufficio di Londra, e ora ritornava a casa, a Putney.

Sentendosi un vecchio coniuge, cercò in tasca la chiave, ma Amanda aprì la porta prima che lui avesse il tempo di infilarla nella serratura, e una delle cose più belle che mai fossero capitate a Julian fu di varcare la soglia di casa sua, richiudersi la porta alle spalle e prendere sua moglie fra le braccia.

Quando lei poté parlare, gli disse: «Non ti sei ancora nemmeno tolto il cappotto».

«Non ho avuto tempo.»

Sentiva un delizioso profumino venire dalla cucina. Di sopra la spalla di lei vide la tavola apparecchiata nel minuscolo vestibolo che avevano deciso di usare come sala da pranzo: i bicchieri che aveva ricevuto come dono di nozze sul servizio all'americana, l'argenteria che sua madre aveva loro regalato scintillante nella morbida luce.

«Ma tesoro...»

Sentiva le costole di Amanda, la sua vita sottile, la morbida curva dei suoi fianchi. «Zitta» disse. «Devi renderti conto che ho tempo solo per le cose essenziali...»

La mattina seguente in ufficio, il telefono di Julian squillò. Era Tommy Benham. «Fa piacere riaverti a Londra, Julian. Sei d'accordo per Wentworth sabato? Mi sono già accordato con Roger e Martin e abbiamo fissato di cominciare alle dieci.»

Julian non rispose subito.

Amanda sapeva di Tommy e del golf. Prima che fossero fidanzati e anche dopo aveva sempre filosoficamente accettato che il sabato, e talvolta anche la domenica, erano dedicati alla partita di golf. Ma questo sabato era il primo della loro vera vita in comune e lei poteva desiderare di passarlo con lui.

«Io... io non sono proprio sicuro, Tommy.»

Tommy si sentì offeso. «Cosa vuoi dire, che non sei sicuro? Non puoi cambiare tutto il tuo modo di vivere soltanto perché hai una moglie! Inoltre lei prima lo ha sempre accettato, perché ora dovrebbe trovarci a ridire?»

Già, questo era un argomento. «Forse sarebbe meglio se dicessi qualcosa...»

«Niente discussioni, così niente litigi. Devi presentare la cosa come un *fait accompli*. Puoi esserci per le dieci?»

«Sì, naturalmente, ma...»

«Bene, ci vediamo. Arrivederci.» E Tommy riattaccò.

Sulla via di casa quella sera Julian si fermò a comperare dei fiori per sua moglie.

Le faranno piacere, si disse soddisfatto.

Mangerà la foglia non appena li vede, rispose una voce beffarda in fondo al suo cervello. Probabilmente penserà che hai flirtato con una delle dattilografe.

Ma è ridicolo. Lei sa benissimo che gioco a golf tutti i weekend. È soltanto che questa è la prima volta da quando siamo sposati. E Tommy aveva ragione. Presentare la cosa come un *fait accompli*. Sposarsi non vuol dire cambiare il proprio modo di vivere. Compromessi, d'accordo, ma non un totale cambiamento di abitudini.

Ma chi deve accettare i compromessi? osservò di nuovo la voce beffarda. Lei o tu?

A questo Julian non rispose.

Alla fine si comportò con completa sincerità. Trovò Amanda in giardino, tutta infangata e con i capelli biondi che le ricadevano sul viso.

Julian le presentò i fiori, che aveva tenuto nascosti dietro la schiena con l'aria del perfetto congiurato.

«Li ho comprati» disse «perché mi sento un verme. Questa mattina mi ha telefonato Tommy e gli ho detto che sabato andrò con lui a giocare a golf e da quel momento mi rimorde la coscienza.»

Lei aveva affondato la faccia nei fiori. Ora alzò gli occhi a guardarlo, stupita e ridente. «Ma perché dovrebbe rimorderti la coscienza, tesoro?»

«Allora non ti importa?»

«Be', non potrai dire che sia la prima volta che succede!»

Lui si sentì salire dentro un caldo impeto d'amore per lei. La prese fra le braccia e la baciò appassionatamente.

Sabato era una bellissima giornata. Wentworth era inondato di sole. I percorsi si snodavano davanti a loro, vellutati e invitanti. Julian, che giocava con Tommy, non fece un errore in tutta la giornata.

Mentre in macchina ritornava a casa, la sua mente era piena di pensieri lieti e generosi. Decise che avrebbe portato Amanda fuori a cena, ma quando arrivò trovò che lei aveva già preparato una sua speciale moussaka, così aprì una bottiglia di vino e cenarono in casa.

Amanda indossava un caffetano giallo canarino che lui le aveva comprato a New York durante la loro luna di miele e i capelli le ricadevano sulle spalle come una cortina di pallida seta.

«Devo fare un po' di caffè?» domandò lei.

Lui posò una mano sull'estremità di quei capelli biondi.

«Più tardi...»

Giocò di nuovo a golf il sabato seguente e anche l'altro ancora. Il weekend successivo il golf fu rimandato alla domenica, ma lui accettò il cambiamento di buon grado.

«Non gioco questo sabato» disse subito ad Amanda quando arrivò a casa. «Giochiamo invece domenica.»

«Domenica?»

«Sì.» Versò da bere e si lasciò cadere nella sua poltrona con il giornale della sera.

«Perché domenica?»

Assorto nel listino di Borsa, Julian non avvertì un certo tono nella voce di lei.

«Uhm? Oh, Tommy ha combinato per domenica.»

«Avevo detto che domenica saremmo andati a trovare i miei genitori.»

«Che cosa?» Lei non era affatto arrabbiata, soltanto cortese. «Oh, mi dispiace. Ma certamente capiranno. Telefona e di' che andremo da loro un altro weekend.» Tornò al suo listino di Borsa e Amanda non disse altro.

La domenica fu un disastro. Piovve ininterrottamente. Tommy aveva i postumi di una sbornia della sera precedente e Julian giocò quel tipo di golf che fa giurare a un uomo di dare via le sue preziose mazze e dedicarsi a qualche altro sport. Ritornò a casa depresso e di un umor nero che il trovare la casa vuota non migliorò.

Girò per le stanze senza sapere cosa fare e alla fine andò di sopra e fece un bagno. Mentre stava immerso nell'acqua, Amanda ritornò.

«Dove sei stata?» domandò lui seccato.

«Sono andata a casa dei miei. Avevo detto che lo avrei fatto.»

«Ma come ci sei arrivata? Voglio dire, la macchina l'avevo io.»

«Ho preso un treno e poi qualcuno molto gentilmente mi ha dato un passaggio fin là.»

«Non sapevo dove fossi andata.»

«Bene, ora lo sai, vero?» Lo baciò senza entusiasmo. «E non dirmi che giornata hai avuto tu, perché lo so. Orribile.»

Lui ne fu indignato. «Come fai a saperlo?»

«Perché non c'è luce nei tuoi occhi, allegria nel tuo cuore.»

«Cosa abbiamo per cena?»

«Uova strapazzate.»

«Uova strapazzate? Io sono morto di fame. A pranzo ho mangiato solo un panino.»

«Io invece ho avuto un vero pranzo della domenica e quindi non ho neppure l'ombra di appetito. Uova strapazzate» ripeté mentre richiudeva la porta fra di loro.

Julian immaginò che quello fosse il loro primo litigio. Neppure un litigio, per la verità, soltanto una certa freddezza. Ma fu abbastanza per farlo sentire infelice e il giorno dopo, tornando a casa, comprò nuovamente dei fiori, fece subito l'amore con lei appena rientrato e poi la portò fuori a cena.

Tutto andava di nuovo perfettamente bene. Quando Tommy telefonò per fissare la partita del sabato seguente, Julian accettò di andare a giocare tutto contento.

Quella sera, tornando a casa, trovò Amanda appollaiata in cima a una scala in bagno, intenta a imbiancare il soffitto.

«Per amor del cielo, stai attenta.»

«Qui sto benissimo.» Lei si sporse per ricevere il suo bacio. «Non ti pare che stia meglio così?» Rimasero insieme a fissare il soffitto. «Poi ho pensato di dipingere le pareti in giallo primula per intonarle alla vasca e forse ci metteremo un nuovo tappeto verde.»

«Un tappeto?»

«Non fare quell'aria così spaventata. Possiamo prenderne uno a buon mercato. C'è una svendita in High Street; sabato possiamo andare a darci un'occhiata.»

Tornò alla sua pittura. Ci fu una lunga pausa durante la quale Julian, istintivamente sulla difensiva, valutò la situazione.

Con voce calma disse: «Sabato non posso. Vado a giocare a golf».

«Pensavo che ora giocaste la domenica.»

«No. Quello è stato solo la settimana scorsa.»

Ci fu un'altra pausa. Amanda disse: «Capisco».

Quasi non gli parlò per tutta la sera. E quando lo fece fu nella maniera più cortese. Dopo cena passarono nel salotto e lei accese la televisione. Lui la spense e disse: «Amanda».

«Io voglio guardarla.»

«Bene, ora non puoi guardarla perché devi parlare con me.»

«No, non voglio.»

«Bene, allora parlerò io con te. Io non ho alcuna intenzione di diventare il tipo di marito che va a fare le commissioni con la moglie il sabato mattina e taglia l'erba del prato la domenica pomeriggio. Chiaro?»

«Immagino che io sia tenuta a fare le commissioni e tagliare il prato.»

«Tu puoi fare quello che vuoi. Ci vediamo tutti i giorni...»

«E cosa immagini che io faccia quando tu sei in ufficio tutto il giorno?»

«Non hai bisogno di fare assolutamente nulla. Avevi un lavoro meraviglioso, ma lo hai lasciato perché dicevi di voler essere una donna di casa.»

«E con questo? Significa forse che devo passare il resto della mia vita da sola, adeguando tutti i miei progetti a quel tuo maledetto golf?»

«Be', e cosa vorresti fare?»

«Non mi importa quello che faccio... ma non voglio doverlo fare da sola. Non lo capisci, questo? Non voglio farlo da sola!»

Questa volta era un vero litigio, aspro e pieno di astio. La mattina seguente il rancore era ancora fra loro. Lui la baciò prima di uscire, ma lei girò la testa dall'altra parte e lui se ne andò al lavoro, furioso.

La giornata si consumò lunga, irritante, carica di frustrazione. Quando si avviò alla fine lui sentì il bisogno di compagnia, di una compagnia serena, comprensiva. Una persona anziana, saggia, che potesse rassicurarlo.

Una persona che avesse questi requisiti c'era e Julian andò a trovarla. La sua madrina.

«Julian» esclamò lei. «Che splendida sorpresa. Entra.»

Lui la guardò con affetto. Passata da parecchio la sessantina, lei era vivace e graziosa come sempre. Era stata una grande amica di sua madre e non erano affatto parenti, ma lui l'aveva sempre chiamata zia Nora. Nora Stockforth.

Le parlò di tutto. La luna di miele a New York, la nuova casa.

«E come sta Amanda?»

«Sta bene.»

Ci fu un breve silenzio. Zia Nora gli riempì nuovamente il bicchiere. Quando tornò a sedersi, lui alzò gli occhi e colse il suo sguardo. Con dolcezza lei disse: «Dal tono della tua voce non si direbbe che stia molto bene».

«Sta bene. È soltanto che...»

E venne fuori ogni cosa. Lui le raccontò di Tommy e delle settimanali partite di golf. Le raccontò come Amanda avesse sempre saputo di questo impegno e non avesse mai avuto nulla in contrario. «Ma ora...»

«Ma ora se ne risente.»

«È ridicolo. È semplicemente un giorno alla settimana. Non che lei voglia fare qualcosa di particolare, dice soltanto che non vuole farlo da sola.»

Zia Nora disse: «Spero che tu non voglia chiedermi di fare qualche commento».

Julian aggrottò la fronte. «Cosa intendi dire?»

«Non mi sognerei mai di prendere partito per l'uno o per l'altro. Ma penso che tu abbia fatto bene a venire a parlarmi. A volte anche soltanto parlarne aiuta a mantenere il senso delle proporzioni.»

«Vuoi dire che io ho perduto il mio senso delle proporzioni?»

«No, non voglio affatto dire questo. Ma penso che tu debba vedere le cose in una prospettiva più ampia. Un nuovo matrimonio è come un neonato. Ha bisogno di essere curato e coccolato per i primi due anni, essere avvolto nella sicurezza.

«In questo periodo tu e Amanda dovete unicamente pensare a voi stessi. È il momento in cui date forma alla vostra vita comune, in modo che quando verranno i momenti meno lieti - che non mancheranno - ci sarà qualcosa da ricordare, qualcosa per tenervi uniti.»

«Pensi che io mi comporti da egoista?»

«Ti ho già detto che non intendevo fare commenti.»

«Allora pensi che le sue lamentele siano giustificate?»

Zia Nora rise. «Penso che se si lamenta non hai molto da preoccuparti. Sarà quando lei smette di lamentarsi che ti troverai nei guai.»

Lui depose il bicchiere. «Che genere di guai?»

«Lascio a te di rifletterci da solo. E ora penso che tu debba andare, altrimenti Amanda penserà che ti sia accaduto chissà quale incidente.» Si alzarono. «Julian, vieni di nuovo a trovarmi. Ma la prossima volta porta Amanda con te.»

Era ancora preoccupato quando arrivò a casa. Amanda aprì la porta prima che lui avesse il tempo di cercare la chiave e restarono l'uno di fronte all'altro, fissandosi con facce solenni.

Poi lei sorrise. «Salve.»

Andava tutto bene. «Tesoro.» Lui varcò la soglia e la baciò. «Mi dispiace tanto di tutto. Scusami.»

«Oh, Julian, scusami anche tu. Hai avuto una buona giornata?»

«No, ma ora tutto è passato. Sono un po' in ritardo perché sono andato a trovare zia Nora venendo a casa. Ti manda i suoi saluti, naturalmente.»

Più tardi, in maniera del tutto casuale, Amanda domandò: «Potrei avere la macchina domani?».

«Sì, certo. Hai in programma qualcosa di speciale?»

«No» rispose lei, senza guardarlo. «Soltanto potrei averne bisogno, tutto qui.»

Lui aspettò che lei dicesse di più, ma Amanda non lo fece. Perché voleva l'automobile? Forse andava in città per pranzare con qualche sua amica.

La sera seguente quando arrivò a casa Amanda era in salotto a guardare la televisione, e indossava i suoi abiti più eleganti.

«Come te la sei passata?» domandò lui e aspettò che gli raccontasse la sua giornata.

Ma lei disse soltanto: «Benissimo».

«Vuoi qualcosa da bere?»

«No, grazie.»

Pareva molto intenta alla televisione, così la lasciò sola e andò in cucina a prendersi una birra. Mentre apriva il frigorifero, si arrestò di colpo. Le parole di zia Nora gli risuonarono all'orecchio come una campana: «Sarà quando smette di lamentarsi che ti troverai nei guai».

Era evidente che Amanda aveva smesso di lamentarsi. Cosa c'era in lei di diverso? E perché quegli abiti?

Tastando cautamente il terreno, lui disse: «Be', e come vanno i lavori nel bagno?».

«Non ho avuto la possibilità di occuparmene, oggi.»

«Vuoi sempre comperare il tappeto? Potrei telefonare a Tommy e forse lui potrebbe trovare qualcun altro per giocare a golf sabato.»

Amanda rise. «Oh, ma non è poi così importante. Non c'è ragione di cambiare alcun programma.»

«Ma...»

«Comunque» Amanda interruppe i suoi propositi di sacrificio senza neppure darsi la pena di ascoltare. «Probabilmente sarò occupata anch'io il prossimo sabato.» Guardò l'orologio. «A che ora vuoi cenare?»

Non aveva nessuna voglia di cenare. Il suo stomaco era un vuoto abitato da orrendi sospetti. A lei non importava più di essere lasciata sola. Aveva impegni per conto suo... appuntamenti?

Ma non avrebbe... non Amanda.

Ma perché no? Era giovane e molto attraente. Prima che Julian riuscisse finalmente a legarla a sé, c'erano state orde di giovanotti che aspettavano soltanto di portarla fuori a cena.

«Julian, ti ho domandato quando vuoi cenare.»

Lui la fissò come se non l'avesse mai vista prima. Attraverso un inesplicabile nodo alla gola riuscì a dire: «Quando vuoi».

Si ritrovò a desiderare ardentemente un raffreddore, un'influenza, qualsiasi cosa che gli desse una scusa inoppugnabile per non andare a giocare a golf a Wentworth il sabato successivo. Ma la sua salute si mantenne perversamente ottima. Quando uscì, Amanda era ancora a letto, e questo era contrario alle sue abitudini.

Giocò in uno stato di torpore. Tanto che alla fine Tommy si sentì tenuto a chiedere: «Qualcosa non va?».

«Hm? No, niente.»

«Mi sei sembrato un po' preoccupato... Sei sotto di sette punti, sai.»

Furono inevitabilmente battuti e Tommy non fu affatto contento. Meno ancora quando Julian si scusò di non giocare una seconda partita e disse che voleva andare a casa.

«Allora c'è davvero qualcosa che non va» affermò Tommy.

«Perché dovrebbe esserci qualcosa che non va?»

«Stavo giusto pensando che cominci ad avere l'aria di un marito. Amanda sta facendo delle storie, è così? Sai, Julian, devi imparare a importi.»

Stupido imbecille, pensava Julian mentre guidava rombando verso Londra. Cosa ne sa lui? L'aria di un marito, già. Cosa si aspetta che abbia l'aria di chi? Di Miss Universo?

Ma quando finalmente svoltò nella loro stradina alberata, tutta la spavalderia lo abbandonò di colpo. Perché la casa era vuota.

Guardò l'orologio. Le quattro. Che cosa stava facendo? Dov'era? Avrebbe anche potuto lasciargli un biglietto, ma non c'era nulla. Soltanto il ronzio del frigorifero, l'odore di cera.

Pensò: non torna più. La sola prospettiva lo lasciò gelato e tremante. Niente più Amanda. Niente più risate, niente più lavori in giardino, niente più discussioni. Niente più amore. La fine dell'amore.

Aveva lasciato cadere la sacca delle mazze ai piedi delle scale. La scavalcò e sedette sull'ultimo gradino, perché gli pareva che non ci fosse altro posto migliore dove sedere.

Riandò indietro col pensiero. La domenica quando era andata a pranzo dai suoi genitori ed era stata riaccompagnata a casa... Chi l'aveva portata? Julian non si era dato la pena di domandare, ma ora sapeva che era stato Guy Hanthorpe.

Guy Hanthorpe era stato il ragazzo più fedele di

Amanda. La conosceva da tutta una vita, perché i loro genitori erano vicini di casa in campagna. Era un agente di cambio, distinto, di successo. Julian, che era bruno e massiccio, aveva detestato a prima vista quel Guy così alto e biondo.

Forse si incontravano già segretamente fin da quando lui l'aveva riportata da New York.

Era ancora seduto lì, nella penombra ai piedi della scala, fumando come un disperato ed elaborando le più orrende fantasie, quando udì un'automobile risalire la strada.

La macchina si fermò davanti alla casa, le portiere si aprirono e si richiusero, udì voci, passi lungo il vialetto.

Si alzò e spalancò la porta.

Era Amanda. E con lei c'era Guy.

«Tesoro, sei tornato!» Amanda pareva meravigliata.

Julian non disse nulla. Rimase immobile, fissando Guy, sentendo l'ira che gli stringeva la cassa toracica come in una morsa. Pensò di colpirlo, si vide mentre lo faceva, come in un film violento, al rallentatore.

Vide la propria mano levarsi e abbattersi sulla faccia amichevole di Guy. Vide Guy cadere, accasciarsi contorto, privo di sensi, battendo la testa mentre cadeva; lo vide disteso sul marciapiede, il sangue che gli colava dalla bocca, usciva dall'orrenda ferita alla testa...

«Salve, Julian» esclamò Guy e Julian batté gli occhi, sorpreso di vedere che non aveva affatto colpito Guy, dopotutto.

«Dove sei stata?» domandò ad Amanda.

«Dalla mamma. E Guy è andato a trovare sua madre, così mi ha dato un passaggio per tornare a casa.» Julian non disse nulla.

Irritata, Amanda continuò: «Non credi che potremmo entrare? Fa piuttosto freddo e comincia a piovigginare».

«Sì. Sì, certo.»

Si tirò in disparte, ma Guy disse: «Grazie. Io devo andare». Guardò l'orologio. «Questa sera ho un invito a cena e devo ancora andare a casa a cambiarmi. Preferisco quindi salutarvi. Ciao, Amanda.» Le diede un buffetto sulla guancia, tese una mano verso Julian e si affrettò con le lunghe gambe giù per il vialetto.

Amanda esclamò: «Ciao, e grazie per il passaggio».

Rimase immobile nell'ingresso, osservando la sacca delle mazze da golf ai piedi delle scale. Girò lo sguardo sulle tende non ancora tirate. Su Julian.

«C'è qualcosa che non va?» domandò.

«No» rispose lui con sottile amarezza. «Niente. Soltanto pensavo che non saresti mai più tornata a casa.»

«Mai più tornata...? Sei diventato pazzo?»

«Pensavo che fossi con Guy.»

«Ero con lui, infatti.»

«Intendevo tutto il giorno.»

Lei rise e poi smise di ridere. «Julian, te l'ho detto. Sono stata da mia madre.»

«Non me lo avevi detto questa mattina. E neppure dove sei stata l'altro giorno, quando sono arrivato a casa e ti ho trovata tutta elegante e profumata.»

«Se vai avanti così, non te lo dirò.»

«Oh sì, invece, lo farai» gridò lui.

Dopo quel grido ci fu un terribile silenzio. Alla fine Amanda mormorò a voce molto bassa: «Ho l'impressione che dovremmo entrambi prendere un minuto di fiato e poi cominciare dal principio».

Julian trasse un profondo respiro. «Giusto» disse. «Comincia tu.»

Amanda disse: «Il giorno che sono andata a casa dai miei per tutta la giornata, avevo bisogno della macchina perché volevo andare dal medico. Ho ancora il medico dei miei genitori, ma non ne ho uno qui a Londra. E mi sono vestita decentemente perché sono stufa di avere sempre addosso dei vecchi jeans sporchi di vernice e alla mamma fa piacere vedermi ben vestita. E oggi ho dovuto tornare dal medico perché voleva farmi un'altra visita di controllo per essere completamente sicuro».

Oh Dio, stava forse per morire? «Completamente sicuro di cosa?»

«E la macchina l'avevi tu, così ho dovuto andare in treno, e Guy mi ha riaccompagnata a casa, molto gentilmente, come ha fatto la volta precedente, e tutto quello che sei stato capace di fare è stato rimanertene lì a fissarlo con occhi torvi. Non mi sono mai vergognata tanto.»

«Amanda! Cosa ti ha detto il medico?»

«Che avrò un bambino, naturalmente.»

«Un bambino!» Annaspava cercando le parole. «Ma se ci siamo appena sposati!»

«Siamo sposati da quasi quattro mesi e abbiamo avuto una luna di miele molto lunga...»

«Ma noi non avevamo intenzione...»

«Lo so che non avevamo intenzione.» Pareva prossima alle lacrime. «Ma è successo, e se tu osi prendere quel tremendo tono di voce...»

«Un bambino» ripeté Julian, ma questa volta la sua vocc era piena di meraviglia. «Tu avrai un bambino! Oh, tesoro mio, sei una ragazza straordinaria.»

«Non ti dispiace?»

«Dispiacermi? Sono estasiato!» Era stupito di scoprire che era vero. «Non sono mai stato tanto eccitato in vita mia.»

«Credi che la casa sarà grande abbastanza per tre?»

«Ma certo che lo sarà.»

«Non vorrei dover traslocare. La nostra casetta...»

«Non traslocheremo. Resteremo qui per sempre e alleveremo una grandissima famiglia e avremo file di carrozzine lungo tutto il viale del giardino.»

Lei disse ancora: «Non volevo dirti nulla di ciò che facevo, Julian, perché non ne ero ancora sicura, così preferivo aspettare un po'».

«Non importa. Niente più importa ora all'infuori di questo...»

E non importava, infatti. Quella sera Julian cucinò la cena per Amanda e poi mangiarono dal vassoio, seduti davanti al caminetto e lei tenne i piedi posati sul divano perché lui affermò che era ciò che le future madri dovevano fare.

Quando alla fine venne l'ora di andare a dormire, Julian chiuse la porta di casa, passò un braccio intorno alle spalle di sua moglie e la guidò teneramente verso le scale.

La sua diletta sacca con le mazze da golf era ancora dove l'aveva lasciata cadere, ma la spinse da parte con un piede e la lasciò lì. Ci sarebbe stato tutto il tempo per riporla al sicuro.

Christabel

La signora Lowyer si svegliò alle otto e mezzo del mattino, il suo solito, confortevole orario e subito udì il ronzio della mietitrice nel campo di orzo. Era un suono piacevole quando ci si svegliava in una tarda mattina di fine estate. Lei aveva sempre amato molto questo periodo dell'anno; l'oro prezioso del sole degli ultimi giorni d'estate, il colore brillante della sorba selvatica, carica di bacche, il sapore delle prime more. Si era sposata in settembre – tanti, tanti anni prima – e suo figlio, il suo unico figlio Paul era nato un anno dopo, proprio nello stesso mese. E ora la figlia di Paul si sarebbe sposata di lì a una settimana. La signora Lowyer stava stesa nel suo letto e guardava il cielo attraverso la finestra aperta (non era mai stata capace di sopportare le tende tirate) e contemplava quell'azzurro che ricordava l'uovo del pettirosso fra morbide, soffici nuvolette che si muovevano lentamente.

Dopo un po' si alzò, infilò vestaglia e pantofole e andò alla finestra per osservare il mondo esterno. La sua finestra si affacciava sul retro della casetta e dava sul pezzetto di giardino. Oltre la siepe cominciava il grande campo dorato di orzo e, al di là del campo, Shadwell, la vecchia casa dove ora vivevano suo figlio e sua nuora e dove la signora Lowyer aveva vissuto e cresciuto la sua famiglia per più di trent'anni.

La trebbiatrice si muoveva all'estremità più lontana

del campo. Un enorme mostro scarlatto, che si faceva strada divorando le spighe alte fino al petto. Era troppo lontano per vedere l'uomo che la guidava, ma sapeva che era Sam Crichtan. Lui conduceva la fattoria con qualche aiuto occasionale e non si fidava di nessuno se non di se stesso per manovrare quella preziosa macchina così terribilmente costosa. Si chiese da quanto tempo stesse lavorando. Probabilmente dal sorgere del sole e non si sarebbe fermato fino a quando non fosse diventato troppo buio per continuare. E lo faceva sette giorni alla settimana.

La signora Lowyer sospirò. Per Sam. Per i tempi mutati. Perché a sessantasette anni era troppo vecchia per andar fuori a dargli una mano. E per un'altra ragione molto nebulosa che da parecchio tempo ormai le stava annidata in fondo alla mente, ma che rifiutava di portare a galla e di affrontare. Con gesto fermo richiuse la finestra, scese dabbasso per far uscire la sua cagnolina Lucy per la passeggiata mattutina e poi andò ad accendere il gas e prepararsi la colazione.

Alle dieci, dopo essersi vestita e aver fatto colazione, era fuori in giardino a tagliare le foglie secche delle rose, strappare qualche erbaccia, puntellare un ciuffo cadente di aster. Ora la trebbiatrice aveva già tagliato una grossa striscia ai limiti del campo e mentre lei si dava da fare con cesoie e cordicelle, risaliva il pendio verso la siepe che delimitava il suo giardino. Lei abbandonò le sue aiuole e andò a salutare con un gesto della mano Sam che passava poco lontano. Ma lui non passò oltre. Spense il motore e bloccò quella macchina enorme. Con il movimento cessò ogni fracasso metallico, ogni cigolio. Il mattino si immerse di colpo in un beato silenzio. Sam aprì lo sportello della cabina, ne discese e si diresse verso di lei attraverso le stoppie con passo stanco, un po' irrigidito.

«Non intendevo fermarla» disse la signora Lowyer, «volevo solo mandarle un saluto.»

«Mi dispiace. Pensavo che volesse offrirmi una tazza di tè. Ho dimenticato di riempire il thermos e ho la gola secca come il deserto.»

«Ma certo che le do una tazza di tè.» *E anche qualche cosa da mangiare*, decise dentro di sé, ma non lo disse. «Come pensa di passare oltre lo steccato?»

«Semplice» rispose Sam. Appoggiò una mano su un paletto dello steccato e saltò con leggerezza dall'altra parte. «Incredibile quello che si è capaci di fare davanti all'offerta di una tazza di tè.»

Lei sorrise. Sam le era sempre piaciuto. Da dieci anni aveva in affitto la fattoria di Shadwell e lei lo aveva osservato, lo aveva visto trasformare con immensa tenacia e duro lavoro quella che era stata una proprietà in abbandono in un'azienda agricola in piena efficienza. Le case coloniche erano state ripristinate, gli steccati riparati e i guadagni - lei sapeva benissimo che all'inizio erano stati molto magri - erano stati continuamente reinvestiti nella terra. Non ricordava che si fosse mai preso una vacanza, sebbene nei primi tempi avesse avuto due contadini ad aiutarlo. Ora, con i moderni impianti elettrici e i nuovi macchinari, lui insisteva a condurre l'azienda praticamente da solo e per la signora Lowyer era un costante motivo di meraviglia che non cadesse morto di sfinimento o che non si fosse indurito di carattere. Non era successo nulla di tutto questo, ma Sam era di una magrezza spaventosa e dimostrava molto più dei suoi trentadue anni; talvolta aveva un aspetto così stanco che lei aveva pensato di vederlo addormentarsi in piedi.

«Allora venga» disse, «e si sieda un momento.»

«Non posso fermarmi più di dieci minuti. Devo finire tutto il campo prima di sera. Le previsioni del tempo per domani non sono buone.»

«Be', purché sabato sia una bella giornata, un po' di pioggia non farà male.»

«Questa è una delle ragioni per cui finisco di tagliare oggi. Paul vuole usare il campo come parcheggio per il giorno del matrimonio. Fa costruire una rampa sopra il fosso, di modo che gli ospiti possano passare direttamente dalla loro automobile al padiglione...» Erano arrivati alla porta posteriore della casa, lui si fermò per togliersi i grossi stivali di gomma infangati. Sotto i calzini avevano dei buchi, ma lei finse di non vederli. Si diresse verso la sua minuscola cucina e mise al fuoco il bollitore, mentre Sam si toglieva il giubbotto macchiato d'olio, lo posava sulla spalliera di una sedia e sedeva con un sospiro di sollievo davanti al tavolo di cucina.

«A che ora si è alzato questa mattina?» domandò lei.

«Alle sei.»

«Deve sentirsi come se fosse già alla fine della giornata.» Senza domandarglielo, tirò fuori una padella, aprì il frigorifero e ne tolse bacon, uova e salsicce. Dietro di lei Sam si guardava intorno ammirato.

«Questa cucina, così piccola, è la più ben studiata che io abbia mai visto. Sembra la cambusa di una nave.»

«È molto simpatica, va bene quando si è soli, ma quando ho degli ospiti è subito affollata.»

Con gran soddisfazione lui si accese una pipa di radica, come se fosse uno dei massimi piaceri del mondo. La signora Lowyer prese un posacenere e lo posò sulla tavola. Il bacon cominciava a sfrigolare nella padella.

All'improvviso Sam domandò: «Non le è dispiaciuto venire ad abitare qui quando Paul e Felicity si sono trasferiti a Shadwell?».

«No, non mi è dispiaciuto. È stata una fortuna che ci fosse una casa disponibile per me, anche se è così piccola. L'unico dispiacere è stato lasciare la maggior parte dei miei bei mobili, semplicemente perché qui non c'era spazio sufficiente. Ma i miei pezzi prediletti sono riuscita a portarli con me. E poi, cosa sono i mobili? Nulla che abbandonarli ti possa spezzare il cuore. E tutte le volte che vado su, alla casa, li rivedo e mi fa piacere. Anche Felicity vi è molto affezionata e probabilmente ne ha miglior cura di quanta ne avessi io. Qualche volta mi fa vergognare, è così brava, così capace e adesso naturalmente è nel suo elemento con tutti i preparativi per il matrimonio di Christabel. Dappertutto ci sono liste, tabelle appuntate alle pareti di cucina e tutte le sue amiche impegnate ad aiutarla a disporre i fiori.»

Con gesti sicuri ruppe un uovo nella padella, lo guardò e poi ne aggiunse un secondo. Sapeva da sempre che nutrire Sam era come buttare acqua in un pozzo. Aveva un appetito formidabile, ma non pareva mettere mai su peso.

Lui non fece commenti a quelle ultime parole. Per tenere viva la conversazione lei domandò: «Quando monteranno il padiglione?».

«Martedì o mercoledì, dipende dal tempo.»

«E vorranno anche lei per aiutare in quel lavoro?»

«No. Mi sono offerto, ma la ditta incaricata pensa a tutto. Felicity però ha detto che vorrebbe spostare dei mobili in casa, così senza dubbio sarò là a sollevare divani come se non avessi mai fatto altro in vita mia.»

«Andrà al ricevimento questa sera?»

Di nuovo lui non rispose. La signora Lowyer si girò a guardarlo e vide che stava vuotando la pipa nel posacenere. Aveva gli occhi abbassati, il viso chiuso. Improvvisamente preoccupata, lei domandò: «Ma è stato invitato, vero?».

«Sì, e ho detto che ci sarei andato. Ma non so. Ci devo pensare.»

«Sam, ci deve andare.»

«Perché?»

«Christabel sarebbe molto addolorata se lei non ci fosse.»

«Credo che non se ne accorgerebbe neppure.»

«Non sia ridicolo, certo che se ne accorgerebbe. E naturalmente ne sarebbe molto ferita. Inoltre lei non ha ancora conosciuto Nigel. È per questo che danno il ricevimento, perché tutti possano conoscere Nigel prima di vederselo davanti all'improvviso il giorno delle nozze. È venuto fin da Londra apposta per l'occasione e sarebbe molto scortese se tutti non andassero a conoscerlo.» Passò le uova, il bacon e le salsicce in un piatto e lo posò sul tavolo davanti a lui, insieme a una tazza di tè fumante.

Lui guardò il piatto con aria soddisfatta e con una certa sorpresa. «Cos'è questo? Una seconda colazione?»

«Sono abbastanza sicura che lei non ha fatto neppure una vera prima colazione.» Prese una sedia e sedette di fronte a lui all'altro lato del tavolo.

«Be', no. Penso proprio di no.» E cominciò a mangiare.

«Sam, lei è un uomo impossibile. Nessuno può fare tutto da sé in quel modo, specialmente quando lavora in campagna dall'alba al tramonto.»

«Io sto benissimo.»

«Ma dev'essere così triste...»

«Aggie Watson viene quasi sempre la mattina.»

«E cosa fa? Lava i pavimenti e pela patate! Non è di questo che sto parlando, Sam. Dovrebbe avere una governante. O una moglie. Sarebbe ora che si sposasse.»

«Non posso permettermi una governante.»

La signora Lowyer sospirò. «E non c'è nessuna che lei vorrebbe sposare.»

Dopo una lunga pausa Sam disse: «No».

«Nessuna all'infuori di Christabel» esclamò la signora Lowyer. Lo disse in fretta, prima di avere il tempo di riflettere, prima che le venisse a mancare il coraggio di avanzare su un terreno dove chiaramente non sarebbe stata ben accetta. Ma sapeva di doverlo dire. Bisognava che qualcuno lo dicesse, se il matrimonio di Christabel non doveva essere offuscato in alcun modo, da parte di nessuno.

La risposta venne, le esatte parole che lei si era aspettata. «Cosa glielo fa pensare?»

«Immagino di averlo sempre saputo.»

«Christabel è soltanto una bambina.»

«Lo era quando lei l'ha conosciuta, ma ora ha vent'anni.»

I loro occhi si incontrarono attraverso il tavolo. Gli occhi di Sam erano di un azzurro molto chiaro, come cieli d'inverno. Quando era allegro scintillavano di buon umore, ma ora erano freddi, guardinghi, non rivelavano nulla.

«Si sposa sabato» disse lui e continuò a mangiare.

Fu come se le avesse sbattuto la porta in faccia, ma la signora Lowyer sapeva che quello non era il momento per mostrarsi vigliacchi. Disse: «Credo che lei l'abbia sempre amata. E Christabel le ha sempre voluto molto bene. Ricordo quando lei l'aiutava a salire sul suo primo pony e come le fosse sempre fra i piedi, cercando di rendersi utile alla fattoria, reggendo i chiodi quando lei aggiustava gli steccati...».

«Perdendo il martello...» continuò Sam.

«Non si è mai minimamente interessata ai ragazzi che crescevano insieme a lei. Quando andò in collegio si portò persino la sua fotografia. Lo sapeva questo?»

«Le cose cambiano.»

«Vuole dire che lei è cambiato o che Christabel è cambiata?»

«Tutti e due, suppongo. Come ho detto, era una bambina. Lei è cresciuta, io sono invecchiato. E poi lei è andata a Londra, si è messa a lavorare, si è fatta una casa tutta per sé...»

«Ha incontrato Nigel» concluse la signora Lowyer.

«Sì. Ha incontrato Nigel. E ora sta per sposarlo.»

«La biasima per questo?»

«Io non l'ho mai visto.»

«È un ragazzo molto simpatico, il tipo giusto da sposare. Qualunque ragazza di buon senso sarebbe stata una sciocca a rifiutarlo.»

«Christabel non è mai stata una sciocca.»

«Ma io comincio a sospettare che lei lo sia, Sam.»

«Perché?»

«Perché è chiaro come il sole che lei è innamorato di Christabel. L'ha sempre amata, ma non le ha mai chiesto di sposarlo.»

«Non potevo» rispose lui.

«Perché no, per l'amor del cielo?»

«Per tutte le ragioni del mondo, ecco perché. Per tutte le ragioni del mondo. Cosa avevo da offrirle? Una piccola fattoria che non è neppure mia. Una casetta con due camere da letto e neanche l'ombra di riscaldamento centrale. E il denaro, le cose materiali, tutte le cose che una ragazza come Christabel merita di avere? Non avrei mai potuto dargliele.»

«Non le ha mai neppure domandato se erano ciò che desiderava?»

«No.»

«Ma...»

Sam aveva un'espressione disperata. Allontanò da sé il piatto vuoto e appoggiò le braccia sul tavolo. «Per favore» pregò. «Non continui.»

«Oh, Sam.» Per un momento si domandò se stava per piangere. Erano anni che non piangeva. Posò una mano su quella di lui e sentì la pelle indurita, callosa.

«Comunque ora è troppo tardi» disse Sam.

Lei sapeva che aveva ragione. Era troppo tardi. Sorrise coraggiosamente e gli diede un colpetto sulla mano.

«Bene, non ne parlerò più. Ma lei deve venire al ricevimento questa sera. Ci sarà un pranzo in piedi e poi si ballerà. Balli da discoteca, mi pare che si chiamino.»

Lui fece un largo sorriso. «Lei conosce i balli da discoteca?»

«Non lo so. Non ho mai provato. Ma se qualcuno m'invita, ci posso provare.»

La giornata andò avanti, la mattina trascorse nei piccoli compiti quotidiani. Dopo pranzo la signora Lowyer prese dal garage la sua modesta automobile e si diresse verso la cittadina più vicina, dove si recò dall'unico parrucchiere, che portava il nome di Huntleys di Mayfair. La signorina Pickering, proprietaria del negozio, non era mai stata a Mayfair in vita sua e aveva scelto il nome di Huntley perché le pareva che aggiungesse un tocco di classe. Lì la signora Lowyer sopportò con pazienza che un giovane apprendista terrorizzato le rovesciasse sulla testa getti di acqua gelata alternandoli a getti bollenti, poi lasciò che i suoi capelli venissero avvolti sui bigodini e che infine tutto il cranio fosse trafitto da mollette di plastica, dopo di che la tortura si concluse finendo sotto un casco al calor rosso di cui non fu assolutamente in grado di modificare la temperatura, per quanto girasse e rigirasse la manopola sul quadrante.

Ma anche quella dura prova finì. Col volto scarlatto e completamente esausta, la signora Lowyer se ne tornò a casa. Si sarebbe preparata una buona tazza di tè e poi sarebbe andata a riposare per un paio d'ore per rilassarsi prima di affrontare i festeggiamenti della serata. Ma aveva appena salutato Lucy e messo il bollitore sul fuoco, che la porta di cucina si aprì e una voce chiamò «Nonna» e Christabel comparve.

«Tesoro» rispose la signora Lowyer e baciò la nipote.

«Stai preparando il tè? Posso prenderlo anch'io? Caspita, come sei bella. La signorina Pickering questa volta ha tolto tutte le mollette. C'è del plum-cake?» Cominciò ad aprire le scatole dei dolci di sua nonna e alla fine trovò dei biscotti al cioccolato e cominciò a mangiarli.

Stava perennemente mangiando qualcosa. Patatine fritte, tavolette di cioccolato, coni di gelato, sgranocchiando in continuazione ogni sorta di merendine e pasticci, ma non una macchiolina deturpava la pelle lattea e, semmai, pareva farsi sempre più snella e sottile. Ora indossava i suoi jeans più consunti, stivaletti da cowboy, un maglione sformato e rammendato ai gomiti. I capelli, i suoi splendidi capelli, di una sfumatura particolare, fra il colore delle castagne fresche e quello del cioccolato, erano strettamente avvolti in due trecce. Sul viso nessuna traccia di trucco; aveva tutta l'aria di una quindicenne dalle gambe lunghe. Era impossibile pensare che il prossimo sabato si sarebbe sposata, meditò fra sé la signora Lowyer.

«Nigel è già arrivato?» le domandò.

«Cielo, sì, è arrivato per pranzo. È partito da Londra circa alle quattro del mattino. Ha viaggiato piuttosto bene, ti pare?»

«Perché ora non è qui con te?»

«Oh, lui e papà hanno un gran da fare a caccia di piccioni e a decidere quanti dei parenti di Nigel verranno al matrimonio. Non hai visto Sam?»

«Credo che stia ancora con la trebbiatrice sul campo di orzo. Non lo hai visto?»

«No, sono passata dalla parte del fiume. In casa sua non c'era nessuno, nemmeno Aggie.»

«Cosa volevi da Sam?»

«Volevo ringraziarlo per il suo regalo di nozze.» Tirò a sé una sedia e sedette davanti al tavolo, proprio come Sam aveva fatto la mattina. «Sai cosa mi ha regalato? È addirittura meraviglioso e lo ha fatto tutto lui.»

«No. Cosa ti ha regalato?»

«Un bastone da passeggio.»

La signora Lowyer mormorò debolmente: «Un bastone da passeggio» e cercò di non mostrarsi troppo stupita.

«Certo, e tu sai come era bravo a intagliare le impugnature per i bastoni. Non lo faceva più da anni, poveretto, perché non aveva mai tempo, ma lo ha fatto per me ed è tutto intagliato a fiori e spighe di grano e tutto lucidato, splendido. E poi intorno al bastone c'è un piccolo anello d'argento con inciso sopra il mio nome. Non trovi che è la cosa più bella che potesse regalarmi?»

«Sì, tesoro, bella davvero» dichiarò la signora Lowyer, decidendo fra sé che se Sam aveva avuto un anno di tempo per studiare il problema, non avrebbe potuto trovare qualcosa di meno adatto per Christabel. Un bastone da passeggio per una ragazza di vent'anni che si sposava e andava a vivere in un appartamento londinese.

«Voglio dire, è un regalo così personale. Non c'è solo il mio nome sopra, ma l'ha fatto lui, con le sue mani.»

«Devo ammettere che questo lo rende molto speciale.»

«Spero tanto che questa sera venga. Che non vada avanti a manovrare quella macchina fino a quando si fa buio, oppure che non trovi qualche scusa.»

«Ma certo che verrà. È stato qui questa mattina a prendere una tazza di tè e ha detto che sarebbe venuto.»

«Non ti so dire il lavoro che la mamma sta facendo. Ha montato tutte le assi di prolunga nella tavola da pranzo e poi l'ha spinta contro la parete della sala, ci ha messo la tovaglia più bella e sopra una quantità di cose buone da mangiare, non puoi nemmeno immaginartelo.»

La signora Lowyer sorrise. «È nel suo elemento» disse a Christabel.

Trovò la scatola di latta con il plum-cake, mise il dolce su un piatto e lo collocò davanti a Christabel. Le versò il tè nella sua tazza, quella a righe bianche e azzurre che adoperava sempre le volte che veniva a prendere il tè, fin da quando era piccina.

«E poi avremo una discoteca. Questa era un'altra cosa che papà voleva che Nigel facesse: tirare a lucido il pavimento nella vecchia stanza dei giochi.»

«Non so proprio cosa dovrò fare io in una discoteca.»

«Oh, soltanto girare intorno, sai, come fanno in televisione.»

«Non potrei invece starmene seduta a guardare?»

«Oh, per amor del cielo, nonna, non essere così all'antica. Basta muoversi seguendo la musica.» Alzò le spalle, scosse le trecce, buttò in avanti il mento e il suo sguardo si fece serio.

«È questo che dovrei fare?»

«Be', ti dico una cosa» fece Christabel, tagliando un angolo del plum-cake e cominciando a mangiarlo. «Farò in modo che ci siano almeno due valzer viennesi e così potrai volteggiare a tuo piacimento con il tuo colonnello Foxton.»

«Oh, ma ti prego, Christabel...»

«Be', lo sai benissimo che è innamorato cotto di te. Non capisco perché non lo sposi.»

«Cosa, andare a vivere in quella casa che sembra un freezer con tutto quel legno di pino e quei vetri a colori?»

«Potrebbe venire lui a vivere qui con te.»

«Non ci sarebbe abbastanza spazio.»

«Sei davvero terribilmente dura con il colonnello Foxton» dichiarò Christabel. Si era sempre divertita a prendere in giro la nonna dal giorno in cui il vecchio signore l'aveva invitata a prendere il tè e aveva passato tutto il tempo a mostrarle la sua raccolta di fotografie di quando era un giovane sottufficiale in India. «Dopotutto ha esattamente l'età giusta per te.»

«No, non è vero. Se dovessi sposare un uomo dell'età giusta per me, dovrebbe avere più di cento anni.»

«Che calcolo hai fatto?»

«L'età perfetta per il matrimonio è quando la sposa ha metà degli anni dello sposo più sette. Quindi se l'uomo ha vent'anni, deve sposare una ragazza di diciassette. E se la sposa ne ha sessantasette, dovrebbe sposare un uomo di... uhm...» L'aritmetica non era mai stata il forte della signora Lowyer. «Centoventi.»

Christabel la fissava. Dopo un momento disse: «Ma io ho vent'anni e Nigel ne ha soltanto ventitré. Allora è tutto sbagliato. Dovrei sposare qualcuno di ventisei».

«Be', allora dovrai sbrigarti, perché hai solo una settimana di tempo per trovarlo.»

«Pensi davvero che ventitré anni siano troppo pochi? Che sia troppo giovane per me?»

«No. Non penso che importi affatto. È soltanto uno stupido giochetto che fa la gente. Non ha alcuna importanza l'età dell'uomo e della donna purché fra loro ci sia vero affetto e desiderino sinceramente passare insieme il resto della vita.»

«Non hai detto amore» notò Christabel.

«Tesoro, io non parlo mai d'amore all'ora del tè. E ora mangia il dolce e bevi il tuo tè, perché io vado in camera a riposarmi. Sai a che ora mi aspettano?»

«Oh, verso le otto, direi. Vuoi che qualcuno venga a prenderti?»

«No, naturalmente. Sarà una bellissima serata e verrò a piedi lungo il viale. E sarà un piacere vedere tutta la casa illuminata e agghindata. C'è qualcosa di romantico in una casa illuminata a festa, specialmente quando lo è per un'occasione così felice.»

Alle otto meno cinque esatte, nel suo bell'abito di velluto blu zaffiro e uno scialle di cachemire intorno alle spalle, la signora Lowyer diede la buona notte alla piccola Lucy, spense le luci, scese giù per il vialetto del giardino e si avviò verso la sua vecchia casa. C'era una mezzaluna che veleggiava alta nel cielo e sopra la sua testa i rami dei grandi faggi si allacciavano come gli svettanti contrafforti di un'antica cattedrale. Davanti a lei scintillavano nella foschia della sera le finestre illuminate e l'aria era piena del profumo delle foglie che cadevano, del muschio e di melodie musicali.

Parecchie automobili stavano arrivando, andavano a fermarsi sulla ghiaia davanti all'ingresso e quando la signora Lowyer salì i gradini di pietra, altri invitati la raggiunsero, le signore reggendo la gonna dei loro abiti lunghi, gli uomini in cravatta nera e dinner jacket.

«Oh, signora Lowyer, che piacere vederla. La casa è davvero bellissima quando appare così fra gli alberi venendo dalla strada, tutta illuminata... Come farà Felicity a provvedere a tutto, perfino ad avere un tempo così splendido? Pare che non piova mai quando lei dà una festa.»

«Speriamo che la fortuna regga fino al prossimo sabato.»

Il vestibolo era pieno di gente. La signora Lowyer baciò suo figlio e la sua bella nuora e poi salì al piano di sopra per deporre il suo scialle. Lo lasciò sul letto di Felicity e poi andò al tavolino da toilette a darsi un'occhiata. La sua pettinatura faceva ancora onore alle abili mani della signorina Pickering. La sua immagine la fissò da uno specchio antico a tre luci. Era lo specchio che era stato sopra la sua toilette – anche lei lo aveva ereditato da sua suocera. Rammentò immagini di sé che vi aveva viste riflesse un tempo: sottile, con i capelli tagliati alla garçonne. Ora, sotto il trucco lieve e accurato, vedeva le rughe dell'età, il collo grinzoso, i capelli d'argento. Le mani che sfioravano i capelli erano quelle di una vecchia signora. Sono una nonna, si disse. Fra un anno o poco più potrei essere bisnonna. L'idea non l'allarmò. Se non altro, aveva almeno imparato che ogni età ha le sue gioie, le sue ricompense.

«Ti ho sorpresa a lisciarti le penne!»

La signora Lowyer volse gli occhi dallo specchio e vide dietro di sé Christabel che rideva della nonna, gli occhi brillanti di divertimento.

«Non mi sto lisciando le penne. Sto pensando quanto sono contenta di non essere più giovane, di non dovermi preoccupare che qualche bel giovanotto balli con me. E di non dover mettermi in ansia se mio marito balla con qualche altra bella donna.»

«Scommetto che tu non hai mai avuto di queste preoccupazioni. E anche ora sei bellissima.»

«Oh, tesoro mio, anche tu sei una meraviglia. È un vestito nuovo?»

«Sì.» Christabel si raddrizzò e girò su se stessa per mostrare il vestito. Era un abito bianco, strati di soffice batista fluttuante. Era scollato e i capelli, liberati dalle trecce del pomeriggio, erano romanticamente annodati al sommo del capo. Gli occhi erano scintillanti.

«Dove l'hai preso?»

«A Londra. La mamma lo ha visto quando siamo andate a comperare il corredo e ha detto che lo dovevo avere. Doveva far parte del corredo, ma ho pensato che potevo metterlo questa sera.»

La signora Lowyer le diede un bacio. «È stupendo. Sei un amore.»

Dalla porta aperta venne una voce sul pianerottolo. «Christabel!» Christabel andò a spalancare la porta e comparve Nigel, immobile, con un'aria un po' imbarazzata, vagamente a disagio.

«Cosa stai facendo?» domandò Christabel. «Stai

spiando nelle stanze delle signore? Ti farai una cattiva reputazione.»

Lui sorrise, ma non come se trovasse lo scherzo molto divertente. «Ti ho cercata dappertutto. Tua madre ti aspetta. Mi ha mandato a chiamarti.»

«La nonna e io ci stiamo facendo i complimenti.»

«Buonasera, signora Lowyer.»

«Nigel. Che piacere rivederti.» Uscì sul pianerottolo e gli diede un bacio leggero sulla guancia. Con i capelli scuri e l'abito da sera non aveva quell'aria da uomo di mondo che avrebbe dovuto avere, ma pareva piuttosto un ragazzino vestito a festa per un ricevimento. «E mi spiace che Christabel e io ti abbiamo fatto aspettare. Forse ora dovremmo scendere a raggiungere gli altri.»

Fu soltanto a metà della serata, quando la maggior parte degli ospiti aveva cenato e i giovani si erano già ritirati nella discoteca, che comparve Sam Crichtan. La signora Lowyer, intrappolata in un angolo presso il caminetto con il colonnello Foxton, lo vide entrare nella sala dalla vetrata, che era stata aperta per arieggiare la stanza, e con un sospiro di sollievo seppe che aveva mantenuto la parola.

Da molto tempo non lo aveva più visto indossare un vestito elegante e con una soddisfazione che tenne tutta per sé, dovette constatare che l'abito scuro da società gli stava molto bene. Con il viso magro abbronzato e i capelli ben pettinati aveva un aspetto più che presentabile – addirittura distinto.

«...è una cosa strana» diceva con voce monotona il colonnello Foxton. «Una cosa maledettamente strana come certa gente ottiene permessi di costruzione. Volevo restaurare il cottage per il mio giardiniere. Be', non mi hanno permesso di inserire una finestra nel tetto. È davvero singolare...»

«La prego, vorrebbe scusarmi un momento?» Con molta grazia e un sorriso dolcissimo la signora Lowyer si alzò in piedi. «Ho un messaggio urgente per Sam e glielo devo comunicare prima che sparisca.»

«Come? Oh, sì, certo. Mi dispiace, mia cara. Non mi ero reso conto che la stavo trattenendo.»

«Mi ha molto interessato ascoltare la storia del suo cottage. Deve assolutamente raccontarmi tutto la prossima volta.»

Attraversò la sala. «Sam.»

«Signora Lowyer.»

«Sono contenta che sia venuto. Ha già mangiato?»

«No, non ne ho davvero avuto il tempo.»

«Lo immaginavo. Allora venga con me. Prima di tutto deve bere qualcosa e mangiare un po' di salmone e di roast beef freddo. Sono squisiti.»

Lo guidò attraverso la stanza fino alla sala da pranzo, prese per lui un bicchiere di whisky e un piatto che cominciò a riempire di cose buone.

«Ha visto Christabel?»

«Sono appena arrivato.»

«Ma l'ha vista nel pomeriggio?»

«No.»

«La cercava. Per ringraziarla del bastone.»

«Immagino che lei lo avrà trovato un regalo molto sciocco.»

«Sì» rispose la signora Lowyer che non aveva mai creduto alle virtù delle mezze parole. «Ma un regalo molto speciale. Christabel non ne è rimasta solo entusiasta, era commossa. Che ne dice di una patata al forno con il burro? O anche due?»

«Non glielo ha detto, vero? Il discorso che abbiamo fatto questa mattina?»

«No, naturalmente. Un panino?»

«Non vorrei mai che lo venisse a sapere.»

«No» rispose la signora Lowyer. «No, naturalmente.» Attraverso la porta aperta vedeva in fondo alla sala Christabel e Nigel. Il giovanotto le aveva passato un braccio intorno alle spalle e gli straordinari capelli di lei brillavano al lume delle candele. «Nigel è un ragazzo molto simpatico. Christabel è molto fortunata.»

Sam alzò gli occhi, vide che lei stava guardando alle sue spalle e si girò. Nigel si chinò e baciò Christabel sui capelli. Qualcuno fece un commento e tutti risero. Per un attimo Sam rimase in silenzio, poi tornò a girarsi verso la tavola. «E un po' di quella maionese, per favore. Mi è sempre piaciuta moltissimo la maionese di Felicity.»

Ma più tardi, quando suo figlio la portò a visitare la discoteca, la signora Lowyer vide Christabel che ballava con Sam. Sulla pista tutti parevano ballare da soli, muovendosi al ritmo della musica, c'era qualcosa di grottesco in quel rigirarsi nel turbinio delle luci. Solo Christabel e Sam parevano una vera coppia. Muovendosi all'unisono, stretti come in un abbraccio, la testa di Christabel posata sulla spalla di Sam.

La signora Lowyer sperò che suo figlio non se ne fosse accorto. Gli posò una mano sul braccio. «Il fracasso è assordante» disse. «Preferirei tornare in salotto» e lui, ubbidiente, la guidò verso l'altra sala. Ma sulla porta la signora Lowyer si girò a guardare indietro. Le bastò un attimo per accorgersi che, proprio in quel momento, Sam e Christabel erano scomparsi, apparentemente senza lasciare traccia.

Dopo questo, decise di andare a casa. Scivolò via senza farsi notare, senza salutare nessuno. Avvolta nel calore familiare del suo scialle, si avviò giù per il sentiero che portava a casa sua. Il suono della musica, il ronzio della conversazione si spensero dietro di lei, inghiottiti dal silenzio della notte di settembre. Il suo mese preferito.

È tutto uno spaventoso errore. Sta sposando l'uomo sbagliato.

La sua casa, buia, piccola e silenziosa era un rifugio. Sollevò Lucy dal suo cestino, la mise fuori in giardino, si preparò una tazza di latte caldo, fece rientrare Lucy, salì in camera sua portandosi la tazza di latte, si spogliò lentamente e andò a letto. Al di là della finestra aperta vide in cielo la falce della mezzaluna. Il mondo circostante era colmo dei piccoli suoni della notte. Desiderava il sonno.

Erano le quattro del mattino quando un ticchettio di ghiaia contro il vetro della finestra le fece pensare alla pioggia. Dapprima credette di esserselo immaginato, ma il suono si ripeté. E poi: «Nonna!».

Scese dal letto, raccolse la vestaglia, vi si avvolse stringendo la cintura. Andò alla finestra aperta. Sotto, in giardino, scorse una confusa ombra bianca. Bianca come un fantasma, uno spettro.

«Nonna.»

«Christabel, cosa fai qui?»

«Voglio parlarti.»

Scese in fretta le scale, accendendo le luci. Aprì la porta d'ingresso e Christabel entrò, rabbrividendo di freddo, il bel vestito bianco infangato all'orlo.

«E la festa?»

«È quasi finita. Volevo parlarti. Tutti pensano che io sia già andata a letto.»

«E Nigel dov'è?»

«Sta cenando una seconda volta.»

«E Sam?»

«È andato a casa.»

In silenzio la signora Lowyer guardò sua nipote negli occhi. Luccicavano di lacrime non piante. «Vieni di sopra» le disse.

Tornarono nella sua camera, la sua cameretta graziosa e profumata. La signora Lowyer si infilò nel letto e Christabel le scivolò accanto, sotto il piumino. La signora Lowyer avvertiva il freddo delle braccia di Christabel, il giovane corpo ossuto, il battito del suo cuore.

«Ho paura» disse Christabel.

«Di cosa hai paura?»

«Di tutto. Di sposarmi. Di essere intrappolata. Delle porte che si chiudono sopra di me.»

«Questo è ciò che succede quando ci si sposa» disse la signora Lowyer. «Essere intrappolati. Quello che veramente importa è esserlo con la persona giusta.»

«Oh, nonna, perché le cose non sono più facili?»

«Niente è mai facile» rispose la signora Lowyer. La sua mano si posò sulla spalla di Christabel. «Venire al mondo non è facile. Crescere non è facile. Sposarsi non è facile. Avere figli può essere un macello. E invecchiare è altrettanto difficile.»

«Credo... credo di non voler sposare Nigel.»

«Perché no?»

«Non lo so.»

«Non sei innamorata di lui?»

«Lo ero. Terribilmente innamorata. Davvero. Ma... non so. Non voglio andare a vivere a Londra. Non mi piace l'idea di stare in un appartamento. Ho l'impressione di dover vivere in una scatola. E... c'è un'altra cosa. Non mi piacciono tanto i suoi amici. Mi pare di non avere niente in comune con loro. Pensi che questo importi? Che importi tremendamente?»

«Sì» rispose la signora Lowyer. «Sì, credo che probabilmente importi.»

«Questa si chiama la crisi di nervi prima del matrimonio, vero?»

«Sì, qualche volta lo è.»

«Credi che questa lo sia?»

La signora Lowyer rispose con un'altra domanda: «Dove sei andata con Sam?».

«Fuori in giardino. Siamo andati a sederci sulla panchina sotto il faggio. Non c'era niente di male.»

«E poi gli hai dato la buonanotte e lui è andato a casa?»

«Sì.»

«Lui ti ama. Tu questo lo sai, vero?»

«Speravo che lo avrebbe detto. Ma non ha detto una parola.»

«Pensa di non avere nulla da offrirti. È molto orgoglioso.»

«Perché non me lo ha detto?»

«Oh, Christabel, cerca di usare la tua immaginazione.»

«Non mi importerebbe niente essere povera. Non mi importerebbe aiutarlo nei lavori della fattoria. Non mi importerebbe niente perfino vivere in quella casetta così fredda, so che potrei renderla più allegra e confortevole. Niente mi importerebbe se soltanto potessi stare con Sam.»

«Dovrai cercare di convincerlo.»

«Ma nonna, il matrimonio. Il padiglione e tutti i preparativi e i regali e gli inviti. Costa tutto così caro e...»

«Può essere rimandato» disse la signora Lowyer. «L'ultima cosa che tuo padre e tua madre potrebbero volere per te è che tu sposi un uomo che non ami veramente. Se vuoi Sam, dovrai andare da lui e dirglielo. Devi dirgli quello che ora hai detto a me: che non t'importa di essere povera e lavorare sodo e vivere in quella buffa casetta della fattoria. Devi dirgli che è l'unico uomo che hai mai veramente amato nella tua vita.»

«Tu l'hai sempre saputo, vero?»

«Sì.»

«Come hai fatto a saperlo?»

«Sono vecchia. L'ho visto accadere altre volte.»

«Quando glielo devo dire?»

«Vai a casa sua ora. Puoi prendere la mia macchina così non ti bagnerai i piedi. E ti presterò una giacca di lana perché ti tenga caldo. E se dorme, sveglialo, fallo scendere dal letto. Digli semplicemente quello che hai detto a me. Sii sincera con lui ma, cosa ancora più importante, sii sincera con te stessa.»

«Ma il papà, la mamma... Non avrò mai il coraggio di dirglielo. Sono stata così stupida...»

«Glielo dirò io.»

«E Nigel...?»

«Lo dirò anche a Nigel. È giovane. Si sentirà ferito, ma guarirà. Niente può essere peggio di un matrimonio senza amore.» Baciò la nipote, il cuore colmo di comprensione e di affetto. «Ora vai, tesoro mio, e buona fortuna. E, Christabel...»

«Sì, nonna.»

«I miei saluti più affettuosi a Sam.»

Udì Christabel andarsene. La udì tirare fuori la macchina dal garage e avviarsi giù per il viale che portava alla malandata casetta dove abitava Sam Crichtan. Erano le cinque del mattino. *Che cosa sto pensando?* si chiese la signora Lowyer. *Che cosa ho fatto, in nome di Dio?*

Ma non riusciva a pentirsi. Finita quell'ansia che aveva troppo temuto di portare allo scoperto, di esaminare. L'aveva sempre saputo di Sam e di Christabel. Si era detta che il loro destino non doveva essere nelle sue mani. Ma ora la loro sorte era stata davvero messa nelle sue mani e lei aveva preso la sua decisione. Giusta o sbagliata, ora non poteva più tornare indietro.

Restò distesa fino a giorno fatto. Alle otto e mezzo si risvegliò dal dormiveglia, scese dal letto, si infilò la vestaglia e andò a chiudere la finestra. Il campo di orzo si stendeva davanti a lei, rasato, color oro sotto il cielo gonfio di pioggia. Sapeva che Sam e Christabel erano fatti l'uno per l'altra. Pensò a Paul e a Felicity e a Nigel. Si vestì e scese, diede il buongiorno a Lucy e la fece andare in giardino, si preparò la colazione, bevve il suo caffè. Poi si mise il cappotto e uscì dopo aver preso Lucy con sé. Era una mattina dolce, umida. La signora Lowyer scese lungo il vialetto, passò oltre il cancello e poi, rincuorata, si avviò a passo deciso verso la grande casa, seguita dalla sua cagnolina.

Il giorno delle more

Il treno della notte uscì dalla stazione di Euston, diretto verso il nord. Claudia, che si era già messa in camicia e vestaglia, rialzò la tendina e sedette sulla sponda dello stretto lettino guardando la città che scivolava via, le luci e le strade in penombra e gli appartamenti dei piani alti che si allontanavano, perdendosi nel passato. Il cielo era coperto, le nuvole basse erano color bronzo per il riflesso di milioni di lampioni stradali, ma mentre guardava, per un attimo si aprirono lasciando comparire la luna, una luna piena, tonda e scintillante come un piatto d'argento tirato a lucido.

Spense le luci, si infilò nel lettino con le lenzuola strette e rigide come un letto d'ospedale e rimase a guardare la luna, cullata dal rollio del treno che acquistava velocità. Inevitabilmente rievocò altri viaggi, viaggi di tempi lontani e, per la prima volta, pensò all'indomani con un lieve palpito di emozione. Era come se ciò che stava facendo si fosse tradotto in un gesto positivo, non fosse un semplice compromesso. Non soltanto la cosa migliore da farsi in quel momento.

Questo servì a sollevarle un po' il morale, placare il suo orgoglio ferito e le permise di far tacere, per il momento, l'ansia e le incertezze. L'inquietudine c'era e sarebbe rimasta, appostata ai margini dell'inconscio, ma per il momento poteva concedersi il lusso di sapere, alla fine della giornata, di aver fatto la cosa giusta.

Era terribilmente stanca. La luce della luna le batteva sugli occhi. Si girò sul fianco per sottrarsi a quello scintillio conturbante, affondò la testa nel cuscino e, incredibilmente, si addormentò.

A Inverness Claudia scese dal treno per trovarsi in un clima tanto diverso da far pensare che il diretto della notte non l'avesse portata solo verso il nord, ma in una terra lontana e sconosciuta. Era un sabato di settembre e lei aveva lasciato Londra in una sera calda come fosse il mese di giugno, con il cielo coperto e un'aria viziata, che sapeva di stantio. Ora usciva in un mondo scintillante nella luce del primo mattino, sotto l'arco di un cielo alto e terso di un pallido azzurro purissimo. Faceva molto più freddo. C'era nell'aria il morso del gelo e sugli alberi le foglie cominciavano già a mostrare i bagliori d'oro dell'autunno.

Qui aveva un'ora o due da aspettare, prima che arrivasse il trenino locale che l'avrebbe portata ancora più a nord, attraverso quel limpido mattino. Trascorse il tempo recandosi nell'albergo più vicino dove fece colazione per poi ritornare lentamente in stazione. L'edicola dei giornali intanto aveva aperto, comprò una rivista e si avviò verso il marciapiede dove il piccolo treno si andava affollando di viaggiatori. Trovò un posto, sistemò il bagaglio e quasi subito fu raggiunta da una donna dal viso simpatico che prese posto di fronte a lei. Indossava un cappotto di tweed con una grossa spilla scozzese sul bavero e un cappello di feltro verde soffice e peloso e, oltre alla borsa da viaggio, piuttosto gonfia, era carica di numerose borse di plastica, una delle quali pareva contenere un robusto spuntino.

I loro occhi si incontrarono al di sopra del minuscolo tavolino che le divideva. Claudia sorrise educatamente e la donna esclamò: «Oh, mio Dio, che freddo questa mattina. Ho dovuto aspettare l'autobus e ora ho i piedi ghiacciati».

«Sì, ma il tempo è bellissimo.»

«Oh sì, bello davvero. Qualunque cosa meglio della pioggia, lo dico sempre io.» Si udì un fischio, uno sbattere di sportelli. «Ecco, ci siamo, si parte. E in perfetto orario, anche. Lei va lontano?»

Claudia, che aveva preso in mano la sua rivista, si rassegnò alla conversazione e depose il giornale.

«Lossdale.»

«Ma è dove vado anch'io. Sono stata per un giorno o due da mia sorella. Per fare un po' di shopping, capisce. Hanno un bellissimo negozio di Marks and Spencers. Ho comprato una camicia per mio marito. Lei si ferma a Lossdale?»

Non era curiosa, semplicemente piena di interesse. Claudia rispose: «Sì, soltanto per una settimana». E poi, giacché era ovvio che la domanda sarebbe venuta, offrì spontaneamente l'informazione. «A Inverloss, da mia cugina Jennifer Drysdale.»

«Jennifer! Oh, io la conosco bene, siamo insieme nel Comitato rurale a cucire gli inginocchiatoi per la chiesa. Strano che non abbia detto che l'aspettava.»

«Abbiamo combinato tutto all'ultimo momento.»

«È la prima volta che viene qui?»

«No. Venivo ogni estate quando ero giovane. Quando c'erano ancora i suoi genitori e prima che Jennifer ereditasse la fattoria.»

«Lei vive al sud?»

«Sì, a Londra.»

«Lo immaginavo. Dai vestiti.» Il treno arrancava rumorosamente sopra il ponte, l'estuario si apriva sotto di loro, allungandosi dalle colline a ovest fino al mare. Claudia vide i battellini che andavano in giro per il loro lavoro, case deliziose che si affacciavano sulla riva, con bei giardini che scendevano fino al mare. «Sono arrivata con il diretto della notte.»

«È un viaggio molto lungo, ma sempre meglio che farlo in automobile. Mio marito di questi tempi non vorrebbe più neppure andare sulle strade statali, il traffico è così intenso. È come rischiare ogni volta la vita. Ma lui è sempre stato un tipo lento. È la sua natura. Dipende dal suo mestiere.»

Claudia sorrise. «E qual è il suo mestiere?»

«Fa il pastore. E non pensa ad altro che alle sue pecore. Spero soltanto che si ricordi di venire a prendermi alla stazione. Gli ho lasciato un biglietto sul fornello in cucina per rammentarglielo, ma non sono sicura che si ricorderà.» Non si stava affatto lamentando, anzi, pareva piuttosto soddisfatta delle debolezze di suo marito, come se contribuissero a fare di lui un tipo speciale. «Jennifer viene a prenderla?»

«Ha detto che lo avrebbe fatto.»

«È una ragazza molto indaffarata, con la fattoria e le bestie e i figli. Sono dei bambini molto carini.»

«Ho visto soltanto le fotografie. Sono vent'anni che non vengo più a Inverloss. Jennifer non era ancora sposata.»

«Be', in Ronnie ha trovato un marito molto simpatico. Badi, lui viene dal sud, ma con tutto ciò è un ottimo agricoltore. E ci vuole, con una fattoria così grande da mandare avanti.»

La conversazione languì. Claudia guardava fuori dal finestrino. Ora erano in mezzo alle colline, procedendo tortuosamente in un paesaggio desolato, dove sorgevano solo fattorie sparse e brucavano greggi di pecore, mentre i corsi d'acqua fluivano sul fondo di vallate larghe e piatte, molto verdi. Il sole si levò alto nel cielo, accorciando le ombre. La compagna di Claudia aprì la borsa della colazione, si versò il tè in una tazza di plastica e prese a masticare piano un panino al prosciutto.

Le stazioncine si susseguivano, il treno rallentava e si fermava per pochi istanti, passeggeri scendevano e salivano. Era il ritmo della giornata, i cani abbaiavano, i facchini spingevano carrelli di pacchi. Nessuno aveva premura. Era come se ci fosse tutto il tempo del mondo.

E intanto il viaggio progrediva e Claudia si ritrovò a contare le fermate, come usava fare un tempo. Ancora tre. Due. Una. Ci siamo quasi. Ora il treno correva in riva al mare. Vide spiagge con i segni dell'alta e della bassa marea, cavalloni lontani. La moglie del pastore riavvolse il pacchetto della colazione, spazzò via con la mano le briciole dal seno prominente e cominciò a frugare nella sua capace borsetta alla ricerca del biglietto.

Il treno rallentò e le lettere dell'insegna LOSSDALE passarono davanti al finestrino e scomparvero. Le due donne si alzarono, raccolsero il loro bagaglio e scesero sul marciapiede. Il pastore c'era, insieme al suo cane. Non si era dimenticato della moglie, ma la salutò con pochi convenevoli. «Sei qui» osservò in maniera del tutto superflua, le tolse di mano la grande borsa e si avviò. La donna lo seguì, voltandosi a salutare Claudia con la mano. «Forse ci vedremo.»

Di Jennifer non c'era traccia. Il treno partì e Claudia si ritrovò sola sul marciapiede. Rimase immobile accanto alla valigia, nel suo bel vestito londinese e pensò che non c'è nulla di più deprimente che non trovare nessuno ad aspettarti al termine di un lungo viaggio. Si costrinse a non essere impaziente. Non c'era premura, non c'era alcun appuntamento urgente. Jennifer era stata semplicemente trattenuta...

«Claudia!»

Una voce maschile. Lei si voltò di scatto, in pieno sole, levando una mano a ripararsi gli occhi dalla luce. Lo vide venirle incontro come in un alone luminoso, irriconoscibile al primo istante e poi all'improvviso straordinariamente familiare.

Magnus Ballater. L'ultima persona al mondo che avrebbe mai pensato di incontrare. Non dimenticato, ma uscito dalla sua mente da più anni di quanti potesse ricordare. Magnus, in calzoni scuri di velluto a coste e un grosso maglione a riquadri enormi, più robusto di come poteva ricordare, con una testa di capelli scuri, folti, più lunghi di quanto usasse e il vecchio, insopprimibile sorriso sul volto abbronzato, segnato dal vento e dal mare.

«Claudia.»

Si accorse di essere rimasta a bocca spalancata e rise del proprio stupore. «Magnus. Per amor del cielo. Che cosa fai tu qui?»

«Sono venuto a prenderti. Jennifer è stata costretta a rimanere a Inverloss. È successo qualcosa con il boiler. Mi ha telefonato chiedendomi di venire a prenderti al treno.» Stava lì in piedi davanti a lei e la guardava. «Mi dai un bacio?»

Claudia alzò il capo e posò un lieve bacio sulla sua guancia fredda. «Non sapevo che fossi da queste parti.»

«Oh, certo che sto da queste parti. Sono un residente, ora. È questo tutto il tuo bagaglio?» Sollevò la borsa come fosse una piuma. «Vieni, ora.»

Lei lo seguì, correndo quasi per stargli al passo, attraverso il cancello della stazioncina, fuori sul piazzale dove li aspettava una vecchia automobile malandata. Dal finestrino posteriore si sporse un cane che aveva lasciato dei segni sul vetro. Magnus spalancò il bagagliaio e vi buttò dentro la valigia di Claudia insieme al cane e l'interno della macchina pareva non essere stato ripulito da mesi. Magnus però non si scusò per questo, prese posto accanto a lei, sbatté con forza lo sportello e accese il motore. La ghiaia schizzò di sotto le ruote posteriori e l'automobile accelerò subito la corsa. Lei ricordò che Magnus non era mai stato un uomo capace di perdere tempo.

«Ma che cosa fai qui?» domandò.

«Faccio andare avanti la vecchia tessitura di mio padre.»

«Ma allora giuravi sempre che non lo avresti mai fatto. Volevi essere indipendente, andartene per conto tuo.»

«E infatti lo feci, per qualche tempo. Andai a lavorare ai Borders e poi nello Yorkshire, e poi per un paio d'anni lavorai in Germania e da ultimo finii a New York come commissionario nel mercato della lana. Ma poi mio padre morì e lo stabilimento cominciò a perdere colpi ed era destinato a essere venduto. Così tornai a casa.»

C'era in lui un'aria di grande sicurezza, di fiducia. Claudia disse, ed era un'affermazione, non una domanda: «E lo hai rimesso in sesto».

«Ho tentato. Ora per lo meno non siamo più in rosso e cominciano ad arrivare grossi ordini. Ho raddoppiato le maestranze. Devi venire a vedere. Dirmi se approvi il nostro prodotto.»

«E sarebbe?»

«Tweed, ma di qualità molto più fine di quello che faceva mio padre. Tessuto più compatto, più leggero di peso, resistente ma morbido. Un tessuto malleabile, credo che si dica così. E colori straordinari.»

«Li crei tu?»

«Sì.»

«E da dove vengono i grossi ordini?»

«Da tutte le parti del mondo.»

«Ma è splendido. E dove abiti?»

«Nella vecchia casa di papà.»

La casa del vecchio signor Ballater. Claudia la ricordava, costruita in alto sulla collina, sopra la cittadina. Aveva un grande giardino e un campo da tennis e là avevano trascorso molti allegri pomeriggi, perché Magnus era maggiore di Claudia e Jennifer solo di un anno o poco più e faceva parte di una banda di ragazzi che passavano tutto il loro tempo insieme. Finite le scuole si era messo a studiare disegno industriale, in particolare per la tessitura e poi l'ultima estate trascorsa insieme era già uno studente del primo anno.

Quella si poteva definire un'estate speciale, per molte ragioni. Una era il tempo, che era stato eccezionalmente caldo e asciutto e le lunghe serate luminose del nord avevano visto molte partite di pesca, passeggiate lungo le rive del fiume e ore silenziose passate a catturare le trote. Un'altra ragione erano i divertimenti. Ormai erano tutti adulti e non c'era mai stato un simile susseguirsi di picnic, partite di golf, tornei di tennis e serate ballando i reel scozzesi, e i barbecue di mezzanotte sulla spiaggia. Ma, fra tutte le ragioni, quella veramente importante forse era stato Magnus, perché la sua straordinaria energia e la sua voglia di diversivi sempre nuovi li avevano trascinati tutti. Un giovanotto mai stanco, mai annoiato o di cattivo umore, con un'automobile tutta per sé, un giovanotto che dava sempre l'impressione di non dubitare un solo momento che la vita fosse da vivere così, ogni giorno pieno di allegria e divertimento.

«Ma parlami di te.» Guidando ad allarmante velocità aveva già attraversato la cittadina ed era di nuovo fuori, in campagna. «Jennifer dice che non sei più stata qui da quasi vent'anni. Come hai potuto restare lontana per così tanto tempo, perdere i contatti?»

«Non abbiamo mai perso i contatti. Abbiamo sempre continuato a scriverci e a telefonarci e ogni tanto Jennifer viene a Londra per un paio di giorni, abita a casa mia e andiamo insieme a far compere, a teatro...»

«Ma vent'anni. È passato così tanto da quando stavamo tutti insieme. Che tempi erano quelli.» Si girò a sorriderle e Claudia si trovò a pregare che non ci fosse qualche automobile che veniva loro incontro oltre la curva. «Perché non sei mai venuta? Eri troppo occupata?»

«Come te. A imparare un mestiere. Ad accumulare esperienza. A cominciare a lavorare.»

«Architetto di interni, mi ha detto Jennifer. Dove hai lo studio?»

«A Londra. In King's Road. Ho un negozio e i miei laboratori. Moltissimi ordini, qualche volta troppi.»

«E chi dirige il lavoro mentre tu sei via?»

«Ho un'assistente.»

«Si direbbe che hai successo.»

Claudia rifletté un momento. «Immagino di sì.»

Gli occhi di lui erano di nuovo sulla strada. «Non ti sei mai sposata» disse.

«Penso che Jennifer ti abbia detto anche questo.»

«Naturalmente. Non volevo crederci.»

Claudia provò un impulso di femminile irritazione. Con voce fredda rispose: «Immagino avrai pensato che le mie sole capacità erano di avere una casa, un marito e dei bambini».

«No» replicò lui con molta calma. «Non ho mai pensato nulla di questo genere. Sono rimasto soltanto sorpreso che una ragazza bella come te non sia stata colta al volo tanti anni fa.»

Parlava con una tale naturalezza, in modo così ragionevole che Claudia si vergognò delle sue parole avventate. Disse: «Faccio la vita che mi piace» ma pensò a Giles e poi smise di pensare a Giles perché lui era in America e il luogo e il momento e l'uomo che le stava accanto non avevano nulla a che fare con Giles. «Sono indipendente.»

«Posso dire che ti si addice?»

Ne fu commossa. «Sì, mi fa molto piacere.» Sorrise e con dolcezza cercò di cambiare discorso. «E tu, Magnus? Niente moglie?»

«Ancora non mi sono deciso.»

«Che significa?»

«Che non ho mai trovato il coraggio di fare il grande passo. Mi sono bagnato parecchie volte, naturalmente, ma non sono arrivato al tuffo finale.» Di nuovo si girò a guardarla in viso e i suoi occhi azzurri brillavano divertiti. «A quanto pare siamo fatti della stessa stoffa.»

Claudia distolse lo sguardo senza fare commenti. Sapeva che non era vero, non erano della stessa stoffa, ma non aveva nessuna intenzione di dirglielo. *Mi sono bagnato parecchie volte*. Non era difficile immaginare la portata di questi tentativi perché era, ed era sempre stato, un uomo estremamente attraente. Ma lei non aveva seguito la stessa strada. Da quando aveva conosciuto Giles, otto anni prima, era rimasta costantemente legata a lui; lo aveva seguito attraverso le vicende di un difficile matrimonio e di un divorzio pieno di risentimenti e da allora gli era sempre stata fedelmente vicina. E in quanto al tuffo finale tanto temuto, il matrimonio, lei non lo temeva, al contrario, lo desiderava.

Inverloss si trovava discosto dalla strada, raggiungibile attraverso una stradina segnata dai solchi dell'automobile, nascosta da un gruppo di vecchie querce e di faggi. Mentre la macchina sobbalzava sulla carreggiata Claudia si guardava intorno alla ricerca di cambiamenti e si sentiva piena di gratitudine trovando che poco era mutato. Avevano costruito un nuovo fienile e fra la strada e il giardino c'era uno steccato per il bestiame, ma per il resto tutto era rimasto come un tempo. Oltre lo steccato i ciottoli della riva fungevano da ghiaia e avvicinarsi alla casa era sempre stato come attraversare una spiaggia. Magnus posò il dorso della mano sul clacson in un suono lungo e forte e prima ancora che Claudia potesse aprire lo sportello dell'automobile, Jennifer era davanti a lei, arrivando di corsa dalla casa, con i cani alle calcagna e un bimbetto stretto al fianco. Portava jeans e una maglietta di cotone e la bella faccia spruzzata di lentiggini era l'immagine della buona salute. I capelli erano una selva di riccioli e non era molto diversa dal maschiaccio che era stata da adolescente.

«Oh, Jennifer...»

Jennifer depose a terra il piccino e si abbracciarono. Tutti i cani, compreso quello di Magnus cominciarono ad abbaiare e la faccia del bambino si increspò e cominciò a piangere. Jennifer lo riprese in braccio e il piccolo lanciò a Claudia un'occhiata di accorato risentimento, gli occhi orlati di lacrime.

«Mi dispiace tanto di non essere venuta a prenderti, ma Ronnie è andato a pescare e intanto è venuto l'idraulico per aggiustare il boiler. Erano giorni che lo aspettavamo. Doveva proprio venire di sabato!»

«Non importa. Ora sono qui.»

«Magnus, sei un angelo. Fermati a pranzo con noi. È una giornata talmente bella che andremo a raccogliere le more. Abbiamo deciso questa mattina che oggi sarebbe stato il giorno delle more. Jane e Rory sono in giro con i loro pony, ma fra un momento saranno di ritorno.»

C'era sempre stato, ogni anno, per quanto Claudia potesse ricordare, un giorno delle more. Una piccola tradizionale spedizione per raccogliere i gonfi frutti scuri che avrebbero prodotto un'annata intera di gelatine e marmellata.

Domandò: «Andiamo a Creagan Hill?».

«Ma certo. Dove altro? Vieni, Magnus, abbiamo sempre bisogno di un paio di mani in più.»

«Va bene. Ma prima devo fare una corsa in fabbrica, ho ancora un paio di cose da sistemare. A che ora è il pranzo?»

«Verso l'una.»

«Ci sarò.»

All'interno la casa era immutata. Che conforto trovarla così. Lo stesso odore, un misto di muschio, di fumo e di torba e i tappeti avevano angoli consunti e sulle tappezzerie c'erano segni e macchie all'altezza delle mani dei bambini.

«Non è magnifico che Magnus sia tornato a vivere a Lossdale? È come ai bei tempi. Lui e Ronnie sono grandi amici e Magnus sta facendo miracoli alla fabbrica. Sei stata sorpresa di rivederlo?» Jennifer, tenendo il bebè in braccio, faceva strada su per la scala e Claudia la seguiva con la valigia. Attraversarono l'ampio pianerottolo, Jennifer spalancò una porta e si trovarono in pieno sole.

«Ti ho messa qui, è la stanza che avevi sempre allora...» Claudia andò a deporre la valigia su una poltrona. «Non ti sembrano deliziosi questi copriletto? Li ho trovati in un baule in solaio. Vieni, devi sentire un gran bisogno di toglierti quegli abiti da viaggio. Non ne posso più di farti conoscere Ronnie; stento a credere che tu non lo abbia mai visto. E neppure Jane e Rory. Questo si chiama Geordie.» Mise giù il bambino e sedette sulla sponda del letto. Geordie, barcollando ancora un po' sulle gambette incerte si diresse verso il cassettone, si lasciò cadere seduto e si mise a giocare con le maniglie di ottone. «È un tale tesoro.»

Claudia stava in piedi davanti alla finestra aperta, voltando le spalle alla cugina, gli occhi fissi sui campi che scendevano fino al mare. «Avevo tanta paura che tutto fosse cambiato» disse, «ma non è così.» Si girò a sorridere a Jennifer. «E nemmeno tu sei cambiata. Tu non cambi mai.»

«Tu invece sei cambiata» esclamò Jennifer con schiettezza. «Sei dimagrita. Sei terribilmente magra.»

«È la vita londinese. E poi abbiamo entrambe trentanove anni. Non siamo più ragazzine.»

«Non ho detto che sei invecchiata. Soltanto che sei

magra. E molto raffinata.» Lo sguardo di Jennifer era fermo. «Come mai ti sei decisa a venire, così all'improvviso, avvertendo il giorno prima? O preferisci non parlarne?» Fra loro non c'erano mai stati segreti. Claudia abbassò la testa e cominciò a sbottonarsi la giacca. «Si tratta di Giles, vero?»

Fu un grande sollievo sentirla pronunciare il suo nome; detto ad alta voce, non sentirlo aggirarsi fra loro come uno spettro.

Jennifer sapeva di Giles. Aveva spigolato brandelli di notizie dalle lettere di Claudia e una volta lo aveva incontrato a Londra, una sera che lui le aveva portate fuori a cena. A quel tempo era già divorziato da quasi un anno. «Pensa di sposarti?» aveva domandato Jennifer, ma Claudia aveva riso e risposto che le cose non stavano affatto così, erano semplicemente buoni amici.

Giles. Bell'uomo, carriera brillante, affascinante ma sfuggente fino alla paranoia. Lui e Claudia vivevano ciascuno nella propria casa, ma erano amanti. Erano una coppia, accettati come coppia, e quando erano invitati per un weekend in campagna ci andavano insieme, restavano insieme.

Ma il lavoro di Giles come agente di cambio lo portava lontano. Molto del suo tempo lo passava a New York, dove aveva un appartamentino nella City e spesso stava via per tre o quattro mesi. Lei non sapeva mai quando sarebbe tornato fino a quando le telefonava. «Sono arrivato» diceva. «Sono qui.» Dopo di che, come se non ci fosse mai stata una separazione, riprendeva il ritmo della vita condivisa: una cena per amici in casa di Giles, che Claudia era ben lieta di organizzare; i contatti con le comuni conoscenze; le serate in intimità nel loro prediletto ristorante italiano; le notti cariche di magia, l'amore nell'immenso letto basso di Claudia.

E la vita cambiava colore, si caricava di vitalità, di

energie che si accumulavano, così che il ritmo quotidiano della casa, del lavoro, degli affari non rappresentava problemi, era piuttosto una sfida che Claudia affrontava con gioia. Si sentiva appagata, ogni domani aveva la luce di una promessa - tanto che era molto difficile credere che non fosse la stessa cosa anche per lui. Un giorno, si diceva Claudia, domani si accorgerà che non può esistere senza di me. Ma poi quel domani portava una telefonata per farle sapere che Giles si metteva di nuovo in viaggio, la sua fuga sempre dettata dai capricci del suo lavoro. E di nuovo se n'era andato, era oltre Atlantico, lasciandola sola a trarre il meglio che poteva dalla sua esistenza di donna sola, solitaria.

Jennifer stava aspettando. Alla fine rispose: «Sì, si tratta di Giles. Dovevamo partire per la Spagna con un gruppo di amici. Tutto già prenotato. Ma lui è stato trattenuto a New York e abbiamo dovuto annullare il viaggio. Avrei potuto andarci da sola, ma non avrebbe avuto alcun senso per me».

«Da quanto tempo è via questa volta?»

«Qualche mese. Doveva tornare tre giorni fa.»

«Che sgarbo.»

Claudia scattò in difesa di Giles. «Non è colpa sua.»

«Tu cerchi di scusarlo. Ma ti scrive mai? Si tiene in contatto con te?»

«Telefona. Qualche volta. È un uomo molto occupato.»

«Altre scuse. Immagino che tu lo ami. Lo sposeresti?»

«Io...» Claudia cercava le parole giuste. «Sì. Sì, certo. Voglio dire, vorrei tanto sposarmi. Avere dei bambini. Tutti mi giudicano una che pensa solo alla carriera, ma mi piacerebbe tanto avere dei bambini. Presto sarà troppo tardi.»

«Ma sei sicura» domandò Jennifer con sconcertante franchezza «di non essere soltanto l'amica londinese?»

Il sospetto temuto, che non voleva riconoscere. Come aveva sempre fatto, Claudia lo allontanò con un'alzata di spalle. «È anche possibile, immagino.»

«Hai fiducia in lui?»

«Non penso in termini di fiducia.»

«Ma Claudia, la fiducia è la cosa più importante di tutte. Non rovinarti la vita.»

«Come potrei lasciare Giles? È una decisione troppo grave. Non ci riuscirei mai. Ormai è parte di me; è troppo tempo che lo amo.»

«Sì. Troppo. Taglia i ponti.»

Claudia sospirò. «Non posso.»

Rimasero così, senza parlare. Il silenzio fu rotto da un grande sbattere di porte che si aprivano e si chiudevano, passi, vocette acute che chiamavano su per le scale: «Mammy! Siamo tornati. Moriamo di fame».

Jennifer sospirò. Si alzò in piedi e andò a riprendersi in braccio Geordie. Disse: «Devo andare a preparare il pranzo. Ne riparleremo».

Uscì dalla stanza. Claudia rimasta sola disfece la valigia, si cambiò indossando vecchi jeans e scarpe da ginnastica. Si lavò la faccia, si spazzolò i capelli. Mentre si stava preparando udì un'automobile che si fermava davanti all'ingresso e, guardando dalla finestra, vide Magnus di ritorno dalla fabbrica. Lo vide scendere dalla macchina e avviarsi verso la casa. Rimase a guardarlo ma, come se lo avesse chiamato, lui d'un tratto alzò gli occhi e la vide, incorniciata nel vano della finestra.

Le disse: «Non sei ancora pronta per pranzo?».

«Sì, sono pronta. Vengo.»

Creagan Hill era a tre miglia da Inverloss, all'estremità della cittadina. Dalla sommità della collina, coronata da rocce e da detriti della montagna i pendii scendevano dolcemente, rivestiti di erica, fino alla piana verso il mare, lasciando spazio a un susseguirsi di campi delimitati da muretti di pietra, folti di felci e dove brucavano greggi di pecore. Lungo i margini di questi campi correvano dei piccoli viottoli, riparati dai rigori del vento ed esposti in pieno sole. E qui crescevano grandi cespugli di rovi e sopra gli steli pungenti crescevano in grappoli e maturavano le more, grosse e scure.

I figli di Jennifer erano eccitati al pensiero della spedizione. Il giorno delle more li colmava di una schietta gioia infantile.

«Ci andiamo ogni anno» spiegava Jane con la bocca piena di pasticcio di patate. «E ci sporchiamo dalla testa ai piedi e quello che ne coglie di più riceve un premio. L'anno scorso l'ho avuto io...»

«Perché hai rubato un po' delle mie» fece notare Rory. Era un bel bambino, con gli occhi azzurri e i capelli di sua madre, un tipo flemmatico.

«Non è vero, sei stato tu a darmele.»

«Il mio secchiello era già pieno, non avevo più posto.»

Magnus intervenne con molto tatto. «Non importa. Quest'anno forse tutti avranno un premio.»

«Anche Geordie?»

«E perché no?»

«Sarà un fastidio, ci starà sempre fra i piedi mangiando more. E finirà per farsi venire il mal di pancia.»

Geordie batté con forza il cucchiaio sul legno del seggiolone e quando tutti lo guardarono proruppe in una grande risata soddisfatta.

«Per la verità» esclamò Jennifer quando tutti smisero di ridere di Geordie, «Jane ha ragione. Geordie non ce la farà certamente a stare fuori l'intero pomeriggio. Quindi penso che dovremmo andare con due macchine, così lo posso portare a casa quando comincia a frignare.»

«Io voglio andare con Magnus» annunciò subito Jane. «Vado nella sua macchina.»

Rory non si lasciava mettere in disparte facilmente. «Anch'io.»

Jennifer sospirò. «Non mi importa chi va con chi, ma cosa ne direste di raccogliere i piatti e metterli nella lavastoviglie, poi potremo partire.»

E così Claudia si trovò ancora una volta seduta a fianco di Magnus nell'automobile, con Rory e Jane sul sedile posteriore e il cane di Magnus dietro. L'espressione del cane era di paziente sofferenza e Claudia non poteva biasimarlo per questo. Jennifer partì per prima, il bambino legato con le cinghie nel seggiolino dietro di lei. Magnus la seguì a velocità più prudente del mattino, chiudendo la piccola processione.

Il pomeriggio manteneva le promesse del primo mattino e il tempo rimase incredibilmente bello e caldo, il cielo limpidissimo. Una volta superato l'abitato, Claudia vide la sagoma delle colline, la lucentezza del mare. Il sole inondava di luce il colore fulvo dei felceti e la fioritura violetta dell'erica. Lasciarono la strada principale e si gettarono in un'infinità di minuscoli viottoli che salivano dal mare. Creagan Hill si levava di fronte a loro, così ripido da non riuscire a vederne la cima.

Rory e Jane giocavano a porre indovinelli.

Che cosa è verde e va a cento miglia all'ora?

Un barile di vino di uva spina a cento all'ora.

Perché la gazza marina alza il becco?

Perché vuole che il riccio di mare le veda il mento. Capito, Rory? Vederle il mento.

Grandi scrosci di risate.

Claudia aprì il finestrino e lasciò che il vento le soffiasse sul viso. Era freddo e odorava di erba e di muschio e di alghe; pensò alla Spagna e d'un tratto si sentì contenta di essere lì e non laggiù.

Arrivarono al punto prescelto, scesero a uno a uno

dalle auto e subito si misero al lavoro. Allineati lungo i lati della stradina, arrampicandosi oltre i fossatelli che orlavano i campi, continuarono alacremente a lavorare per tutto il pomeriggio. I secchielli di plastica si andavano lentamente colmando di frutti scuri. Bocche e dita macchiate di un color violetto, pullover che si impigliavano nei rovi, jeans strappati, scarpe coperte di fanghiglia. Verso le quattro il piccolo Geordie ne ebbe abbastanza e Jennifer decise che era ora di riportarlo a casa.

«Sei stato così bravo a stare seduto su quel pezzettino di prato a guardare le coccinelle, vero, tesorino mio?» Baciò la faccetta sporca. «Ora devo comunque andare a preparare qualcosa per cena. Vieni a mangiare con noi, Magnus.»

«Mi hai già abbondantemente nutrito a mezzogiorno.»

«Ti nutrirò di nuovo. Non c'è problema. E Ronnie vorrà parlarti del pesce che non è riuscito a prendere. Chi torna a casa con me?»

Jane e Rory discussero un po' e alla fine decisero di andare con la mamma. Erano sazi di more e alla televisione c'era un programma che volevano vedere.

«E voi due che cosa fate?»

Claudia depose il suo pesante secchiello di more nel bagagliaio dell'auto di Jennifer e stirò le braccia doloranti. «È una giornata così splendida che non vorrei perderne neppure un momento.» Guardò Magnus. «Non pensi che potremmo portare il tuo cane a fare una passeggiata? Finora, poveretto, dev'essersi annoiato da morire.»

Magnus fu subito d'accordo. «Quello che vuoi. Potremmo arrampicarci un po' sulla collina. Godere il panorama. Ti piacerebbe?»

Era esattamente ciò che lei aveva desiderato tutto il pomeriggio. «Sì, mi piacerebbe moltissimo.»

Jennifer partì, i bambini affacciati ai finestrini a fare grandi gesti di saluto come se dovessero lasciarsi per sempre. Quando furono scomparsi alla vista Magnus si volse verso Claudia.

«Bene. Che cosa aspettiamo?»

Si avviarono su per i campi, su per il pendio che diventava sempre più ripido a mano a mano che salivano, facendosi strada attraverso barriere spezzate e felci alte fino al ginocchio; avanti ancora, fino a quando si trovarono in un mare di erica. Il cane, felice di avere finalmente l'attenzione di qualcuno, correva davanti a loro, annusando l'aria in cerca di conigli, la grossa coda piumosa levata al vento. Poche vecchie pecore vedendoli arrivare smisero di brucare e rimasero a fissarli. Claudia sentiva ora il vento sulle guance, grata per la sua freschezza, grata anche per il bel sentiero che le si allungava davanti, per il solido tappeto erboso che rendeva così piacevole camminare. Avvertiva la tensione dei muscoli delle gambe e i polmoni che si riempivano di quell'aria pura come acqua fresca di fonte.

A circa metà della salita si trovarono di fronte una fenditura erbosa da cui sgorgava una minuscola sorgente, cascatelle in miniatura che scendevano gorgogliando lungo un letto di sassolini bianchi. Claudia aveva sete. Si inginocchiò, raccolse l'acqua nelle mani a coppa e bevve. Sapeva di torba. Poi sedette, voltando le spalle alla montagna e, per la prima volta, i suoi occhi si protesero a contemplare il panorama.

«Non immaginavo che fossimo arrivati così lontano, che fossimo saliti così in alto.»

«Abbiamo camminato bene.» Si lasciò cadere accanto a lei, sedette con le ginocchia rialzate. Levò una mano a schermare gli occhi. «Non è il caso di salire oltre. Non troveremmo una vista migliore di questa.»

Aveva ragione. La vista era davvero meravigliosa, ricordata da tempi lontani ma sempre da togliere il fiato. Comprendeva la curva della costa, i campi e le fattorie e i laghetti dell'interno. Tutto steso davanti a loro come una carta gigantesca. L'aria era così limpida che le montagne verso sud, distanti una cinquantina di miglia, si levavano distinte, quasi vicine con le loro vette coperte dalla prima neve. E più oltre il mare, quel giorno azzurro come il Mediterraneo, il cupo azzurro fondo dei mari della Grecia di Omero.

E il silenzio. Soltanto il vento e il canto di un'allodola, il lungo triste richiamo di un chiurlo. Seduti così in silenzio, esposti al vento, presto avvertirono il freddo. Claudia, che si era tolta il maglione legandoselo attorno alla vita, ora se lo infilò nuovamente.

«Non devi prendere freddo» disse Magnus.

«Sto benissimo. E fa bene al cuore godere di una vista come questa in una simile giornata. Come siamo fortunati. E tu in particolare, perché vivi qui e puoi godertela sempre.»

«So cosa intendi dire. Questo ridà alle cose le loro giuste proporzioni.»

«Mi fa sentire come una formica.»

«Una formica?»

«Minuscola. Insignificante. Priva di importanza.»

Ma non soltanto lei. Tutta la vita con i suoi problemi: lavorare, fare denaro, amare. Stando lassù, così alti sopra il mondo, pareva di vedere la corsa quotidiana del topo attraverso l'estremità sbagliata di un telescopio, così che tutto appariva diminuito, senza peso, banale. E se Claudia era una formica, anche l'Atlantico non era più di uno stagno e New York un puntolino sul globo, seppure vivo di milioni di brulicanti insetti che popolavano quel brulicante grumo di umanità. E Giles era uno di loro.

Magnus domandò: «Credi che ti piacerebbe vivere sempre qui?».

«Non ci ho mai pensato. Ma vedo Jennifer, così felice con suo marito, i figli, la fattoria. E tuttavia non penso che farebbe mai per me.»

«La vita è una cosa strana. Tutti noi sparsi per il mondo, lontani e poi, dopo tanti anni... Perché mai proprio tu e io dobbiamo trovarci oggi qui, a metà del Creagan Hill e in una giornata così stupenda?»

«Non ne ho idea, Magnus.»

Lui continuò: «Mi domando se hai idea di quanto io fossi innamorato di te».

Aggrottando la fronte Claudia si girò a guardarlo, sbalordita e imbarazzata. Il profilo di lui era serio, quasi cupo. C'erano delle linee incise ai lati della bocca, sottili rughe attorno agli occhi e striature argentee nei folti capelli scuri. Poi lui voltò la testa per guardarla bene in viso e lei vide che in quegli occhi ora non c'era più allegria.

«Ma non parli seriamente» gli disse.

«Davvero non ne avevi idea?»

«Avevo diciassette anni.»

«Eri meravigliosa. Tanto bella che io avevo perfino paura dei miei sentimenti, perché ero sicuro che desiderarti era un sogno irrealizzabile.»

«Non hai mai detto...»

«E neppure lo lasciai capire.»

«Ma perché? Perché no?»

«Non era il momento giusto. Eravamo troppo giovani. Avevamo appena finito le scuole, avevamo tutta la vita davanti a noi. Tutto ancora da imparare, da costruire. Il mondo era la nostra ostrica, colma di persone che aspettavano di amare. E tutto ciò che volevamo era uscire in questo mondo e scoprirlo da soli. Avevo una tua fotografia e la portavo sempre con me e la mostravo ai miei compagni. "Questa è il mio primo amore" raccontavo. Non dicevo "il mio unico amore". Ed era quello che avrei dovuto dire.»

«Perché me ne parli ora?»

«Perché sono troppo vecchio per avere ancora dell'orgoglio.»

Detto così, con tutta semplicità. Claudia abbassò gli occhi, nella speranza che lui non le leggesse nel pensiero. Anch'io sono troppo vecchia per essere orgogliosa, ma mi ci devo aggrappare, perché per quanto riguarda Giles, pare sia il solo modo per poterlo tenere. Triste consapevolezza, squallida e desolata. Per un attimo pensò di aprire il suo cuore a Magnus, raccontargli tutto di Giles. Spiegargli, tentare di fargli comprendere. Ma sapeva che non sarebbe mai stata capace di infliggergli una pena simile. Non ora, non mentre si sentiva così confusa, così angustiata. Giles era il suo amore, la sua vita, quindi era anche il suo problema, non una soffereza che poteva essere scaricata su quest'uomo, questo vecchio amico che le aveva appena dichiarato il suo imperituro amore per lei.

No. Bisognava non darvi troppa importanza, mantenere un tono dolce e leggero. «L'orgoglio è comunque sempre un fastidio. Si mette soltanto fra le persone.»

«Già. E così non dici niente fino a quando è troppo tardi. Meglio, forse, non dire niente del tutto.»

«Non pensare questo.» Il giorno stava morendo, il sole tramontava dietro di loro e gli ultimi raggi gettavano ombre lunghe. Il vento, sollevandosi, piegava le erbe alte intorno alle rive del torrentello. Claudia ebbe un brivido. «Si sta facendo freddo.» E poi, giacché lui pareva così bisognoso di conforto, si chinò in avanti e lo baciò sulla bocca. «È ora di tornare a casa, Magnus.»

Dopo di questo tutto ritornò come doveva essere. Lui sorrise, un sorriso contrito ma pur sempre un sorriso, si alzò e le tese una mano per aiutarla a rimettersi in piedi. Poi fischiò per richiamare il cane, fu di nuovo il vecchio amico allegro, pieno di progetti per la serata che li aspettava.

«...Devo comprare un po' di vino per Ronnie. Ti dispiace se ci fermiamo un momento in paese mentre faccio un po' di acquisti? Sono rimasto anche senza bacon e devo prendere una scatola di biscotti per il cane.»

Nell'ultima luce dorata del pomeriggio la strada principale di Inverloss era piena di gente affaccendata nelle ultime attività quotidiane. I negozi erano ancora aperti; il macellaio, il fruttivendolo, la pescheria. Il caffè italiano gettava luce al neon sui marciapiede e dall'interno venivano il suono di musica pop e il profumo promettente di pesce fritto e di patatine. Intorno al caffè si aggiravano delle ragazze che ridacchiavano nella loro tenuta migliore del sabato sera, jeans attillati e grandi orecchini, mentre i giovanotti sedevano dall'altra parte della strada, davanti al pub e le guardavano.

Magnus fermò la macchina vicino al giornalaio. «Faccio subito.»

Scomparve all'interno e riemerse quasi immediatamente con un giornale. Glielo gettò in grembo attraverso il finestrino aperto. «Ti divertirà mentre aspetti.»

Se ne andò.

Era un giornale del mattino, un quotidiano popolare stampato a Londra. Claudia gettò un'occhiata distratta ai grossi titoli sensazionali e poi lentamente scorse il resto del giornale, articoli, fotografie, pubblicità. Voltò pagina e trovò gli Avvenimenti Mondani. E vide una fotografia di Giles.

Non era una fotografia molto grande e neppure di buona qualità, ma le saltò agli occhi come un nome noto che si stacca da una colonna di stampa. Giles in piedi, con una ragazza sottobraccio. Una ragazza bionda con una gran cascata di capelli. Indossava un abito piuttosto scollato, con le braccia nude. In mano aveva un piccolo bouquet di fiori. Giles sorrideva mostrando i denti. Aveva un aspetto massiccio, vagamente sovrappeso. Esibiva una tremenda cravatta a pois.

La didascalia diceva: "Giles Savours con la giovane sposa Debbie Peyton. Vedi in 4ª colonna".

Il suo primo pensiero, istintivo fu "Non può essere vero. È un mostruoso errore. Hanno capito male". Di colpo si sentì gelata, le labbra fredde, la bocca asciutta. "Non può essere vero."

Colonna 4ª.

Titolo in grossi caratteri neri. AFFARI COME SEMPRE PER GILES E DEBBIE. E poi la storia.

> Non ci sarà un'immediata luna di miele per l'uomo d'affari londinese Giles Savours (44), che questa settimana si è sposato nella chiesa di St. Michael, a Brewsville, Stato di New York. Giles, socio della ditta della City Wolfson-Rilke, ha moltissimo lavoro che lo terrà impegnato nel suo ufficio di New York, ma progetta di andare alle Barbados per Natale.
>
> La deliziosa sposina Debbie Peyton (22) è l'unica figlia di Charlie D. Peyton, della Consolidated Aluminium. Di piccola statura (1,55) Debbie ha incontrato Savours per la prima volta solo tre mesi fa, ma il turbinoso corteggiamento non è passato inosservato fra i colleghi newyorkesi di Giles. Questo è il suo secondo matrimonio – è stato sposato con Lady Priscilla Rolands – e i suoi amici cominciavano a dubitare che potesse rifare ancora una volta il grande passo...

Non riuscì a continuare la lettura. C'era pochissima luce, le righe oscillavano, le parole si confondevano. Giles, sposato. Pensò alla sua voce sulla linea telefonica intercontinentale, tranquilla come sempre, ricca di scuse ragionevoli. «Mi dispiace terribilmente. È accaduto qualcosa. Mi è assolutamente impossibile tornare a Londra in tempo per la Spagna. So che tu comprenderai.

Perché non ci vai senza di me? Ti divertiresti. Sì, naturalmente, non appena è possibile...»

E via di seguito. La stessa voce, lo stesso vecchio inganno. Niente di nuovo. Eccetto che questa volta non aveva nemmeno avuto il coraggio di dirle che stava per sposare un'altra donna. Una ragazza. Abbastanza giovane da essere sua figlia. Era sposato. Era tutto finito.

Continuava a sentirsi irrigidita dal freddo. Pensò, sono gelata dallo shock. Stava seduta nell'automobile di Magnus e aspettava che la sua reazione si facesse palese. Aspettava la collera. Forse grida d'ira. Lacrime cocenti di pura umiliazione. Una terribile sensazione di perdita, di lutto. Ma nulla di tutto questo accadde e, dopo qualche momento, si rese conto che non sarebbe accaduto.

Scoprì invece che stava provando le emozioni più assurdamente inattese. Sollievo e una specie di gratitudine. Sollievo perché tutte le decisioni le erano state tolte di mano e gratitudine perché forse questa era la cosa migliore che Giles avrebbe potuto fare per lei.

«Scusa se ti ho fatto aspettare così a lungo.» Magnus era di ritorno. Buttò un sacchetto di cibo per il cane sul sedile posteriore e riprese il suo posto al volante, deponendo un grosso pacco di acquisti sul pavimento fra loro. Claudia udì un tintinnare di bottiglie. Magnus richiuse lo sportello con un colpo secco.

«Ho comprato il vino e un po' di dolci per i bambini. Me ne sono ricordato giusto in tempo. Ho promesso un premio per la raccolta delle more...»

Claudia non rispose. Non si girò a guardarlo, ma sentì su di sé i suoi occhi.

«Claudia?» E poi: «Qualcosa non va?».

Dopo un momento lei scosse la testa.

«Qualcosa non va.»

Lei fissava immobile il giornale. Con dolcezza lui si sporse e glielo tolse di mano. «Di che si tratta?»

«Soltanto di un uomo che conosco.»

«Che cosa gli è successo?» Ovviamente lui pensava al peggio.

«Non è morto o qualcosa di simile. Si è semplicemente sposato.»

«Questo tipo qui? Giles Savours?»

Claudia annuì.

«Un vecchio amico?»

«Sì.»

«Un amante?»

«Sì.»

«Da quanto tempo lo conoscevi?»

«Otto anni.» Una lunga pausa mentre Magnus leggeva ciò che Claudia aveva già letto. «Perché l'età e le misure sono sempre così importanti in queste pagine idiote?» Ripiegò il giornale con gesti energici e lo lasciò cadere sul pavimento. Poi fece una cosa molto dolce e tenera. Allungò una mano e prese quella di lei nella sua. «Hai voglia di parlarmene?»

«Non c'è nulla di cui parlare. Niente e tutto. Ci vorrebbe troppo tempo. Giles è la ragione per cui sono venuta qui. Perché dovevamo andare in Spagna insieme e lui ha disdetto all'ultimo momento. Non mi ha spiegato perché, soltanto che era accaduto qualche cosa.»

«Non sapevi niente di quest'altra ragazza?»

«No. Non sapevo nulla di lei. Probabilmente perché non volevo saperlo. Non mi sarei mai lasciata andare a pensare ad altri che a me stessa. Non c'è niente di più sgradevole di una donna sospettosa e sapevo che se avessi detto qualcosa a Giles, ciò che esisteva fra noi sarebbe stato rovinato.»

«Non è un gran fondamento per un rapporto. Meriti qualcosa di meglio di questo.»

«No. È stata colpa mia. Ma sarebbe stato più dignitoso per entrambi se lui avesse trovato il coraggio di dirmelo. In un certo senso mi fa un po' pena. Dev'essere terribile avere così poco coraggio morale.»

«Non provo alcuna pena per lui. Mi pare piuttosto che sia un gran bastardo, un uomo crudele.»

«No, Magnus, non crudele. Uno di noi doveva finirla... Questa storia è andata avanti zoppicante anche per troppo tempo. E non devi dispiacerti per me. Tu pensi che io sia stata abbandonata, io invece mi sento come se fossi stata liberata.»

La sua mano era ancora chiusa in quella di Magnus. Per la prima volta girò la testa verso di lui e lo guardò dritto negli occhi. E questa volta fu lui a baciarla.

Disse: «È stata una giornata importante, a dir poco. E ciò che più conta è il primo giorno del resto della tua vita. Allora, cosa dici? Dobbiamo alzare le nostre vele e fare di ciò che ne rimane una giornata memorabile? Dopotutto abbiamo del vino e abbiamo delle donne e posso sempre offrire una canzone».

A dispetto di tutto Claudia scoppiò a ridere. Poi disse: «Sono contenta che sia stato tu a essermi vicino in questo momento. Sono contenta che sia stato tu la persona a cui ho potuto dirlo».

«Ne sono contento anch'io» rispose Magnus.

E questo fu tutto. Lui riaccese il motore e l'automobile partì, giù per la strada principale e fuori nella campagna immersa nel crepuscolo. Claudia guardò verso il mare e vide la luna salire all'orizzonte. Si sentì confortata, e sorrise a quella faccia lucente come se fosse una vecchia amica.

Il vestito rosso

Un mese dopo i funerali del vecchio dottor Haliday, il signor Jenkins, il giardiniere, andò da Abigail e, con la faccia lunga e un gran grattarsi la testa, si licenziò.

Abigail in parte se lo aspettava, già da qualche tempo. Per quasi quarant'anni Jenkins era stato il giardiniere di suo padre e doveva aver passato da un bel po' la settantina. Ma ciò non bastò a mitigare la sua costernazione.

Pensò al suo bel giardino, privo di qualcuno che lo curasse. Ebbe allucinanti visioni di se stessa intenta, tutta sola, a falciare i prati, zappare le patate, strappare le erbacce nelle aiuole fiorite. Si vide sopraffatta da tutto quel lavoro al punto di lasciare che il giardino andasse in rovina. Vide ortiche, rovi ed erba calderina avanzare lentamente fino a prendere il sopravvento. Presa dal panico si trovò a pensare: "Oh, mio Dio, che cosa farò senza di lui?".

Lo disse. «Signor Jenkins, cosa farò senza di lei?»

«Forse» suggerì il signor Jenkins dopo una lunga pausa di meditazione «potrebbe cercare qualcun altro.»

«Penso che dovrò almeno provare.» Si sentiva sconfitta, incapace di affrontare la situazione. «Ma lei sa come è difficile trovare anche un uomo per i lavori più semplici. A meno...» Ma non nutriva molte speranze. «A meno che lei conosca qualcuno.»

Il signor Jenkins scosse lentamente la testa da una parte all'altra, come un vecchio ronzino disturbato dalle mosche. «È difficile» ammise. «E mi dispiace lasciarla. Ma vede, senza il dottore, non ce la faccio ad andare avanti. Facevamo tutto insieme, lui e io. E poi sto diventando troppo vecchio e l'umidità mi aumenta i reumatismi. È già un anno o due che mia moglie insiste perché mi licenzi, ma io non volevo lasciare il dottore...»

Aveva l'aria più angosciata che mai e il cuore tenero di Abigail fu pieno di umana simpatia per il vecchio. Allungò una mano e la posò sul braccio di Jenkins. «Certo che deve andare in pensione. Ha lavorato tutta la vita. È ora che faccia una vita più comoda. Ma... mi mancherà. Non è soltanto per il giardino. Lei è stato un buon amico per tanti anni...»

Il signor Jenkins, imbarazzato, borbottò qualcosa e se ne andò. Un mese più tardi prese commiato definitivamente e si avviò giù per il sentiero sulla sua vecchissima bicicletta per l'ultima volta. Fu la fine di un'era. Peggio. Abigail non aveva ancora trovato nessuno che lo sostituisse.

«Metterò un biglietto nella bacheca dell'ufficio postale» aveva suggerito la signora Midgeley e insieme, lei e Abigail, avevano elaborato il testo dell'annuncio. Tutto quello che ne venne, tuttavia, fu la visita di un equivoco ragazzotto in motocicletta, dall'aria così poco rassicurante che Abigail non lo fece neppure entrare in cucina. Troppo spaventata per lasciargli capire che non le piaceva, gli disse che nel frattempo aveva già trovato qualcun altro. Lui allora era diventato molto sgradevole e aveva offerto un paio di esempi della sua povera mente prima di allontanarsi con un grande rimbombo e offensive scariche puzzolenti del tubo di scappamento.

«Perché non ti rivolgi a una di quelle ditte che forniscono giardinieri?» aveva domandato Yvonne. Yvonne era un'amica di Abigail, sposata con Maurice che faceva la spola con la City, dove lavorava. Yvonne preferiva i cavalli al giardinaggio. Passava tutto il suo tempo trasportando i suoi figli e i loro pony da una competizione a una riunione ippica e quando non era occupata in questo modo era intenta a governare gli animali, o a sollevare balle di fieno, pulire i finimenti, strigliare i cavalli, pettinare criniere o telefonare al veterinario. «Maurice si è stancato di quegli uomini a ore che non vengono mai e quindi ha fatto un contratto con una ditta, così ora una volta alla settimana viene una squadra e noi non dobbiamo più neppure strappare un'erbaccia.»

Ma il giardino di Yvonne era un semplice prato con alte siepi di faggi e poche giunchiglie. Era solo desolatamente ordinato e pulito, ma non aveva la benché minima somiglianza con il bellissimo giardino che era stato una delle cose più belle lasciate dal vecchio dottor Haliday a sua figlia Abigail. Lei non voleva che venisse ripulito una volta alla settimana da una squadra di omaccioni senza cuore. Voleva qualcuno che non soltanto si prendesse cura del giardino, ma che vi si dedicasse con amore.

«Sarebbe più facile» diceva la signora Brewer, che veniva due mattine la settimana a fare le pulizie, «sarebbe più facile se lei avesse da offrire un cottage. È più facile trovare un aiuto quando si può offrire un'abitazione insieme al lavoro.»

«Ma io non ho un cottage. E non c'è neppure lo spazio per costruirne uno. E se anche lo spazio ci fosse, non me lo potrei permettere.»

«Avere un piccolo cottage fa un'enorme differenza» insistette la signora Brewer. E continuò a ripeterlo, a intervalli, per tutta la mattina, ma questo naturalmente non servì a migliorare la situazione.

Per sei settimane Abigail si arrangiò da sola. Il tempo era bello e questo peggiorava le cose, perché voleva dire che lavorava senza fermarsi mai fino a quando era quasi troppo buio per vederci. Ma nonostante la sua fatica lei vedeva già il giardino andare lentamente in rovina. C'era disordine. La gramigna e il centonchio si infiltravano dal bosco vicino. Le foglie morte cominciavano a comparire, appostate sotto la siepe di lavanda, ammucchiandosi tetramente dietro la meridiana. L'orto, che il signor Jenkins aveva zappato, se ne stava, cupo e abbandonato, in attesa del lavoro che lei non aveva il tempo di fare, delle sementi che lei non aveva il tempo di seminare.

«Forse dovrei fare a meno dell'orto» disse alla signora Brewer. «Forse dovrei seminarlo semplicemente a prato.»

«Ma sarebbe una vera vergogna» rispose la signora Brewer severamente. «Ci sono voluti anni per avere quella bella aiuola di asparagi. E pensi alle pastinache che il signor Jenkins ci portava in casa. Ci si poteva fare un pranzo, dicevo sempre io. Già, è quello che dicevo sempre. Si poteva farci un pranzo.»

Venne un gran vento e uno dei cancelli si spalancò, spezzando un cardine. La clematide montana aveva bisogno di essere potata, ma Abigail aveva paura di salire in cima alla scala. Sapeva che avrebbe dovuto ordinare la torba per le azalee e si chiedeva se il motore della falciatrice elettrica era stato revisionato.

In paese incontrò Yvonne che le disse: «Tesoro, cominci ad avere un'aria molto stanca. Non dirmi che stai cercando di tenere il giardino da sola».

«Che altro posso fare?»

«La vita è troppo breve per ammazzarsi su un giardino. Devi solo affrontare la situazione. Tuo padre e il signor Jenkins erano due persone uniche. Ora devi per forza semplificare le cose. Devi assolutamente pensare a crearti una vita tua.»

«Sì» rispose Abigail, sapendo che era vero. Ritornò a casa con il suo cestino della spesa e tentò di riflettere su ciò che avrebbe dovuto fare. Ho quarant'anni, pensò, e questo le diede lo shock che quel pensiero le dava sempre. Che ne è stato di tutti i sogni della giovinezza? Se ne sono andati, scivolati via con gli anni. Anni trascorsi lavorando a Londra e poi tornando a Brookleigh per occuparsi di suo padre dopo che la mamma era morta. Per tenersi occupata, si era impiegata nella biblioteca del paese, ma sei mesi addietro, quando suo padre aveva avuto un primo colpo leggero, aveva abbandonato anche quel lavoro per dedicare tutto il suo tempo e ogni sua energia a quell'uomo anziano così attivo e risoluto.

E ora lui era morto e Abigail aveva quarant'anni. Cosa si faceva a quarant'anni? Si smetteva di portare i jeans, di comperare bei vestiti, di sentirsi allegri quando brillava il sole? O si diventava una donna in carriera oppure si doveva semplicemente vegetare, passando, senza visibile sforzo, da un giorno all'altro, fino a che gli anni erano cinquanta e poi sessanta? Pensò: io non mi sento quarant'anni. A quarant'anni si è quasi una donna di mezz'età e talvolta Abigail aveva l'impressione di avere ancora diciotto anni.

Quelle riflessioni sconcertanti l'accompagnarono per tutta la strada, fino a casa. Risalì il sentiero e, appoggiata all'angolo della siepe di ligustro, vide la bicicletta. Era una bicicletta azzurra, molto vecchia e leggera, con una sella che pareva molto scomoda. Una bicicletta mai vista. Di chi era?

Non si vedeva nessuno. Ma quando Abigail si avvicinò all'ingresso posteriore della casa, una persona comparve oltre l'angolo e disse: «Buongiorno» e l'apparizione era così sorprendente che per un momento Abigail non poté far altro che rimanere a fissarla. L'uomo aveva una gran massa di capelli e una folta barba ispida. In cima alla testa portava uno strano berrettino fatto a maglia con una nappina rossa. Sotto la barba cominciava un lungo maglione che gli arrivava fin quasi alle ginocchia. E infine malandati calzoni a coste macchiati, e antiquati stivali con le stringhe.

L'uomo le venne incontro. «Quella è la mia bicicletta.» Lei vide che era piuttosto giovane; gli occhi, in mezzo a tutta quella massa di pelo scuro, erano di un azzurro intenso.

«Ah, sì» fece Abigail.

«Ho sentito che lei cerca un giardiniere.»

Abigail cercò di prendere tempo. «Chi glielo ha detto?»

«Mia moglie è andata all'ufficio postale e la signora laggiù glielo ha detto.» Si fissarono. Lui aggiunse con semplicità: «Ho bisogno di un lavoro».

«Lei non è di queste parti, vero?»

«No. Veniamo dallo Yorkshire.»

«Da quanto tempo si trova a Brookleigh?»

«Da due mesi circa. Abitiamo nel cottage della cava.»

«Il cottage della cava...» La voce di Abigail era piena di sgomento. «Pensavo che fosse stato dichiarato inagibile.»

L'uomo fece un largo sorriso. Attraverso la folta barba arruffata apparvero i denti, candidi, forti e scintillanti. «Avrebbe dovuto esserlo. Ma per lo meno abbiamo un tetto sopra la testa.»

«Cosa l'ha indotta a venire a Brookleigh?»

«Sono un pittore.» Con gesto aggraziato andò ad appoggiarsi al davanzale della finestra di cucina, le mani affondate nelle tasche. «Negli ultimi cinque anni ho insegnato in una scuola secondaria di Leeds, ma ora ho deciso: se non faccio subito qualcosa per farmi strada con la mia pittura, non ci riuscirò mai più. Ne ho discusso a fondo con Poppy – è mia moglie – e abbiamo deciso di fare un tentativo. E sono venuto qui perché volevo essere vicino a Londra. Ma ho due bambini e quelli devono mangiare, così ho bisogno di un lavoro a mezza giornata.»

C'era qualcosa di molto disarmante in quell'uomo, con quei brillanti occhi azzurri, quell'assurdo abbigliamento e le sue buone maniere, la sua calma. Dopo un momento Abigail domandò: «Se ne intende di giardinaggio?».

«Sì. Sono un buon giardiniere. Mio padre possedeva un pezzo di terra quando ero ragazzo e io lavoravo in giardino con lui.»

«Qui c'è molto da fare.»

«Lo so» rispose lui calmo. «Ho dato un'occhiata intorno. È ora che lei semini l'orto e quella rosa rampicante sulla facciata ha bisogno di essere tagliata...»

«Voglio dire, il giardino è molto grande. C'è una quantità di lavoro.»

«Ma è bellissimo. Sarebbe un peccato lasciarlo andare.»

«Sì» rispose Abigail e sentì un impulso di simpatia per l'uomo.

Ci fu un'altra piccola pausa mentre continuavano a guardarsi. Alla fine lui domandò: «Ho il posto?».

«Quanto tempo può dedicarmi?»

«Potrei venire tre giorni alla settimana.»

Le sorrise di nuovo. «Devo tenermi un po' di tempo per dipingere» insistette lui, cortese ma fermo. «E in tre giorni posso fare una quantità di lavoro.»

Abigail esitò ancora un momento soltanto e poi, impulsivamente, prese la sua decisione. «Va bene. Siamo d'accordo. Lei può cominciare lunedì mattina.»

«Alle otto in punto sarò qui.» Prese la bicicletta e sollevò una gamba sopra quell'impossibile sellino.

«Non so come si chiama» disse Abigail.

«Tammy» fu la risposta. «Tammy Hoadey.» E con

ciò se ne andò, pedalando lungo il viale, con la nappina del berretto che svolazzava nella brezza.

In paese, quando si seppe la notizia, ci fu molta preoccupazione. Tammy Hoadey non era del posto. Veniva "dal nord", nessuno sapeva nulla di lui. Si era sistemato con la famiglia in quel cottage derelitto presso la vecchia cava. Sua moglie aveva l'aria di una zingara. Abigail era sicura di quello che faceva?

Abigail assicurò tutti che era perfettamente sicura.

La signora Brewer fu la più scandalizzata. «Così diverso dal vecchio signor Jenkins. Mi ha fatto venire un colpo vederlo lì a lavorare, con quella barba. E l'altro giorno consumava il suo pranzo proprio vicino alla meridiana. Seduto al sole, fresco come una rosa, stava mangiando tranquillamente il suo panino.»

Abigail aveva già notato quell'infrazione all'etichetta, ma non aveva detto nulla. Dopotutto, solo perché il vecchio Jenkins si era rinchiuso ogni giorno nel capanno degli attrezzi per consumare il suo pasto seduto su un secchio rovesciato, leggendo la pagina delle corse nel quotidiano locale, non c'era alcuna buona ragione per pretendere che Tammy facesse altrettanto. E se un uomo lavorava in un giardino, perché non avrebbe dovuto anche goderselo? Lo disse alla signora Brewer, con il suo tono timido e un po' incerto e l'altra tirò su col naso, ridotta al silenzio, continuando a disapprovare Tammy fra sé.

Per due mesi tutto andò bene. Tammy riparò il cancello, ripulì lo stagno delle ninfee, piantò la verdura nell'orto. L'erba cominciò a crescere e lui prese a far andare su e giù per i prati in pendio la falciatrice elettrica. Trasportò il concime, legò la clematide, ripulì le aiuole dalle erbacce, potò i rami troppo irregolari di un rododendro. E mentre lavorava continuava a fischiettare. Intere arie e cantate, complete di trilli e di arpeggi. L'aria si colmò di

Mozart e di Vivaldi che si mescolavano al canto degli uccelli. Era come avere un flautista tutto per sé.

E poi, alla metà di luglio, lui andò da Abigail e le disse che se ne sarebbe andato per due mesi. Lei ne fu ferita e si arrabbiò. «Ma Tammy, non può lasciarmi così, senza preavviso. C'è l'erba da tagliare, la frutta da cogliere e tutto il resto.»

«Lei se la caverà» rispose lui con calma.

«Ma perché se ne vuole andare?»

«Vado a lavorare per un appaltatore, ai campi di patate. Si guadagna bene. Voglio far incorniciare tutti i miei quadri e questo costa un patrimonio. Finché non sono incorniciati non posso neppure tentare di presentarli a una mostra. E se non li espongo, non riuscirò mai a venderne uno.»

«Non ha mai esposto?»

«Sì, una volta, a Leeds. Un paio di quadri.» Senza falsa modestia aggiunse: «Sono stati venduti entrambi».

«Trovo ugualmente molto ingiusto che lei mi pianti in questo modo.»

«Tornerò» disse lui. «In settembre.»

Non c'era nulla da fare, era evidente. Tammy se ne andò come aveva detto lasciando Abigail senza alcuna speranza di trovare, in piena estate, qualcuno che lo sostituisse. Nessuna speranza neppure di trovare un uomo tuttofare che l'aiutasse a superare il periodo di crisi. Inoltre, una volta sfumata la rabbia, quando fu in grado di valutare la situazione con relativa calma, si rese conto che non voleva un altro giardiniere. Non c'era nessuno che lavorasse più e meglio di Tammy Hoadey, ma quel che era ancora più importante, Abigail aveva simpatia per lui. Era una grande seccatura, ma i due mesi sarebbero passati. Avrebbe aspettato che ritornasse.

Cosa che lui fece. Immutato, sempre con addosso quei

suoi bizzarri vestiti, un po' più magro, forse, ma allegro come sempre. Fischiettando cominciò a spazzare via le prime foglie cadute. Questa volta era il Concerto per chitarra di Rodrigo. Abigail, in jeans e con un maglione scarlatto, andò ad aiutarlo. Accesero un fuoco da cui si levò un fumo pallido, una piuma grigia che salì leggera nell'aria immobile del primo autunno. Tammy si allontanò dal falò e si appoggiò alla sua scopa. Attraverso il fuoco e il fumo i loro occhi si incontrarono. Lui le sorrise e disse: «Lei sta davvero molto bene in rosso. Non l'avevo mai vista vestita di rosso».

Lei si sentì imbarazzata, ma anche gratificata. Erano anni che nessuno le faceva più un complimento così caldo e spontaneo.

«È... è solo un vecchio maglione.»

«È un bel colore.»

Il complimento le rimase addosso, la scaldò per tutto il giorno seguente. Quella mattina andò in paese per fare la spesa. Accanto alla farmacia c'era una piccola boutique, aperta di recente. In vetrina c'era un vestito. Un vestito di seta, molto semplice, con una piccola cintura e la gonna a pieghe profonde che si aprivano a ventaglio. Il vestito era rosso. Senza concedersi un attimo di riflessione, Abigail entrò nel negozio, provò il vestito e lo comprò.

Non disse a Yvonne la ragione della sua impulsività. «Rosso?» esclamò Yvonne. «Ma, tesoro, tu non hai mai portato il rosso.»

Abigail si morse le labbra. «Pensi forse che sia troppo vivace? Troppo giovanile?»

«No, certo che non lo penso. Sono soltanto stupita di vederti fare una cosa così diversa dal tuo solito stile. Ma mi fa anche piacere. Non puoi continuare in eterno a mortificarti con quei colori spenti. Comunque, io avevo una prozia che visse fino a ottantaquattro anni e andava sempre ai funerali con un cappello blu zaffiro con le piume.»

«Cosa c'entra questo con il mio vestito rosso?»

«Nulla, suppongo.» Scoppiarono a ridere insieme, come due scolarette. «Sono contenta che tu lo abbia comprato. Devo dare una festa, così potrai indossarlo.»

Ma in ottobre, all'improvviso, Tammy smise di fischiettare. Cominciò a venire al lavoro silenzioso, di cattivo umore. Abigail, terrorizzata al pensiero che lui volesse andarsene un'altra volta, raccolse tutto il suo coraggio e gli domandò se era successo qualcosa. Sì, rispose lui, tutto. Poppy lo aveva lasciato. Aveva preso i bambini ed era tornata da sua madre a Leeds.

Abigail ne fu molto scossa. Sedette ai margini di un'aiuola e chiese: «Per sempre?».

«No, non per sempre. Solo per una visita, dice. Ma abbiamo litigato. Lei non ne può più del cottage alla cava e davvero non posso darle torto. Ha paura che i bambini possano cadere dal gradino della cava e di notte il piccolo continuava a tossire. Lei dice che è l'umidità.»

«Cosa pensa di fare?»

«Non posso tornare a Leeds» rispose lui. «Non posso tornare a vivere in una città. Non dopo tutto questo.» Il gesto stanco pareva comprendere il giardino, il bosco, le aiuole fiammeggianti di fiori, le foglie dorate della quercia.

«Ma è sua moglie. E i suoi figli...»

«Tornerà» disse Tammy, ma dal tono della voce non pareva molto convinto. Abigail provò un caldo impulso di solidarietà, di umana simpatia. All'ora di pranzo, quando lui si lasciò cadere depresso nel suo angolo presso la serra per consumare il suo magro pasto, riempì una ciotola di minestra e gliela portò.

«Se non c'è qui sua moglie a prendersi cura di lei, dovrò farlo io» gli disse e lui sorrise grato e accettò la minestra.

Incredibile a dirsi, Poppy e i bambini ritornarono, ma lui non riprese a fischiettare allegramente. Abigail si sentì coinvolta in una sorta di soap-opera televisiva: *L'interminabile saga di Tammy Hoadey*. Si disse che i problemi erano fra Tammy e Poppy, fra marito e moglie. Non la riguardavano. Non si sarebbe immischiata.

Ma restare neutrali non doveva essere possibile, perché una settimana più tardi Tammy andò a cercarla e disse che voleva chiederle un favore. Il favore era che Abigail avrebbe dovuto comprare uno dei suoi quadri.

Lei rispose: «Ma non ho mai neppure visto uno dei suoi quadri».

«Ne ho portato uno con me. Sulla bicicletta. È incorniciato.» Abigail lo fissò, intrappolata dall'imbarazzo e lui andò fuori e ritornò con un grosso pacco avvolto in carta scura e legato con lo spago. Svolse la carta e alzò il quadro davanti a lei perché lo guardasse.

Abigail vide la cornice argentea, i colori vivaci, la processione di strane figurine a testa in giù e provò un senso di incomprensione totale per questa nuova forma di arte. Era così lontano dal suo mondo, così estraneo e diverso da tutti i quadri del dottor Haliday, che non trovò nulla da dire. Cominciò ad arrossire. Tammy aspettava in silenzio. Alla fine lei sbottò: «Quanto chiede per il quadro?».

«Centocinquanta sterline.»

«Centocinquanta? Tammy, ma io non ho centocinquanta sterline da spendere per un quadro.»

«Ne ha cinquanta?»

«Be'... sì...» Messa con le spalle al muro, fu spinta alla crudele verità. «Ma... voglio dire, non è il mio genere di pittura. Non penserei mai di comperare un quadro come questo.»

La risposta non lo scoraggiò. «Be', mi presterebbe cinquanta sterline? Solo per qualche tempo? Può tenere il quadro come garanzia.»

«Ma pensavo che avesse guadagnato tanto con le patate.»

«È andato tutto in cornici. E la settimana prossima è il compleanno del mio bambino e dobbiamo pagare il droghiere. Poppy è arrivata al limite, non ce la fa più. Dice che se non comincio a vendere quadri e a fare un po' di denaro se ne andrà davvero da sua madre e questa volta per sempre.» C'era disperazione nella sua voce. «Come ho già detto, non posso biasimarla. È una vita molto dura per lei.»

Abigail tornò a guardare il quadro. I colori, per lo meno, erano brillanti. Lo prese dalle mani di Tammy. Disse: «Va bene, lo terrò per lei. Lo metterò al sicuro». Poi entrò in casa, salì in camera sua a cercare la borsetta e ne tolse cinque banconote nuove da dieci sterline.

«Questa» si disse, «probabilmente è la cosa più stupida che io abbia mai fatto in vita mia.» Ma richiuse la borsetta, tornò giù e diede il denaro a Tammy.

«Non la ringrazierò mai abbastanza» disse lui.

«Mi fido di lei» rispose Abigail. «So che non mi deluderà.»

All'ora di pranzo telefonò Yvonne. «Mia cara, mi dispiace di dirtelo all'ultimo minuto, ma vorresti venire questa sera a cena? Maurice ha telefonato ora dall'ufficio dicendo che porta a casa un amico con il quale ha rapporti di lavoro e ho pensato che sarebbe carino se tu venissi ad aiutarmi a intrattenerlo.»

Per la verità Abigail non aveva nessuna voglia di andare. Era depressa, rattristata dai problemi di Tammy e non dell'umore per accettare un invito. Cominciò a dare segno di poco entusiasmo, ma Yvonne trovò che era una sciocca e glielo disse. «Stai diventando una terribile zitella. Dove è andato a finire tutto il tuo spirito, la tua impulsività? Certo che verrai. Ti farà bene e puoi metterti il vestito rosso che hai appena comprato.»

Ma Abigail non indossò il vestito rosso. Lo teneva per... per qualcosa di speciale. Per una persona speciale. Un'occasione speciale. Indossò invece un abito marrone che Yvonne aveva già visto almeno una dozzina di volte. Si aggiustò i capelli, si truccò e scese. Nell'ingresso, sulla mensola accanto al telefono c'era il quadro di Tammy, ancora malamente avvolto nella sua carta. La sua presenza aveva qualcosa di patetico, in un certo senso, come un grido di aiuto. *Se non espongo, non riuscirò mai a vendere nulla.* Se nessuno vedeva quei singolarissimi quadri lui non avrebbe mai potuto sperare di iniziare una carriera. Abigail ebbe un'idea. Forse Yvonne e Maurice avrebbero dimostrato qualche interesse. Forse lo avrebbero apprezzato tanto da comprarsi un quadro di Tammy. E lo avrebbero appeso in salotto e altre persone lo avrebbero visto e avrebbero chiesto di lui.

Era una speranza molto vaga. Maurice e Yvonne non erano davvero dediti al mecenatismo delle belle arti. Ma comunque valeva la pena di tentare. Decisa, Abigail si infilò il cappotto, lo abbottonò, afferrò il quadro e uscì.

L'amico di Maurice si chiamava Martin York. Era un omone grande e grosso, più alto di Maurice e terribilmente grasso. Era calvo, con una coroncina di capelli grigi. Era venuto da Glasgow per una riunione d'affari, spiegò ad Abigail mentre bevevano lo sherry e a dire il vero aveva prenotato in un albergo di Londra, ma Maurice lo aveva convinto a disdire la prenotazione, a venire invece a Brookleigh e passare la notte a casa sua.

«Un paesetto molto grazioso. Lei vive qui?»

«Sì. Ho sempre vissuto qui, più o meno.»

Maurice intervenne nella conversazione. «Possiede la

casa più bella di tutto il paese. E uno splendido giardino. Com'è il tuo nuovo giardiniere, Abigail?»

«Be', non è più tanto nuovo. Ormai lavora per me da parecchi mesi.» Raccontò di Tammy a Martin York. «...per la verità è un artista - un pittore.» Poteva essere il momento giusto per avviare il discorso del quadro. «Anzi, ho qui con me uno dei suoi quadri... L'ho comprato. Ho pensato che potesse interessarvi...»

Yvonne arrivava in quel momento dalla cucina e colse quelle parole. «A chi, a me? Ma tesoro, io non ho mai comprato un quadro in vita mia.»

«Però potremmo dargli un'occhiata» disse Maurice in fretta. Era un uomo di animo gentile e sempre pronto a fare ammenda per le osservazioni troppo franche di sua moglie.

«Oh, mi piacerebbe vederlo...»

Così Abigail depose il bicchierino di sherry e andò nell'ingresso dove, insieme al suo cappotto, aveva lasciato il quadro di Tammy. Lo portò in salotto, sciolse i lacci che lo legavano e tolse la carta. Porse il quadro a Maurice che lo posò su una poltrona e poi si allontanò per vederlo meglio.

Gli altri gli si strinsero vicini, a semicerchio. Nessuno disse una parola. Abigail si sentì improvvisamente nervosa nell'attesa delle loro reazioni, quasi fosse lei stessa la responsabile di quelle figurine, di quei colori brillanti. Desiderava appassionatamente che tutti lo ammirassero, che volessero comprarlo. Aveva l'impressione di essere la madre di un bambino prediletto che viene esaminato e giudicato insufficiente.

Yvonne fu la prima a rompere il silenzio. «Ma è tutto alla rovescia.»

«Sì, lo so.»

«Tesoro, ma davvero lo hai comprato da Tammy Hoadey?»

«Sì» mentì Abigail, non trovando il coraggio di rivelare l'accordo che aveva fatto con Tammy.

«Ma quanto gli hai dato?»

«Yvonne!» la redarguì suo marito con asprezza.

«Oh, ad Abigail non importa, vero, cara?»

«Cinquanta sterline» rispose lei, cercando di restare calma.

«Ma per cinquanta sterline avresti potuto comprare qualcosa di veramente bello!»

«Io penso che sia veramente bello» esclamò Abigail in tono di sfida.

Ci fu un'altra lunga pausa. Martin York non aveva ancora detto nulla. Ma si era tolto dal taschino gli occhiali e li aveva infilati per osservare meglio il quadro. Abigail, incapace di sopportare un altro minuto di silenzio, si girò verso di lui.

«Le piace?»

Lui si tolse gli occhiali. «È pieno di innocenza e di vitalità. E mi piacciono i colori. Si direbbe opera di un bambino molto complesso. Sono certo che ne trarrà grande godimento.»

Abigail avrebbe potuto mettersi a piangere dalla gratitudine. «Ne sono certa» rispose. Andò a prendere il quadro per rimetterlo nel suo involucro, per sottrarlo agli sguardi degli altri, privi di ogni apprezzamento.

«Come ha detto che si chiama?»

«Tammy Hoadey» rispose Abigail. Maurice ripassò con la caraffa dello sherry e Yvonne cominciò a parlare di un nuovo pony. Nessuno più pronunciò il nome di Tammy e Abigail capì che il suo primo tentativo di mecenatismo era miseramente fallito.

Il lunedì seguente Tammy non arrivò al lavoro. Alla fine della settimana Abigail fece una piccola, prudente inchiesta. In paese nessuno aveva visto gli Hoadey. Lasciò passare ancora un giorno o due prima di tirare fuori la macchina e andare fino alla stradina cosparsa di immondizie che portava giù alla vecchia cava. Il malandato cottage sorgeva proprio sul margine della parete di pietra. Dal comignolo non saliva neppure un'ombra di fumo. Le finestre erano sprangate. La porta chiusa a chiave. Nel misero giardinetto giaceva abbandonato un giocattolo di plastica, un piccolo trattore senza una ruota. Dei corvi gracchiavano bassi e un vento leggero increspava le acque nere sul fondo della cava.

So che non mi deluderà.

Ma lui se n'era andato, era tornato a Leeds con la moglie e i figli. Per ricominciare a insegnare e dimenticare il sogno di diventare un artista. Se n'era andato portandosi via le cinquanta sterline di Abigail e lei pensò che non lo avrebbe visto mai più.

Tornò a casa, tolse il quadro dalla carta e lo portò in salotto. Lo posò su una poltrona e poi, con grande cautela, andò a staccare dal muro un quadro molto pesante che pendeva da sempre sopra la mensola del caminetto, la veduta di un *glen* scozzese. Togliendolo dalla parete trovò sotto una quantità di polvere e di ragnatele. Prese uno straccio, ripulì il muro e poi vi appese il quadro di Tammy. Si allontanò un poco per vedere l'effetto: i colori puri, nitidissimi, la piccola processione di figurine che correvano lungo le pareti della tela e sulla parte superiore come nei vecchi musical di Hollywood, dove le persone ballavano sul soffitto. Si accorse di sorridere. Tutta la stanza pareva diversa, come se ci fosse entrata in quel momento una persona vivace e divertente. Godimento. Ecco la parola che aveva usato l'amico di Maurice. Tammy se n'era andato, ma aveva lasciato dietro di sé una parte della sua accattivante personalità.

Intanto era passato quasi un mese. L'autunno era arrivato sul serio, con venti freddi e acquazzoni e le prime gelate notturne. Dopo pranzo Abigail, ben coperta per difendersi dal freddo, uscì in giardino per mettere in ordine le rose, potare le testoline dei bocci uccisi dal gelo, tagliare i rami secchi. Stava portando una carriola di roba di scarto verso il mucchio del letame quando udì il rumore di un'automobile che si avvicinava e vide una lunga e lucente limousine nera sbucare oltre la curva del viale per andare a fermarsi di fianco alla casa. La portiera si aprì e ne scese un uomo. Uno sconosciuto alto, brizzolato, con gli occhiali, che indossava un soprabito scuro da città. Distinto, quasi quanto la sua automobile. Abigail mise giù la carriola e gli andò incontro.

«Buongiorno» disse il signore. «Mi dispiace disturbarla, ma sto cercando Tammy Hoadey e mi hanno detto che lei avrebbe potuto aiutarmi.»

«No, non è qui. Lavorava per me, ma ora se n'è andato. Penso che sia tornato a Leeds. Con la moglie e i bambini.»

«Non ha idea di come potrei mettermi in contatto con lui?»

«Temo di no.» Si tolse i guanti da giardinaggio e tentò di respingere sotto il foulard una ciocca di capelli che le scendeva sul viso. «Non ha lasciato indirizzo.»

«E non deve tornare?»

«Non lo aspetto.»

«Oh, peccato.» Sorrise con espressione di rammarico, ma di colpo il sorriso lo rese più giovane, gli tolse ogni aria di austerità. «Forse dovrei spiegarmi. Mi chiamo Geoffrey Arland...» Infilò la mano dentro il cappotto e dal taschino interno trasse un biglietto da visita. Abigail lo prese nelle mani sporche di terra. *Galleria d'Arte Geoffrey Arland* lesse e sotto un prestigioso indirizzo di Bond Street. «Come vede sono un gallerista...»

«Lo so» rispose Abigail. «Sono venuta nella sua galleria circa quattro anni fa. Con mio padre. Lei esponeva allora una raccolta di dipinti floreali di epoca vittoriana.»

«È venuta a vederli? Mi fa molto piacere. Era una collezione deliziosa.»

«Sì, ci era piaciuta moltissimo.»

«Io...»

Ma il vento aveva in quel momento portato una grossa nuvola temporalesca a coprire il sole e d'improvviso si mise a piovere.

«Credo che sarebbe meglio entrare» disse Abigail e lo guidò verso casa, attraverso la vetrata che dava sul giardino, direttamente in salotto. La stanza era molto graziosa e vivace, il fuoco ardeva nel camino, sul pianoforte c'era una composizione di dalie e sopra il caminetto pendeva il quadro di Tammy, con il suo mosaico di colori brillanti.

Entrando dietro di lei, lui lo vide immediatamente. «Oh, questo è un lavoro di Tammy Hoadey.»

«Sì.» Abigail richiuse la porta a vetri e si sciolse il foulard che le copriva i capelli. «L'ho comprato da lui. Aveva bisogno di denaro. Lui e la sua famiglia vivevano in un orribile cottage giù presso la cava. Non aveva trovato nient'altro. La sua era un'esistenza terribile, ai limiti della fame.»

«Questo è il solo quadro che possiede di lui?»

«Sì.»

«È quello che ha mostrato a Martin York?»

Abigail aggrottò la fronte. «Lei conosce Martin York?»

«Sì, è un mio buon amico.» Geoffrey Arland si girò verso Abigail. «Fu lui a parlarmi di Tammy Hoadey perché riteneva che la cosa potesse interessarmi. Ciò che non sapeva era che il mio interesse per il lavoro di Hoadey risaliva a un paio di suoi quadri che avevo visto in una mostra a Leeds tempo fa. Ma entrambi erano stati venduti e non so come non riuscii mai a mettermi in contatto con lui. Pare un tipo piuttosto inafferrabile.»

«Si occupava del mio giardino» disse Abigail.

«È uno splendido giardino.»

«Lo era. Lo fece mio padre. Ma lui morì all'inizio della primavera e il nostro vecchio giardiniere non ebbe più la forza di andare avanti da solo.»

«Sono spiacente.»

«Sì» rispose Abigail non sapendo che altro dire.

«Così ora lei vive sola?»

«Per il momento, sì.»

«In certi casi è difficile prendere delle decisioni» replicò lui. «Voglio dire, quando si perde una persona cara. Mia moglie è morta da circa due anni e soltanto ora mi sono deciso a muovermi, a cambiare casa. Non sono andato molto lontano, lo ammetto. Da una casa a St. John's Wood a un appartamento a Chelsea. Ma è stato comunque un certo mutamento.»

«Se non riesco a trovare un altro giardiniere, penso che anch'io dovrò traslocare. Non potrei sopportare di starmene qui e vedere tutto il giardino andare in rovina. Ed è troppo grande perché me ne possa occupare da sola.»

Si sorrisero, pieni di comprensione l'uno per l'altra. Abigail disse: «Posso farle una tazza di caffè».

«No, davvero, devo andare. Devo rientrare a Londra, preferibilmente prima dell'ora di punta. Se lui si fa vivo, potrebbe farmelo sapere?»

«Naturalmente.»

La pioggia era cessata. Abigail aprì la porta e si ritrovarono sulla terrazza. Le pietre del lastrico scintillavano, bagnate. Le nubi del temporale erano state spazzate via e ora il giardino era soffuso della nebbiolina dorata del meriggio.

«Non viene mai a Londra?»

«Sì, qualche volta. Per andare dal dentista o per cose del genere.»

«La prossima volta che andrà dal dentista spero che venga a visitare la mia galleria.»

«Sì. Forse. Mi dispiace per Tammy.»

«Dispiace anche a me» replicò Geoffrey Arland.

Novembre passò e poi fu dicembre. Il giardino giaceva grigio e nudo sotto i cupi cieli invernali. Abigail lo abbandonò e si rinchiuse in casa a scrivere i primi biglietti natalizi, continuare il suo ricamo e guardare la televisione. Per la prima volta dopo la morte di suo padre soffrì la solitudine. L'anno prossimo, si disse, avrò quarantun anni. L'anno prossimo sarò più decisa, capace. Devo cercarmi un lavoro, farmi nuovi amici, invitare gente a cena. Nessuno poteva fare queste cose per lei e lo sapeva, ma per il momento trovava a malapena il coraggio di andare in paese. Non avrebbe certo avuto l'energia per intraprendere un viaggio fino a Londra. Il biglietto da visita di Geoffrey Arland rimase dove lo aveva lasciato, infilato nella cornice del quadro di Tammy. Ma cominciava a essere polveroso e gli angoli si arricciavano. Presto, lo sapeva, lo avrebbe gettato nel fuoco.

Quello stato d'animo così depresso sfociò, com'era inevitabile, nell'inizio di un brutto raffreddore che la costrinse a letto per due intere giornate, cupe e desolate. La terza mattina si svegliò tardi. Seppe che era tardi perché dal piano di sotto veniva il rumore dell'aspirapolvere; la signora Brewer era entrata con le sue chiavi e aveva già cominciato a lavorare. Oltre le tende aperte il cielo si andava colmando di luce, passando dal grigio del primo mattino a un pallido azzurro invernale, puro e intatto. Le ore della giornata le stavano davanti come un vuoto enorme. Poi la signora Brewer spense l'aspirapolvere e Abigail udì l'uccello cantare.

Un uccello? Tese l'orecchio. Non era un uccello. Era una persona che fischiettava Mozart, *Eine kleine Nachtmusik*. Abigail saltò dal letto e corse alla finestra, scostando le tende con entrambe le mani. E sotto, in giardino, vide la figura che le era familiare; il berretto con la nappina rossa, il pullover verde troppo lungo, gli stivali. Aveva la zappa sulla spalla e si stava dirigendo verso l'orto. I suoi passi lasciavano impronte sul prato ghiacciato. Spalancò i vetri, incurante del fatto che indossava solo la camicia da notte.

«Tammy!»

Lui si arrestò di colpo, si girò, la faccia rivolta verso l'alto. Sorrise. Disse: «Salve».

Abigail si buttò addosso i primi indumenti che trovò a portata di mano, scese di corsa le scale e uscì in giardino. Lui la stava aspettando davanti alla porta posteriore con un sorriso imbarazzato.

«Tammy, che cosa fa qui?»

«Sono ritornato.»

«Siete tornati tutti? Anche Poppy e i bambini?»

«No, loro sono ancora a Leeds. Ho ripreso a insegnare. Ma adesso ci sono le vacanze, così sono venuto qui, da solo. Sono tornato ad abitare nel cottage alla cava.» Abigail lo fissò sconcertata. «Sono venuto per quelle cinquanta sterline che lei mi ha prestato.»

«Non le ho prestato nulla. Il quadro l'ho comprato. Intendo tenerlo.»

«Sono contento che voglia tenerlo, ma anche così voglio estinguere il mio debito.» Si grattò la nuca. «Lei pensava che lo avessi dimenticato, vero? O me la fossi svignata con i soldi? Mi dispiace di essermene andato così, senza dirle nulla. Ma il bambino era peggiorato, aveva l'influenza e Poppy aveva paura della polmonite. Aveva la febbre alta e allora lo portammo via da quella casa; era così malsana. Tornammo dalla madre di

Poppy. È stato malato per un po', ma ora sta bene. Intanto era venuto libero un posto di insegnante. Ora sono molto difficili da ottenere, così ho pensato bene di prendere al volo l'occasione.»

«Avrebbe dovuto dirmelo.»

«Non sono molto bravo a scrivere lettere e la cabina telefonica del posto è stata messa fuori uso dai teppisti. Ma ho detto a Poppy che durante queste vacanze sarei tornato a Brookleigh.»

«Ma... e la sua pittura?»

«L'ho lasciata perdere...»

«Ma...»

«I figli sono più importanti. Poppy e i bambini.»

«Ma, Tammy...»

Lui disse: «Suona il telefono».

Abigail rimase in ascolto, poi disse: «Risponderà la signora Brewer».

Ma il telefono continuava a squillare e allora lei lasciò Tammy sulla porta e rientrò in casa.

«Pronto?»

«La signorina Haliday?»

«Sì.»

«Qui parla Geoffrey Arland...»

Geoffrey Arland. Abigail rimase a bocca spalancata, sbalordita da quella incredibile coincidenza. Del tutto ignaro del suo stupore, lui continuò: «Mi voglia scusare se chiamo così presto, ma ho davanti a me una giornata molto fitta di impegni e ho pensato che avrei avuto maggiori possibilità di trovarla chiamando ora piuttosto che più tardi. Mi sono chiesto se c'era qualche speranza di vederla in città prima di Natale. Stiamo preparando una mostra che desidererei molto farle vedere. E ho pensato che forse potevamo pranzare insieme. Per me vanno bene quasi tutti i giorni, ma...».

Finalmente Abigail ritrovò la voce. Disse: «È tornato Tammy!».

Geoffrey Arland, interrotto nel bel mezzo del suo discorsino, restò naturalmente sconcertato. «Prego?»

«Tammy è tornato. Tammy Hoadey. Quel pittore che lei era venuto a cercare.»

«È tornato da lei?» La voce di Geoffrey Arland fu di colpo diversa, imperiosa, la voce dell'uomo d'affari.

«Sì, è ricomparso oggi, proprio questa mattina.»

«Gli ha detto che sono venuto a Brookleigh?»

«Non ne ho avuto ancora il tempo.»

«Desidero vederlo.»

«Lo porterò io a Londra» disse Abigail. «Lo porterò io in automobile.»

«Quando?»

«Domani, se vuole.»

«Ha dei quadri da mostrarmi?»

«Glielo domanderò.»

«Porti tutto quello che può. E se non ha quadri con sé a Brookleigh, mi porti almeno lui.»

«Certo, lo farò.»

«Vi aspetterò in mattinata. Venga direttamente alla galleria. Faremo una chiacchierata con lui e poi vi porterò entrambi a pranzo.»

«Saremo da lei verso le undici.»

Per un momento nessuno dei due parlò. Poi Geoffrey Arland disse: «È un miracolo» e la sua voce non aveva più il tono degli affari, ma era lieta e piena di gratitudine.

«I miracoli avvengono.» Abigail sorrideva ed era un sorriso così grande che pareva quasi cambiarle espressione. «Sono così contenta che lei abbia telefonato.»

«Anch'io sono contento. Per una quantità di ragioni.»

Riattaccò e dopo un lungo momento Abigail depose il ricevitore. Rimase accanto al telefono e si strinse nelle spalle. Nulla era cambiato e tutto era cambiato. Al piano di sopra la signora Brewer continuava a muoversi pesantemente dietro al suo aspirapolvere, ma l'indomani Abigail e Tammy sarebbero andati a Londra per incontrare Geoffrey Arland; per mostrargli i quadri di Tammy; per essere invitati a pranzo. Abigail avrebbe indossato il vestito rosso. E Tammy? Cosa avrebbe indossato Tammy?

Lui la stava aspettando, era ancora dove lei lo aveva lasciato quando era squillato il telefono. Stava appoggiato alla sua vanga, mentre aspettava il suo ritorno e si riempiva la pipa. Quando lei ricomparve, alzò gli occhi e disse: «Ho pensato che dovrei cominciare a sterrare un po' il terreno...».

Lei fu lì lì per dire: Al diavolo il giardino. «Tammy, quando è tornato a Leeds ha portato con sé i suoi quadri?»

«No, li ho lasciati qui. Sono ancora nel cottage alla cava.»

«Quanti sono?»

«Pressappoco una dozzina.»

«E c'è un'altra cosa che le devo domandare. Ha... un vestito buono?»

Tammy la guardò come se lei fosse improvvisamente impazzita. «Sì» rispose. «Era di mio padre. Lo tengo per i funerali.»

«Perfetto» disse Abigail. «E ora stia zitto per almeno dieci minuti perché ho una quantità di cose da raccontarle.»

La signora Brewer sperava che la signorina Haliday stesse licenziando Tammy Hoadey. Lo aveva visto risalire il viale con la sua bicicletta, fresco come una rosa, senza una sola parola di preavviso o di spiegazione. Brutto sfacciato, aveva pensato, ricomparire in quel modo, quando nessuno più lo aspettava, come se non fosse neppure stato via tanto tempo.

Adesso era davanti al lavandino a riempire il bollitore per farsi la sua tazza di tè e li guardava: la signorina Haliday che parlava e parlava (e questo non era nelle sue abitudini) e Tammy che le stava davanti come un idiota. Finalmente gli dice quello che si merita, si disse la signora Brewer con soddisfazione. È quello che ci vuole per un tipo così. Quello che si merita.

Ma sbagliava. Perché quando la signorina Haliday smise di parlare non accadde proprio nulla. Lei e Tammy rimasero semplicemente lì, fissandosi negli occhi. E poi Tammy Hoadey lasciò cadere la vanga, gettò in aria la pipa che aveva in mano, allargò le braccia e strinse la signorina Haliday in un grosso abbraccio da orso. E la signorina Haliday, lungi dall'opporsi a un tale impudente comportamento, gli mise le braccia al collo e ricambiò l'abbraccio, proprio lì, davanti agli occhi della signora Brewer e venne sollevata da terra e fatta volare in aria, incurante e sgraziata come una ragazzina irresponsabile.

Be', che cosa poteva ancora succedere? si domandò la signora Brewer mentre l'acqua scendeva a riempire il bollitore e infine traboccava, inosservata, nel lavandino. Che altro poteva ancora succedere?

Una ragazza che conoscevo

Alle dieci del mattino la cabina della funivia era stipata di gente come un autobus londinese nelle ore di punta. Cigolando leggermente, dondolandosi appena, saliva con orrenda regolarità nell'aria limpida, di una luminosità accecante, alta sopra i campi innevati, sopra i pochi chalet sparsi nella valle. Dietro a loro, il villaggio scompariva in lontananza - case, negozi, alberghi, tutti raggruppati intorno alla strada principale. Molto al di sotto si allargavano distese enormi di neve scintillante con macchie azzurre di ombra sotto i radi gruppi di abeti. Di fronte e sopra di loro - e Jeannie era colta dalle vertigini al solo pensarci - sovrastava la vetta che pareva pungere l'azzurro del cielo come un ago di ghiaccio...

La vetta. Il Kreisler. Appena al di sotto, la tozza, massiccia struttura di legno dell'edificio che comprendeva la stazione di arrivo della funivia e il grande ristorante. La facciata era un'enorme vetrata che mandava lampi di luce con il riflesso del sole. Sia la stazione della funivia sia il ristorante, visti dal villaggio, erano apparsi remoti come la luna, ma ora si facevano più vicini a ogni istante.

Jeannie deglutì. Aveva la gola secca, lo stomaco chiuso dalla paura. Premuta fra la gente in un angolo della cabina, girò la testa a cercare Alistair, ma lui, Anne e Colin erano stati separati dalla folla al momento di entrare nella cabina e lui era finito proprio dalla parte opposta. Chiaramente visibile, perché era tanto alto, il bel profilo che si stagliava netto. Avrebbe voluto che si voltasse e cogliesse il suo sguardo, le offrisse un sorriso di incoraggiamento, ma la sua mente era tutta concentrata sulla montagna, sulla discesa dal Kreisler che li avrebbe riportati giù fino al villaggio.

La sera precedente, quando loro quattro si erano trovati nel bar dell'albergo, lei aveva detto: «Io non verrò». Nel bar la gente ballava e c'era un'allegra orchestrina in costume tirolese.

«Ma certo che devi venire. È stata la ragione principale per cui siamo in vacanza qui, per poter sciare tutti insieme. Non c'è nessun divertimento se tu passi tutto il tempo andando su e giù per le discese dei bambini.»

«Non sono abbastanza brava.»

«Non è difficile. È semplicemente molto lunga. Ci adegueremo tutti alla tua velocità.»

Questo era ancora peggio. «Vi farò perdere del tempo.»

«Non avere così poca fiducia nelle tue capacità.»

«Ma io non voglio venire.»

«Non avrai mica paura, eh?»

Sì, aveva paura, ma disse: «Non proprio. Ho soltanto paura di rovinarvi il divertimento».

«Non rovinerai un bel niente.» Pareva straordinariamente sicuro di ciò che diceva, così come era straordinariamente sicuro di se stesso. Sembrava che non conoscesse neppure il significato della paura fisica e quindi era del tutto incapace di accettarla in un'altra persona.

«Ma...»

«Non discutiamone più. Non parlarne. Vieni, andiamo a ballare.»

Ora, schiacciata in un angolo della cabina, si convinse che lui si era dimenticato della sua esistenza. Sospirò e si girò a guardare fuori. Il vuoto, quell'altezza vertiginosa, impossibile. Sotto di loro, in lontananza, gli sciatori stavano già scendendo lungo le piste, simili a formichine che disegnavano tracce nella neve vergine. Questa era la cosa veramente orribile. Che sembrasse tanto facile. Ma per Jeannie invece era di una difficoltà quasi insormontabile. «Piegare le ginocchia» le aveva detto il maestro di sci. «Tenere tutto il peso sulla gamba esterna.»

Il peso sulla gamba esterna. Non me lo devo dimenticare. Il peso sulla gamba esterna. Lo devo fare. Lo so fare. Devo rilassarmi. Flettere le ginocchia. Il peso verso l'esterno.

Erano arrivati. Un momento di dondolio nell'aria limpidissima, nello scintillare del sole e poi il rumore secco della cabina che si arrestava nella penombra della stazione di testa, con un sussulto. Le porte si aprirono, la folla defluì verso l'esterno. Quassù faceva molto più freddo. La porta che conduceva fuori era ornata di festoni di ghiaccio e sotto i piedi si avvertiva lo scricchiolio della neve ghiacciata. Jeannie fu l'ultima a uscire e quando fu all'aperto i primi sciatori erano già partiti per la discesa, ansiosi di non perdere neppure un istante di quella mattina, restii a trascorrere anche solo cinque minuti nel calore del ristorante, davanti a una tazza di cioccolata calda o a un bicchiere fumante di vino brulé.

«Su, Jeannie, andiamo.»

Alistair, Colin e Anne avevano già gli sci ai piedi, gli occhiali da neve abbassati sugli occhi, tutti e tre pronti per partire. Lei si sentiva i piedi di piombo nei pesanti scarponi, le pareva di inciampare e di scivolare nella neve. Il freddo pungente le pizzicava le guance, le scendeva nei polmoni con una sensazione di dolore.

«Su, vieni qui, ti aiuto io.»

Senza sapere come arrivò a fianco di Alistair, lasciò cadere gli sci. Lui si chinò ad agganciare gli attacchi... Con il peso degli sci addosso si sentì ancora più insicura, incapace quasi di muoversi.

«A posto?»

Non era neppure in grado di parlare. Colin e Anne, prendendo il suo silenzio per un assenso, sorrisero allegramente, fecero un cenno di saluto con le racchette e partirono. Una lieve spinta li portò oltre il margine della discesa e subito scomparvero in una nuvola di neve fresca, nell'infinito scintillante dello spazio.

«Vieni semplicemente dietro a me» disse Alistair. «Andrai benissimo.» E anche lui in un attimo fu scomparso.

Vieni semplicemente dietro a me. Era Alistair che lo diceva e lei lo avrebbe seguito in capo al mondo, ma qui era impossibile. Era impossibile fare qualunque cosa se non restare lì, immobile, tremando di paura. Neppure nelle sue fantasie più spaventose era mai arrivata a immaginare un simile senso di terrore. E poi, piano piano, in luogo del panico subentrò una calma decisione.

Non avrebbe fatto la discesa del Kreisler sciando. Ora si sarebbe tolta gli sci e sarebbe entrata nel ristorante, si sarebbe messa a sedere e si sarebbe riscaldata con una buona bevanda calda. Poi, come una qualsiasi vecchia signora, sarebbe ritornata alla funivia e sarebbe ridiscesa, da sola, fino al paese. Alistair si sarebbe arrabbiato moltissimo, ma lei era al di là di queste preoccupazioni. Gli altri avrebbero pensato male di lei ma questo aveva smesso di essere importante. Lei era un caso disperato. Una paurosa. Non sapeva sciare e non ne sarebbe mai stata capace. Alla prima occasione sarebbe partita per Zurigo, avrebbe preso un aereo e sarebbe tornata a casa.

Una volta accettata la cosa, tutto divenne improvvisamente molto facile. Si tolse gli sci, li riportò verso il ristorante e li infilò nella neve, insieme alle racchette. Salì i gradini di legno e passò oltre la pesante porta a vetri. Qui c'era un bel caldo, odore di pino e di fuoco di legna, di sigari e di caffè. Ordinò una tazza di caffè, la prese e andò a sedersi a un tavolo deserto. Il caffè era fumante e la sua fragranza confortante. Si tolse il berretto di lana e scosse i capelli, sentendosi come se si fosse tolta di dosso un odioso travestimento e tornasse di colpo a essere di nuovo se stessa. Tenendo le mani chiuse intorno al delizioso calore della tazza, decise di concentrarsi su quel momento di assoluto sollievo, senza pensare a nulla di ciò che sarebbe venuto. In special modo avrebbe evitato di pensare ad Alistair. Non avrebbe pensato all'eventualità di perderlo...

«Aspetta qualcuno?»

La domanda parve uscire dal nulla. Jeannie si riscosse, alzò gli occhi e vide l'uomo che stava di fronte a lei, dall'altra parte del tavolo e, dopo un attimo di smarrimento, si rese conto che stava parlando con lei.

«No. Nessuno.»

«Le dispiacerebbe allora se sedessi qui?»

Lei fu stupita, ma tentò di nasconderlo. «No... certamente no...» Non c'era pericolo di essere coinvolta nelle chiacchiere di un estraneo, perché l'uomo era piuttosto anziano, evidentemente inglese e del tutto presentabile. E tutto ciò rendeva la sua inattesa comparsa tanto più sorprendente.

Anche lui aveva in mano una tazza di caffè. La depose sul tavolo, prese una sedia e sedette. Lei vide gli occhi di un azzurro molto intenso, i capelli grigi piuttosto radi. Portava una giacca a vento blu scuro e sotto un maglione rosso vivo. Il viso era molto abbronzato, coperto da una fitta rete di piccole rughe e aveva l'aspetto segnato dalle intemperie di una persona abituata a vivere all'aria aperta.

«È una splendida giornata» disse.

«Sì.»

«C'è stata una nevicata verso le due del mattino. Piuttosto forte. Lo sapeva?»

Lei scosse la testa. «No. Non lo sapevo.»

L'uomo la guardava, i chiari occhi vivaci la fissavano. «Ero seduto al tavolino accanto alla vetrata. Ho visto ciò che è accaduto.»

Jeannie si sentì mancare il cuore. «Io... io non capisco.» Ma naturalmente capiva anche troppo bene.

«I suoi amici se ne sono andati senza di lei.» Il tono della voce pareva implicare un'accusa, e Jeannie scattò immediatamente in loro difesa.

«Non intendevano lasciarmi sola. Erano convinti che li avrei seguiti.»

«Perché non lo ha fatto?»

Le si presentarono alla mente una quantità di plausibili bugie. *Mi piace sciare sola. Volevo prendere prima una tazza di caffè. Aspetto che risalgano con la prossima funivia per scendere con loro per l'ora di pranzo.*

Ma a quegli occhi azzurri non era possibile mentire. Disse: «Ho paura».

«Di che cosa?»

«Dell'altezza. Di sciare. Di fare la figura della sciocca. Di rovinare il loro divertimento.»

«Non aveva mai sciato prima d'ora?»

«Non prima di queste vacanze. Siamo qui da una settimana e ho passato tutto il mio tempo sul campetto della scuola con il maestro, tentando di capire come funziona la faccenda.»

«E c'è riuscita?»

«In parte. Ma credo di essere terribilmente maldestra, incapace di coordinare i miei movimenti. O semplicemente sono troppo paurosa. Voglio dire, ho imparato a fare le mie piccole discese, prendere le curve, fermarmi e cose del genere, ma non sono mai sicura di non cadere lunga distesa, così divento nervosa e mi metto in tensione e quello è naturalmente il momento in cui di solito cado. È una sorta di circolo vizioso. E poi la pendenza mi spaventa terribilmente. L'altezza. Ne ero terrorizzata già salendo con la funivia.»

Lui non fece commenti. «I suoi amici, immagino, saranno tutti molto bravi.»

«Certo. Da tanto tempo vanno sempre a sciare insieme. Alistair veniva già qui da bambino, con i suoi genitori. Ama molto il posto e conosce tutte le piste come le sue tasche.»

«Alistair è il suo amico?»

Si sentì imbarazzata. «Sì.»

L'uomo sorrise. D'improvviso era terribilmente facile parlare con lui, come è facile parlare con un estraneo incontrato per caso in treno, sapendo che non si avrà più occasione di rivederlo. «È strano, abbiamo tutto in comune e andiamo tanto d'accordo, ridiamo delle stesse cose... ma ora c'è questa faccenda. Ho sempre saputo che se volevo davvero stare con lui, essere parte della sua vita, dovevo imparare a sciare, perché questa è una delle cose che lui ama di più fare. E ne ho sempre avuto una certa paura perché, come ho detto, sono la persona più maldestra di questo mondo. Quando ero piccola andavo alla scuola di ballo e anche lì facevo fatica a distinguere il piede destro dal sinistro. Ma pensavo che con lo sci sarebbe stato diverso, che sarebbe stato qualcosa che potevo fare. Così quando Alistair propose di venire quassù tutti insieme, colsi a volo l'occasione, per dimostrare che ci sarei riuscita. Ma adesso so che non posso.»

«Alistair sa di queste sue paure?»

«È molto difficile farglielo capire. E poi non voglio che pensi che non mi diverto.»

«Ma lei non si diverte?»

«No, è una cosa che detesto. Perfino le serate che passiamo insieme a divertirci sono guastate per me dal pensiero di quello che dovrò fare l'indomani.»

«Quando avrà finito il caffè, come ritornerà giù?»

«Pensavo di prendere la funivia.»

«Capisco.» Rimase un momento a riflettere e poi disse: «Beviamo un'altra tazza di caffè e ne parliamo».

Jeannie non riusciva a immaginare di cosa avrebbero potuto parlare, ma l'idea di un'altra tazza di caffè le piaceva e così disse: «Va bene».

Lui prese le tazze, andò al bar e dopo un momento le riportò piene e fumanti. Si rimise a sedere e disse: «Sa, lei mi ricorda straordinariamente una ragazza che conoscevo. Le assomigliava moltissimo e aveva la sua stessa voce. Ed era terribilmente spaventata, proprio come lei in questo momento».

«E cosa le è successo?» Mentre rimescolava il caffè Jeannie cercò di buttare tutto in scherzo. «Scese anche lei con la funivia e poi prese il primo aereo per tornare a casa, dopo avere rovinato tutto? Perché credo proprio che è quanto accadrà a me.»

«No, non fece nulla di tutto questo. Trovò qualcuno che comprese la sua situazione e fu disposto a darle un po' di aiuto e di incoraggiamento.»

«A me occorre molto di più. A me occorre un miracolo.»

«Non si sottovaluti troppo.»

«Sono una vigliacca.»

«Non c'è nulla di cui vergognarsi. Non ci vuole nessun coraggio per fare una cosa di cui non si ha paura. Ma ce ne vuole molto per affrontare una cosa che ti paralizza dal terrore.»

Mentre stava ancora parlando, la porta del ristorante si aprì e comparve un uomo che si guardò un momento intorno. Poi attraversò il locale dirigendosi verso di loro. Giunto vicino al tavolo si fermò, togliendosi rispettosamente il berretto di lana.

«Herr Manleigh.»

«Hans! Cosa posso fare per lei?»

L'uomo cominciò a parlare in tedesco e il signore che sedeva con Jeannie gli rispose nella stessa lingua. Parlarono per qualche istante e poi la cosa parve risolta. L'uomo si inchinò davanti a Jeannie, salutò e se ne andò.

«Cosa è accaduto?» domandò lei.

«Era Hans, l'uomo della funivia. Il suo giovanotto ha telefonato dal paese per sapere cosa le era accaduto. Ha pensato che fosse caduta. Hans è venuto a cercarla, l'ha riconosciuta dalla descrizione fattagli dal suo amico.»

«E lei cosa gli ha detto?»

«Di riferirgli che non si deve preoccupare. Scenderemo con comodo.»

«Noi?»

«Lei e io. Ma non con la funivia. Faremo insieme la discesa del Kreisler.»

«Ma io non posso.»

Lui non la contraddisse. Dopo una lunga pausa, invece, domandò: «Lei è innamorata di quel giovanotto?».

Prima di allora Jeannie non aveva mai considerato la cosa sotto questo aspetto. Non seriamente. Ma adesso, tutto d'un tratto, posta di fronte all'interrogativo, capì qual era la verità. «Sì» rispose.

«Vuole perderlo?»

«No.»

«Allora venga con me. Ora. Subito. Prima che uno di noi abbia tempo di cambiare idea.»

Di nuovo fuori. Faceva ancora freddo, ma il sole era più alto nel cielo e i ghiaccioli sulla tettoia del ristorante e sulla porta della stazione della funivia cominciavano già a sciogliersi e a sgocciolare. Jeannie si mise il berretto e i guanti, andò a prendere i suoi sci, agganciò gli attacchi, prese in entrambe le mani le racchette. Il suo nuovo amico fu pronto ancora prima di lei, l'aspettava e insieme si avviarono attraverso la neve battuta fino all'estremità dello spiazzo, fino al punto dove cominciava la discesa. Davanti a loro la pista si snodava come un nastro d'argento attraverso le grandi distese di neve. Sotto, il paese, ridotto dalla distanza alle dimensioni di un giocattolo, era incassato nelle profondità della valle e più in là ancora altre montagne, intere catene di montagne si levavano di fronte a loro, scintillanti come cristallo.

Per la prima volta lei disse: «È bellissimo».

«Si goda questa vista. Avere il tempo di fermarsi a contemplare la bellezza del creato è una delle gioie dello sci. E oggi è una giornata magica. Bene. Ora è pronta a partire?»

«Pronta come sono sempre stata.»

«Allora proviamo a muoverci?»

«Prima posso farle una domanda?»

«Di che si tratta?»

«Quella ragazza di cui mi ha parlato. Quella che aveva paura come me. Che ne è stato di lei?»

Lui sorrise. «L'ho sposata» rispose e dolcemente, tranquillamente si avviò giù per la discesa, attraversando un crinale, prendendo una curva, scivolando poi sul pendio opposto.

Jeannie fece un respiro profondo, strinse i denti, si diede una spinta con le racchette e lo seguì.

Da principio si sentì rigida e impacciata come sempre, ma ogni momento che passava accresceva la sua fiducia in se stessa, la sua sicurezza. Tre curve e non era caduta. Il sangue parve scorrerle più rapido nelle vene, il corpo le si scaldò, sentì i muscoli che si rilassavano. Aveva il viso in pieno sole, l'aria fresca le fluiva intorno in un grande scintillio di luce, frizzante come vino ghiacciato. Avvertiva il sibilo dolce dei suoi sci sulla neve, la sensazione della velocità che aumentava, lo stridio delle lamine d'acciaio sul ghiaccio mentre prendeva una curva particolarmente difficile.

Lui non era mai lontano. Spesso si fermava ad aspettarla, per farle prendere fiato. Talvolta il percorso davanti a loro richiedeva qualche piccola spiegazione. «È un passaggio piuttosto stretto attraverso il bosco» le diceva. «Tenga gli sci nei solchi lasciati dagli altri e può andare tranquilla.» Oppure: «Qui la pista segue proprio il pendio esterno della montagna, ma non è pericoloso come sembra».

Le faceva sentire che nulla poteva essere troppo difficile o pauroso se lui era lì ad aprirle la strada. Quando furono più giù nella valle, il terreno cambiò. Ci furono ponti da attraversare, steccati aperti di fattorie da superare.

E poi, d'un tratto, molto prima di quanto avesse immaginato, furono su un terreno che le era familiare, proprio sopra il campetto dei principianti, dove aveva preso lezioni dall'istruttore e così la fine della discesa fu un gioco da bambini, in confronto a quello che aveva fatto fin lì. Jeannie superò questa parte del percorso - la stessa pista su cui aveva lottato per sette intere giornate, sentendosi terribilmente infelice - a forte velocità, con disinvolta eleganza e con una sensazione di vittoriosa euforia mai provata prima. C'era riuscita. Aveva fatto tutta la discesa del Kreisler.

Il pendio si spianava all'altezza della scuola di sci, finiva davanti al capanno e al piccolo caffè dove era andata ogni giorno a cercare il conforto di una cioccolata calda. Lì lui l'aspettava, tranquillo e sorridente, contento quanto lo era lei e al tempo stesso divertito della gioia che le vedeva dipinta sul viso.

Jeannie venne a fermarsi al suo fianco, si tolse gli occhiali da sole e rise guardandolo. «Pensavo che sarebbe stata una cosa orribile e invece è stato meraviglioso.»

«È stata molto brava.»

«Non sono caduta neppure una volta. Non riesco a capire come mai.»

«Lei cadeva soltanto perché era nervosa. Ora non le succederà più per questa ragione.»

«Non so davvero come ringraziarla.»

«Non mi deve ringraziare. Mi sono molto divertito. E ora, se non sbaglio, credo che il suo giovanotto stia venendo a cercarla.»

Jeannie si girò e vide che era davvero Alistair quello che usciva dal piccolo caffè, scendeva i gradini di legno e veniva verso di loro attraverso la neve. Sul suo volto c'era un'espressione di straordinario sollievo e il sorriso con cui la salutò era tutto un congratularsi.

«Ce l'hai fatta, Jeannie. Splendido, tesoro mio.» E la strinse a sé in un grande abbraccio. «Ti ho vista scendere l'ultimo tratto e sei stata veramente bravissima.» E poi i suoi occhi incontrarono quelli dell'uomo che era sceso con lei. Jeannie alzò lo sguardo e vide sui suoi tratti quella stessa espressione di rispetto e ammirazione che aveva colto sul volto dell'uomo della funivia quando era entrato nel caffè a portare il suo messaggio.

«Comandante Manleigh.» Se avesse avuto un berretto in testa certamente se lo sarebbe tolto. «Non avevo visto che era lei. Non sapevo neppure che fosse qui.» I due uomini si strinsero la mano. «Come sta, signore?»

«Particolarmente bene ora, dopo aver incontrato la sua deliziosa giovane amica. Mi scusi, ma non ricordo il suo nome.»

«Alistair Hansen. Venivo sempre a vederla sciare quando ero un ragazzino. Avevo le pareti della mia camera tappezzate delle sue fotografie.»

«Be', mi fa piacere di averla incontrata.»

«È stato molto gentile da parte sua accompagnare Jeannie nella discesa.»

«Hans della funivia mi ha portato il suo messaggio.»

«Ero già a metà della discesa quando mi sono accorto che Jeannie non era dietro a me e a quel punto era troppo tardi per tornare indietro.»

«L'ho trovata al ristorante. Aveva un po' freddo ed era entrata per bere qualcosa di caldo. Abbiamo cominciato a parlare.»

«Temevo che fosse caduta. Me l'ero già vista arrivare giù su una barella.»

Il comandante Manleigh si era chinato a sganciarsi gli attacchi e a togliersi gli sci. Si rimise dritto, gli sci sulla spalla. Sorrise. «Se le da un po' di incoraggiamento, questa ragazza non la deluderà. Ora devo andare. Addio, Jeannie, e buona fortuna.»

«Addio, e grazie di essere stato tanto gentile.»

Batté una mano sulla spalla di Alistair. «Abbia molta cura di lei» gli disse. Poi si volse e si allontanò. Alto, brizzolato, una figura stranamente solitaria nella strada affollata del paese di montagna.

Jeannie si stava togliendo gli sci. «Chi è?» volle sapere.

«Bill Manleigh. Vieni, ora, andiamo a bere qualcosa.»

«Ma chi è Bill Manleigh?»

«Non posso credere che tu non lo abbia mai sentito nominare. È un uomo famoso. Uno dei più grandi campioni di sci che abbiamo mai avuto. Quando non ebbe più l'età per gareggiare, divenne l'allenatore della squadra olimpionica. Come vedi, amor mio, hai fatto la discesa del Kreisler con un campione.»

«Non ne avevo idea. Ho visto soltanto che era una persona straordinariamente buona e gentile. E, Alistair, non è stato perché avevo freddo che sono andata nel ristorante, ma perché ero troppo spaventata per seguirti. Ora posso anche dirtelo.»

«Avresti dovuto farlo.»

«Non potevo. Ero lì, terrorizzata e d'un tratto ho capito che non avrei mai avuto il coraggio di buttarmi giù. Stavo bevendo il caffè quando lui si è avvicinato e ha cominciato a parlare. Non mi ha detto nulla di sé. Neppure una parola.» Rifletté un momento. «All'infuori del fatto che è sposato.»

Alistair si mise gli sci di lei sulla spalla e le prese la mano nella sua. Insieme percorsero il breve tratto fino al caffè. «Già, lo era» disse. «Con una ragazza deliziosa. Mi piaceva stare a guardarli quando sciavano insieme e mi parevano la coppia più affascinante del mondo. Ed erano sempre così allegri, così amici e ridevano sempre insieme. Davano l'impressione di non aver bisogno di nessun altro al mondo all'infuori di se stessi.»

«Parli come se ormai tutto questo appartenesse al passato.»

«È così.» Erano intanto arrivati alla costruzione di legno e Alistair si fermò per piantare gli sci di Jeannie nella neve. «Lei morì l'estate scorsa. Annegata. Lo lessi sui giornali. Navigavano con amici nei mari della Grecia e accadde qualche spaventoso incidente. Lui ne fu distrutto e ora deve sentirsi terribilmente solo.» Jeannie guardò giù per la strada, nella direzione in cui l'uomo si era avviato, ma ormai era stato inghiottito dalla folla allegra dei villeggianti e non c'era più alcuna traccia di lui. Deve sentirsi così terribilmente solo. E per un istante angoscioso lei credette di scoppiare a piangere. Un nodo le salì alla gola e gli occhi le si inumidirono di ridicole lacrime. Un uomo così buono, così gentile. Probabilmente non lo avrebbe mai più rivisto e tuttavia sapeva di avere verso di lui un debito incommensurabile. Non lo avrebbe mai dimenticato. Alistair riprese a parlare. «Ma non credo che ti avrebbe mai detto nulla di questo.»

Lei mi ricorda straordinariamente una ragazza che conoscevo.

Salendo mano nella mano i gradini che portavano all'ingresso del caffè, Jeannie si rese conto che non si sarebbe messa a piangere. «No» disse. «No, non mi ha detto nulla.»

Chiamare il vento

Sabato mattina. Bagliori di luce dorata illuminavano gli alberi e le ombre delle nuvole correvano sui pendii delle colline, inseguendosi verso la distante linea azzurra del mare.

Jenny Fairburn, tornando a casa verso l'ora di pranzo dalla sua passeggiata, si sentiva piacevolmente stanca. Era stata una lunga camminata – tutto intorno al lago, ritornando per la stradina di campagna che si snodava serpeggiante per i campi. La casa era ora davanti a lei, una vecchia canonica appoggiata alle rovine di un'antica chiesa. La costruzione era protetta a nord da un boschetto di pini e le finestre che guardavano a sud brillavano nel sole come volessero dare segnali di benvenuto. Jenny pensò al pranzo che l'aspettava, perché oltre che stanca era affamata. Sapeva che avrebbe trovato arrosto di agnello e questo le fece venire l'acquolina in bocca, come succede da bambini.

In realtà aveva vent'anni, una ragazza alta e sottile con bei capelli di un biondo ramato e la pelle chiara ereditata dalla nonna paterna, una vera scozzese. Gli occhi erano scuri, il nasetto breve e leggermente all'insù e la bocca larga, espressiva. Quando sorrideva tutto il volto si illuminava, ma sapeva benissimo che quando era imbronciata o triste poteva apparire insignificante e anche bruttina.

Giunta all'ingresso posteriore di casa, diede da bere ai cani ansimanti per la corsa e si tolse gli stivali infangati. Di lì sentiva la voce di sua madre venire dalla cucina, probabilmente stava chiacchierando al telefono perché papà era stato sul campo di golf tutta la mattina e la sua macchina non era ancora in garage.

Con i soli calzini entrò in cucina e subito avvertì il profumo dell'arrosto e l'aroma pungente della salsa alla menta.

«...molto gentile davvero da parte sua» stava dicendo sua madre. Si volse, vide Jenny e le sorrise, distratta. «Certo. Certo. Verso le sei e mezzo? Tutti noi. Bene, ne siamo davvero felici. Arrivederci.» Depose il ricevitore e sorrise a sua figlia. «Hai fatto una bella passeggiata?»

La voce era leggermente troppo alta, eccitata. Jenny aggrottò la fronte. «Chi era al telefono?»

La signora Fairburn si stava chinando sullo sportello aperto del forno per controllare l'agnello. Nella cucina si diffuse una fragrante ondata di calore.

«Soltanto Daphne Fenton.»

«Che cosa vuole?»

La signora Fairburn richiuse lo sportello e si rialzò. La faccia era arrossata, ma forse era solo il calore del forno. «Ci ha invitati per un drink questa sera.»

«Per festeggiare cosa?»

«Niente da festeggiare. Fergus è a casa per il weekend e Daphne ha invitato un po' di amici. Ci tiene in particolare che tu ci sia.»

Jenny disse: «Io non ci voglio andare».

«Oh, tesoro, ma devi.»

«Puoi raccontare che ho qualche altro impegno.»

Sua madre le si avvicinò. «Senti, lo so quanto sei stata ferita e so quanto amavi Fergus, ma ormai è finita. Sposa Rose il mese venturo. A un certo punto devi pur far vedere a tutti che hai accettato la cosa.»

«Penso che lo farò quando saranno sposati. Ma per adesso non lo sono ancora e Rose non mi piace.»

Si guardarono in viso, con un senso di impotenza negli occhi, poi udirono la macchina del signor Fairburn arrivare dalla strada, oltrepassare il cancello.

«C'è tuo padre. Avrà fame.» La signora Fairburn batté affettuosamente sulla mano di Jenny. «Devo preparare il sugo.»

Dopo pranzo, i piatti lavati e la cucina riordinata, la famiglia si disperse nelle sue varie occupazioni. Il signor Fairburn si infilò i suoi abiti da giardiniere (che nessun autentico giardiniere che avesse un po' di rispetto di sé avrebbe voluto avere addosso neppure dopo morto) e andò fuori a spazzare le foglie; la signora Fairburn scomparve per andare a finire le tende nuove del salotto a cui lavorava da un mese e Jenny decise di andare a pescare. Raccolse la sua canna e il cestino per la pesca; si infilò la vecchia giacca da cacciatore di suo padre e gli stivali di gomma e con fermezza avvertì i cani che questa volta non potevano andare con lei.

«Non ti spiace se uso la tua macchina?» domandò alla madre. «Voglio andare su all'altro capo del lago per vedere se riesco a prendere qualcosa.»

«Prendimi almeno tre trote. Possiamo usarle per cena.»

Quando Jenny arrivò al lago vide la superficie scura dell'acqua perfettamente immobile, come se la brezza non la sfiorasse nemmeno. «Acqua troppo ferma per pescare» avrebbe detto Fergus. «Dobbiamo fischiare per chiamare il vento.»

A più di un chilometro lungo il lago un sentiero erboso si dipartiva dalla strada in direzione dell'acqua. Jenny lo prese, lasciando che la piccola vettura un po' malandata sobbalzasse facendosi strada fra i ciuffi di erica e le zolle alte di torba. Si arrestò a pochi metri dalla riva, prese la canna e il cestino e si incamminò verso la barchetta a remi che stava tirata in secco su un minuscolo greto di ciottoli.

Ma non salì subito in barca. Sedette invece sul greto e rimase in ascolto del vasto silenzio, che non era affatto un silenzio, ma un continuo mormorio, il lungo, tenue fremito della natura. Il ronzio di un'ape, il belare lontanissimo di una pecora, il muoversi delle foglie, il sussurro dell'acqua contro i ciottoli.

«Dovremo fischiare per chiamare il vento.»

Fergus... Che cosa si può fare di un uomo che è stato parte della tua vita fin da quando eri una bimba? Un ragazzino con i jeans rattoppati intento a raccogliere conchiglie sulla spiaggia. Un giovanotto in un consunto kilt che si incamminava su per la collina. Un uomo adulto, tremendamente attraente, sofisticato, con morbidi capelli scuri e occhi azzurri come il lago in una bella giornata d'estate. Che cosa si può fare di un uomo con il quale hai riso e litigato, che è stato il tuo migliore amico e il tuo rivale e da ultimo si è rivelato - lo sapeva bene - il solo uomo che avresti mai potuto amare?

Fergus aveva sei anni più di Jenny, vale a dire ne aveva ventisei ed era il figlio di amici dei suoi genitori, i Fenton, che possedevano una fattoria a Inverbruie, a tre chilometri lungo la strada.

«È come un fratello» diceva la gente a Jenny che era figlia unica. Ma lei sapeva bene che non era mai stato così. Perché quale fratello avrebbe avuto tanta pazienza da passare ore e ore a insegnare a pescare a una bambina? Quale fratello avrebbe ballato alle feste con un'adolescente allampanata, mentre la sala era piena di ragazze più grandi e molto, molto più attraenti?

E quando Jenny era stata mandata in collegio nel Kent ed era molto infelice di essere lontana dalla Scozia, tanto che in ogni lettera supplicava di poter tornare, era stato Fergus che alla fine aveva convinto i suoi genitori che Jenny avrebbe studiato altrettanto bene e sarebbe stata mille volte più felice alla locale Creagan High School.

«Un giorno» Jenny aveva promesso a se stessa, «lo sposerò. Lui si innamorerà di me e io lo sposerò, mi trasferirò a Inverbruie in fondo alla strada e sarò la moglie del giovane proprietario della fattoria.»

Ma quella felice prospettiva fu lievemente turbata dalla decisione di Fergus di non seguire le orme di suo padre, dedicandosi alla fattoria, ma di andare invece a Edimburgo a studiare ragioneria.

E con ciò? I personali progetti di Jenny per loro due dovettero fare un rapido cambio di direzione. «Un giorno si innamorerà di me e lo sposerò e andrò a vivere con lui a Edimburgo e avremo una casetta nella Ann Street e andremo ai concerti sinfonici insieme.»

Il pensiero di andare a vivere a Edimburgo era, per essere sinceri, piuttosto scoraggiante. Jenny detestava le città, ma forse Edimburgo non sarebbe poi stata tanto male. Potevano sempre tornare a casa per i weekend.

Ma Fergus non si fermò a Edimburgo. Appena diplomato, gli offrirono di trasferirsi all'ufficio centrale della ditta e così andò a Londra. Londra? Per la prima volta Jenny conobbe il morso del dubbio. Londra. Sarebbe stata in grado di resistere tanto lontano dalle sue amate colline, dal suo amato lago?

«Perché non vai a Londra?» le disse sua madre quando Jenny ebbe finito gli studi. «Potresti frequentare un college là. Forse potresti dividere un appartamentino con qualche compagna!»

«Non lo sopporterei. Sarebbe ancora peggio del Kent.»

«A Edimburgo, allora? Ti farebbe bene allontanarti da casa per un po'.»

Così Jenny andò a Edimburgo e imparò a scrivere a macchina e anche la stenografia. Studiò il francese e andò a visitare le gallerie d'arte e quando la coglieva la nostalgia, saliva sull'Arthur's Seat e fingeva di essere sulla cima di Ben Creagan. Per Pasqua aveva finito il corso e aveva ottenuto il suo certificato ed era venuto il momento di tornare a casa. Anche Fergus molto probabilmente sarebbe tornato a casa per Pasqua e Jenny si chiedeva se avrebbe notato un cambiamento in lei.

Probabilmente l'avrebbe guardata – nei libri succede sempre così – come se la vedesse per la prima volta e forse avrebbe finalmente capito ciò che Jenny sapeva da anni. Che erano fatti l'uno per l'altra. E alla fine tutti quei sogni, quelle sfuggenti fantasie a occhi aperti si sarebbero tradotte in realtà. Questo naturalmente avrebbe comportato il dover vivere a Londra, ma nel frattempo Jenny aveva capito che senza Fergus non c'era posto al mondo dove vivere sarebbe stato divertente.

Quando il suo treno entrò nella stazione di Creagan, si sporse dal finestrino e vide sua madre ad aspettarla, e questa era una cosa strana, perché di solito era papà che veniva a prenderla alla stazione.

«Tesoro!» Si abbracciarono e baciarono e poi ci fu il traffico di far scendere le valigie dal treno e attraversare il piazzale fino a dove era parcheggiata l'automobile. Intanto si era quasi fatto buio, i lampioni delle strade erano già accesi e l'aria profumava di montagna e di torba.

Attraversarono la cittadina e svoltarono per la strada che portava a casa. Passarono davanti a Inverbruie.

«Fergus è già arrivato?»

«Sì. È a casa.» Jenny si congratulò con se stessa. «Ha... ha portato un'amica.»

Jenny girò la testa e fissò il profilo di sua madre. «Un'amica?»

«Sì. Una ragazza che si chiama Rose. Tu l'avrai certo

vista in televisione. È un'attrice.» Un'amica. Una ragazza. Un'attrice. «L'ha conosciuta un paio di mesi fa.»

«Tu... tu l'hai già conosciuta?»

«No, ma siamo stati tutti invitati a casa loro domani sera.»

«Ma... ma...» Pareva che non ci fossero parole per lo shock e la desolazione che provava. La signora Fairburn fermò la macchina e si girò verso la figlia. «È per questo che sono venuta io a prenderti alla stazione. Lo sapevo che ne saresti rimasta sconvolta. Desideravo parlarne prima con te.»

«Ma io... io non voglio che lui porti qualcuno qui a Creagan.» Perfino a lei quelle parole suonarono pateticamente puerili.

«Jenny, Fergus non è una tua proprietà. Lui ha perfettamente diritto di farsi nuovi amici. È un uomo, ormai, con la sua vita da vivere. Così come tu hai da farti una vita per te stessa. Non puoi consumarla guardando continuamente indietro e piangendo sulle tue fantasie infantili.»

La cosa peggiore non fu tanto che dicesse veramente quelle parole, quanto il fatto che conoscesse tanto bene la situazione.

«Io... io lo amo veramente.»

«Lo so. È un dolore. Il primo amore è sempre dolore. Ma ora devi stringere i denti e reggere il colpo. E non lasciar capire a nessuno quanto soffri.» Rimasero per un momento in silenzio. Poi la mamma domandò: «Stai bene?» e Jenny annuì. La signora Fairburn rimise in moto la macchina e tornarono a casa.

«Pensi che la voglia sposare?»

«Non ne ho idea. Ma da quanto Daphne Fenton mi ha detto, pare una cosa del tutto possibile. Mi ha detto che lui si è comperato un appartamento a Wandsworth e Rose sta facendo le fodere per le poltrone.»

«Trovi che è un brutto segno?»

«Non precisamente brutto. Ma indicativo.»

Jenny rimase in silenzio. Ma quando svoltarono dentro la cancellata del presbiterio, si raddrizzò. «Forse mi sarà simpatica.»

«Sì» disse la signora Fairburn. «Forse ti sarà simpatica.»

E in realtà cercò davvero di trovare simpatica Rose. Ma era difficile perché, senza rendersene conto, aveva visto Rose in televisione recitare in un dramma che si svolgeva in un ospedale dove lei aveva un ruolo da infermiera. Anche allora Jenny l'aveva trovata noiosa, con quella faccetta a cuore che lottava con una quantità di emozioni diverse, e un'angoscia insopportabile che doveva risultare dal leggero tremore della voce ben impostata.

Nella realtà Rose era piuttosto carina. Aveva lunghi capelli neri che parevano di seta e le scendevano in morbidi riccioli sulle spalle e indossava un abito con la vita bassa e perline scintillanti nascoste nelle pieghe della gonna.

«Fergus mi ha parlato tanto di lei» disse a Jenny quando furono presentate l'una all'altra a Inverbruie. «Dice che siete praticamente cresciuti insieme. Anche suo padre possiede una fattoria?»

«No, è direttore della banca di Creagan.»

«E lei ha sempre vissuto qui?»

«Nata e cresciuta. Sono perfino andata a scuola qui. Sono stata a Edimburgo per un inverno, ma è una grazia del cielo essere di nuovo qui.»

«Non le capita... di sentirsi annoiata in un angolo di mondo così desolato?»

«No.»

«E ora cosa pensa di fare?»

«Non lo so.»

«Venga a Londra. Non c'è altro posto al mondo per vivere, lo dico sempre a Fergus. Venga a Londra e noi la terremo d'occhio.» Allungò una mano e richiuse le dita sul braccio di Fergus. Lui stava in quel momento discutendo animatamente con qualcun altro, ma lei lo staccò fisicamente da quella persona e lo attirò a sé. «Tesoro, stavo dicendo a Jenny che deve venire a Londra.»

Fergus e Jenny si guardarono negli occhi. Jenny sorrise e, con sua sorpresa, si accorse che era notevolmente più facile di quanto avesse immaginato.

Fergus disse: «Jenny non ama la vita di città».

Jenny alzò le spalle. «È una questione di gusti.»

«Ma lei non può restare qui per sempre.» La voce di Rose suonava incredula.

«Ci resterò per l'estate.» In verità non ci aveva ancora pensato, ma ora, in un attimo, scoprì di avere già preso la sua decisione. «Mi troverò un lavoretto a Creagan per il periodo delle vacanze, immagino.» Poi decise di cambiare argomento. «Mia madre mi diceva dell'appartamento a Wandsworth.»

«Sì...» cominciò Fergus, ma poté arrivare solo fin lì, perché Rose intervenne.

«È divino. Non molto grande, ma pieno di sole. Solo pochi tocchi e diventerà perfetto.»

«Ha un giardino?» domandò Jenny.

«No, ma ci sono delle cassette per i fiori alle finestre. Pensavo che potremmo piantarci dei gerani. Bei gerani scarlatti. Così potremmo fingere di essere a Maiorca o in Grecia. Vero, tesoro?»

«Come dici tu» rispose Fergus.

Gerani scarlatti. "Dio del cielo" pensò Jenny. "Dev'essere davvero innamorato." E d'un tratto ebbe la sensazione di non poter reggere un momento di più davanti a quei due. Si scusò e si allontanò. Non parlò più né con Rose né con Fergus per tutto il resto della serata.

Ma non poté sfuggire a Fergus perché lui andò a cercarla subito la mattina seguente, mentre ripuliva il capanno per l'estate.

«Jenny.»

Lei stava scuotendo la polvere da una stuoia quando lui comparve, del tutto inatteso, sbucando di fianco alla casetta e per un istante lei restò immobilizzata.

«Che cosa vuoi?» riuscì a dire alla fine.

«Sono venuto a cercarti.»

«Che gentile. Dov'è Rose?»

«A casa. Si sta lavando i capelli.»

«Ieri mi parevano perfettamente puliti.»

«Jenny, vuoi stare ad ascoltarmi?»

Lei sospirò rumorosamente e lo guardò con aria rassegnata. «Dipende da cosa mi vuoi dire.»

«Vorrei soltanto che tu capissi. Capissi come stanno le cose. Non voglio che tu sia in collera. Voglio sapere che possiamo almeno parlare ancora fra noi. Da amici. Essere amici.»

«Be', stiamo parlando, no?»

«Amici?»

«Oh, amici. Sempre amici. Amici qualunque cosa uno faccia all'altro.»

«E cosa ho fatto?»

Lei lo fissò a occhi sbarrati, con un'espressione accusatoria e poi gettò per terra la stuoia che aveva in mano.

«E va bene» fece lui, «Rose non ti piace. Potresti anche ammetterlo.»

«Non provo niente per Rose, né in un senso né nell'altro. Non la conosco.»

«Non è un po' ingiusto – sia per me sia per Rose – dare un giudizio così affrettato?»

«Non penso di avere niente in comune con lei.»

«Questo è soltanto perché ti ha detto che dovresti andare via da Creagan.»

«E fino a che punto questo la riguarda?»

Ora anche in lui stava montando una collera pari alla sua. Lo vide dai muscoli della mascella che si tendevano, un segno che le era molto familiare e ne fu contenta perché seppe di averlo fatto davvero arrabbiare. In un certo senso questo alleviava il dolore dentro di lei.

«Jenny, stai qui per tutto il resto della tua esistenza e finirai per diventare una zoticona di campagna con una vecchia gonna di tweed tutta sformata e niente di cui parlare all'infuori dei tuoi cani e della pesca.»

Lei lo aggredì: «Sai una cosa? Questo mi piacerebbe molto di più che non essere un'attricetta di terz'ordine con una bocca a bottoncino».

Lui scoppiò a ridere, ma rideva di lei, non con lei. In maniera del tutto imperdonabile, esclamò: «Credo proprio che tu sia gelosa. Hai sempre saputo renderti impossibile!».

«E tu, forse, sei sempre stato uno stupido, ma io non me ne ero mai accorta fino a oggi.»

Fergus si voltò di scatto e se ne andò attraverso il prato. Jenny lo seguì con gli occhi e la sua collera si spense rapidamente come si era accesa. Le parole dette troppo in fretta, in un momento d'ira, potevano anche essere giuste, ma non si potevano più cancellare. Niente avrebbe mai più potuto essere come prima.

Jenny trovò un lavoro per l'estate a Creagan, in un negozio che vendeva ai turisti pullover di shetland e bigiotteria fatta con i sassolini della spiaggia. Verso il mese di luglio venne a sapere da sua madre che Fergus e Rose si erano fidanzati e si sarebbero sposati in settembre a Londra, dove vivevano i genitori di lei. Una cerimonia tranquilla, con soltanto gli amici londinesi più intimi. Ma intanto erano tornati a Inverbruie e ci sarebbe stata un'altra piccola festa e Jenny non trovò il coraggio di andarci. Una volta sposati, si diceva, sarebbe stato diverso. Lei nel frattempo avrebbe ritrovato tutte le sue energie, sarebbe stata piena di iniziativa, sarebbe forse andata all'estero; si sarebbe trovata un posto nelle Alpi francesi come cameriera in qualche chalet, o come cuoca su uno yacht. Intanto però si stava facendo freddo e c'erano ancora da prendere le trote per cena. Si alzò, discese verso la riva, slacciò la corda dell'ormeggio e spinse in acqua la barca e cominciò a remare.

Pescare era un piacere del tutto speciale, perché quando si stava pescando non si riusciva a pensare a nient'altro. Risalì con la barca verso la parte più alta del lago, poi ritirò i remi e lasciò che il vento la spingesse verso riva. Qui c'era abbastanza brezza per increspare la superficie dell'acqua e lei cominciò a gettare la lenza.

Udì l'automobile salire lungo la strada, ma era troppo impegnata per farvi attenzione. Sentì abboccare una volta, una seconda e alla fine il pesce fu agganciato e, con un grande sforzo di concentrazione, lei cominciò dolcemente a tirare su con il mulinello, poi il pesce uscì dall'acqua, lo catturò con la reticella e lo lasciò cadere sul fondo della barca.

Nello stesso istante udì una voce dire: «Ben fatto!».

Disturbata da quell'interruzione, alzò gli occhi e vide, tutte in una volta, una sorprendente quantità di cose. Senza che se ne rendesse conto, la corrente l'aveva portata a pochi metri dalla riva; l'automobile che aveva udito passare sulla strada si era fermata ed era parcheggiata poco distante; e Fergus se ne stava solitario sulla spiaggetta e la guardava.

Era a testa nuda, il vento gli arruffava i capelli scuri. Portava una giacca di tweed e calzoni di velluto a coste infilati in stivali verdi di gomma. Non certo vestito per andare a pesca. Jenny sedeva nella barchetta ondeggiante e lo guardava, chiedendosi se era capitato lì per caso o se era invece venuto a cercarla per chiederle come mai aveva rifiutato di andare al party, per convincerla a cambiare idea. Se era venuto per questo, ci sarebbe stata un'altra discussione, avrebbero nuovamente litigato, e Jenny sapeva che piuttosto di ripetere la scena penosa dell'ultima volta avrebbe preferito non parlargli mai più.

Lui le fece un ampio sorriso e ripeté: «Ben fatto. Hai tirato al momento giusto. Non avrei potuto far meglio neppure io».

Jenny non rispose. Si diede invece da fare a riavvolgere il filo assicurando l'ardiglione. Depose con cura la canna e infine alzò di nuovo gli occhi su Fergus.

«Da quanto tempo sei qui?» domandò.

«Dieci minuti o poco più.» Si cacciò le mani nelle tasche della giacca. «Sono venuto a cercarti. Tua madre mi ha detto che ti avrei trovata qui. Devo parlarti.»

«A che proposito?»

«Jenny, non rizzare subito il pelo come un gatto. Facciamo una tregua.»

Sembrava una giusta pretesa. «Va bene.»

«Allora vieni a prendermi.»

Jenny non fece un gesto per ubbidire, ma già finché parlavano la barca era stata spinta a riva e, mentre lei ancora esitava, udì il primo colpo della chiglia che toccava le pietre. Prima che potesse rendersi conto di quanto accadeva, Fergus era entrato nell'acqua e aveva afferrato la prua, scavalcato con una lunga gamba il parapetto dell'imbarcazione ed era a bordo.

«Bene» disse. «Ora dammi i remi.»

Sembrava che non ci fossero molte alternative. Con un paio di colpi sicuri lui aveva voltato la leggera barchetta, puntando verso il centro del lago. Passarono una decina di minuti o quasi prima che lui alzasse gli occhi e decidesse che erano abbastanza lontani dalla riva e ritirasse i remi. Poi si rialzò il bavero della giacca per difendersi dal vento che si alzava.

«Ora dobbiamo parlare» disse.

A questo punto pareva ragionevole prendere l'iniziativa. «Immagino che mia madre ti avrà detto che non volevo venire questa sera. Sarà di questo che vorrai parlare, suppongo.»

«Sì, di questo e anche di altre cose.»

Lei aspettò che spiegasse di cosa voleva parlare, ma Fergus non continuò. Si guardarono, oltre i traversini della barca e d'un tratto si sorrisero. E all'improvviso Jenny si sentì pervadere da una strana sensazione di serenità, di pace. Era passato molto tempo da quando si era trovata così, in barca con Fergus, in mezzo al lago, con le amate colline che si inseguivano fino all'orizzonte e il cielo alto sopra di loro mentre lui le sorrideva in quel modo. Questo rendeva più facile essere sincera, non solo con lui, ma anche con se stessa.

«È soltanto che non voglio venire. Non voglio rivedere Rose. Sarà diverso quando sarete sposati. Ma ora...» Alzò le spalle. «È vigliaccheria, immagino» ammise alla fine.

«Questo non è da te.»

«Forse non sono io. Forse ho una mente distorta, sbagliata. Quel giorno alla casetta hai detto che ero gelosa e naturalmente avevi ragione. Credo di averti sempre sentito come mia proprietà, ma questo è sbagliato, vero? Nessun individuo può appartenere a un altro, neppure quando si è sposati.»

«Nessun individuo è un'isola.»

«Io ho sempre pensato che ci fosse qualcosa di una persona che può essere un'isola. Ma non si può insinuarsi nella testa di qualcun altro.»

«No. Non si può.»

«Così come non si può continuare a essere bambini. Bisogna crescere, diventare adulti, che lo si voglia o no.»

Lui domandò: «Lo hai poi avuto quel lavoro a Creagan?».

«Sì, ma finisce in ottobre, quando i negozi chiudono per l'inverno. Avevo deciso di essere terribilmente intraprendente, di trovarmi un posto ben pagato chilometri su chilometri lontano da qui. In America o in Svizzera.» Fece un sorrisetto ironico. «Rose approverebbe questa scelta.»

Fergus rimase in silenzio. I suoi occhi la fissavano, senza battere ciglio, azzurri più che mai.

«E come sta Rose?» domandò lei per cortesia.

«Non lo so.»

Jenny aggrottò la fronte. «Ma come? Devi saperlo. È a Inverbruie.»

«Non è a Inverbruie.»

«Non è...?» Un chiurlo volò sopra le loro teste con il suo lugubre richiamo mentre l'acqua sbatteva con un mormorio continuo contro il fasciame della barca. «Ma la mamma ha detto...»

«Ha capito male. Mia madre non ha detto nulla di Rose, della sua presenza qui; tua madre ha immaginato che Rose fosse qui con me. Noi non ci sposiamo. Il fidanzamento è rotto.»

«Rotto? Vuoi dire...? Ma perché la mamma non me lo ha detto?»

«Non lo sapeva. Non sono neppure riuscito a dirlo ancora ai miei genitori. Volevo dirlo a te prima che a chiunque altro.»

Per qualche misteriosa ragione questo era così commovente che Jenny si chiese se stesse per scoppiare in lacrime. «Ma perché? Perché, Fergus?»

«Lo hai appena detto tu. Nessuno può appartenere a un'altra persona.»

«Ma tu... tu non l'amavi?»

«Sì, l'amavo. L'amavo molto.» Ora Fergus poteva dire quelle parole e lei non provava il minimo impeto di gelosia, si sentiva solo triste per lui, perché la cosa non aveva funzionato. «Ma quando sposi una persona sposi anche la sua vita e la vita di Rose e la mia parevano correre su due linee parallele, senza toccarsi veramente mai.»

«Quando è accaduto?»

«Un paio di settimane fa. Ecco perché sono tornato a casa questo weekend. Volevo spiegarlo ai miei genitori e dimostrare a mia madre che non stavo morendo con il cuore spezzato.»

«E davvero non ne soffri?»

«Forse un pochino, ma non abbastanza da mostrarlo.»

«Rose ti amava.»

«Per un po' mi ha amato, sì.»

Jenny esitò e infine lo disse. «Io ti amo.»

Fu la volta di Fergus di guardarla con occhi lucidi, come se stesse per scoppiare in lacrime. «Oh, Jenny.»

«Tanto vale che tu lo sappia. Probabilmente lo hai sempre saputo. Non ho mai pensato che sarei stata capace di dirlo a nessuno, meno che mai a te, ma ora, non so perché, mi sembra facile. Voglio dire, tu non ci devi fare niente, ma tanto vale che tu lo sappia. Questo non cambia nulla. Io troverò il lavoro meraviglioso che sto cercando e uscirò da Creagan, me ne andrò fuori nel mondo, nel vasto, vasto mondo.»

Sorrise, pensando che lui avrebbe risposto al suo sorriso, contento di quella decisione ragionevole, matura. Ma lui non sorrise. Per un lungo momento rimase semplicemente a guardarla e lei sentì il suo sorriso morire per la tristezza del suo viso. Alla fine lui disse: «Non farlo».

Jenny aggrottò la fronte. «Ma, Fergus, pensavo che

fosse proprio quello che tu desideravi. Che me ne andassi un giorno da Creagan e imparassi a stare in piedi da sola.»

«Non sopporto l'idea che tu vada via e stia in piedi da sola» esclamò lui bruscamente.

«Be', e insieme a chi dovrei stare in piedi?»

Stranamente l'assurdità della domanda parve ricomporre ogni cosa. Lui sembrò colto alla sprovvista e, senza volerlo, cominciò a ridere, più di sé che di lei, con ironia. «Non lo so. Insieme a me, suppongo. La verità è che sei stata parte della mia vita da tanto tempo che non posso sopportare l'idea che tu te ne vada e lasci tutti noi. Che lasci me. La vita sarebbe così terribilmente vuota senza di te. Nessuno con cui litigare. Nessuno da sgridare. Nessuno che mi faccia ridere.»

Jenny rifletté un momento su quelle parole e infine disse: «Sai, se avessi un briciolo d'orgoglio, me ne andrei via subito. Sarei una di quelle ragazze che non vogliono essere amate per ripicca, al posto di un'altra».

«Se avessi avuto un briciolo d'orgoglio non mi avresti detto che mi ami.»

«Questo devi averlo sempre saputo.»

«Io so soltanto che tu nella mia vita esistevi molto prima di Rose.»

«E allora cosa è stata Rose?»

Fergus rimase in silenzio. Poi, incerto, disse: «Una pausa nella conversazione?».

«Oh, Fergus.»

«Io... io credo di stare chiedendoti di sposarmi. Abbiamo già sprecato fin troppo tempo. Forse avrei dovuto avere il buon senso di chiedertelo molto tempo fa.»

«No.» D'un tratto Jenny era diventata saggia. «Molto tempo fa sarebbe stato troppo presto. Allora io credevo che tu mi appartenessi. Ma ora so che nessun essere umano può appartenere a un altro. Non completamente.

E, d'altro canto, è solo quando pensi di aver perduto una cosa che ti rendi veramente conto di quanto ti è preziosa.»

«L'ho scoperto anch'io» disse Fergus. «È meraviglioso che entrambi lo abbiamo scoperto nello stesso tempo.»

Fuori in mezzo al lago si stava facendo freddo. Jenny senza volerlo rabbrividì.

«Hai freddo» esclamò Fergus. «Ti riporto indietro.» Afferrò i remi, gettò un'occhiata alle sue spalle e voltò la barchetta.

Ma d'un tratto Jenny rammentò. «Io non posso ancora tornare, Fergus. Ho preso solo una trota e ne occorrono tre per cena.»

«Al diavolo la cena. Andremo a mangiare fuori. Porteremo i genitori e io offrirò a tutti un bel pranzo al Creagan Arms. Potremmo perfino far saltar fuori qualche bottiglia di champagne e così sarebbe una festa di fidanzamento... se ti fa piacere!»

Ora erano avviati verso casa, verso l'ormeggio, la piccola imbarcazione che tagliava dritta le acque increspate del lago. Avevano il vento alle spalle. Jenny sollevò il bavero del suo giubbotto e affondò le mani nelle ampie tasche. Sorrise al suo amore. «Mi piace.»

Lo spartiacque

«Ce la fa, signora Harley?»

«Sì, naturalmente.» Edwina passò la borsetta su un braccio, il cestino pieno sull'altro e, con un certo sforzo, sollevò dal banco il grosso cartone in cui erano raccolti tutti i suoi acquisti. Il sacchetto dei pomodori che stava in cima traballò pericolosamente tanto che lei tentò di fermarlo con il mento. «Se volesse soltanto aprirmi la porta.»

«Ha l'automobile fuori, vero?»

«Sì, proprio qui davanti.»

«Arrivederci, signora Harley.»

«Arrivederci.»

Passò oltre la porta del negozio di alimentari del villaggio e fu all'aperto, sotto il freddo sole di febbraio, attraversò con due passi il selciato del marciapiede, lasciò cadere il cartone sul cofano della macchina, vi mise a fianco il cestino, gettò la borsetta oltre il finestrino aperto e girò intorno alla macchina per aprire il portabagagli.

Essendo venerdì mattina, cioè giorno di spesa settimanale, il portabagagli era già mezzo pieno. C'era il grosso pacco del macellaio; le scarpe di Henry ritirate dal calzolaio; le camicie pulite prese dalla lavanderia e le cesoie e gli utensili da giardinaggio appena affilati e oliati dal fabbro del paese. Sollevò il cartone e il cestino e li sistemò accanto al resto, poi si accorse che il portabagagli non chiudeva bene e dovette disporre un po' diversamente i diversi pacchi. Finalmente riuscì nel suo intento.

Finito. Tutto fatto. Ora non c'era una vera ragione per non tornare direttamente a casa. Eppure esitava, lì in piedi accanto alla macchina nel centro del piccolo villaggio scozzese dove abitava, tentata di volgere la sua attenzione alla costruzione di pietra che si trovava dall'altro lato della strada. Era una casa con una facciata simmetrica come il disegno di un bambino e un tetto di lastre di ardesia gialla. Una striscia sottile di giardino, un cancelletto bianco di legno e una siepe ben potata di ligustro che la divideva dalla strada. Le tende alle finestre erano tirate.

La casa della vecchia signora Titchfield. Vuota, perché la signora Titchfield era morta due settimane prima nell'ospedale locale.

Edwina conosceva la casa. Aveva conosciuto la signora Titchfield, l'aveva frequentata per molti anni. Talvolta andava a farle visita per raccogliere vecchie carabattole per la vendita di beneficenza della chiesa, o per lasciare cartoncini natalizi o portarle un fruit cake e in questi casi veniva invariabilmente invitata a entrare a prendere una tazza di tè presso il caminetto.

Conosceva quindi le stanze minuscole e la scala stretta, il giardino sul retro della casa con le sue rose Albertine e la corda per il bucato, tesa fra due meli...

«Edwina!» Non aveva né udito né visto l'altra macchina che si avvicinava e veniva a fermarsi nello spazio dietro la sua. Ma quella che arrivava era Rosemary Turner; Rosemary con il suo cestino della spesa e i capelli grigi ben pettinati e il grasso pechinese bianco trattenuto da un guinzaglio rosso. Rosemary era una delle amiche più intime di Edwina. Suo marito, James, giocava a golf con Henry e Rosemary era la madrina della figlia maggiore di Edwina. «Cosa fai, qui ferma a guardare nel nulla?» domandò Rosemary.

«Nient'altro che questo.»

«Povera vecchia signora Titchfield. Non pensiamoci: ha vissuto bene e a lungo. Però fa un'impressione strana, vero, non vederla lì a fare i suoi lavoretti in quel minuscolo giardino? Dev'essere stato il pezzetto di terra più ben curato di tutta la contea. Hai già fatto la spesa?»

«Sì. Ora sto tornando a casa.»

«Devo andare a comperare dei biscotti per Hi-Fi. Hai una grande fretta?»

«No. Henry non torna per pranzo, oggi.»

«In tal caso perché non facciamo un colpo di vita e andiamo a bere una tazza di caffè al Ye Olde Thatched? È un sacco di tempo che non ci vediamo. Abbiamo milioni di cose da raccontarci.»

Edwina sorrise. «Va bene.»

«Tienimi un momento il cane. Detesta entrare nel negozio, perché c'è il gatto che gli soffia sempre addosso.»

Edwina prese il guinzaglio e si mise ad aspettare, appoggiata all'automobile. Il suo sguardo tornò alla casa della signora Titchfield. Aveva un'idea, ma sapeva che Henry non avrebbe voluto sentirne parlare e il solo pensiero di una discussione accalorata la riempiva di sgomento. Sospirò, sentendosi stanca e vecchia. Probabilmente alla fine della giornata avrebbe scelto la via più semplice: non avrebbe detto nulla.

Il locale era buio, vecchio e molto piccolo. Ma la porcellana era graziosa, sui tavolini c'erano fiori freschi e il caffè, quando arrivò, era forte e fragrante.

Edwina ne bevve un sorso. Era confortante. «Ne avevo proprio bisogno.»

«Ho avuto l'impressione che tu fossi un po' giù di morale. Ti senti bene?»

«Sì. Soltanto sopraffatta dalla noia della spesa. Perché deve essere sempre una routine così fastidiosa?»

«Immagino che dopo anni di matrimonio, siamo programmate. Come dei computer. Dov'è andato Henry a pranzo?»

«Da Kate e Tony. Lui e Tony hanno passato l'intera mattinata a occuparsi di orribili questioni finanziarie.»

Kate era la sorella di Henry. Suo marito, Tony, era il ragioniere che si occupava degli affari di Henry e il suo ufficio era a poca distanza dalla grande casa di Henry a Relkirk.

«A Henry piace essere in pensione?»

«Credo di sì. Trova sempre il modo di essere occupato.»

«Hai l'impressione di averlo troppo fra i piedi? Io quasi impazzivo quando James si è ritirato dagli affari. Continuava a venire in cucina a spegnermi la radio e a farmi un sacco di domande.»

«Che genere di domande?»

«Oh, il solito. "Hai visto la mia nuova calcolatrice?" "Che cosa intendi fare con la falciatrice elettrica?" "A che ora pranziamo?" Chi è stato a dire che si sposa un uomo per il bene, per il male ma non per il pranzo?»

«La duchessa di Windsor.»

Rosemary si mise a ridere. Attraverso il tavolino i loro occhi si incontrarono. Il riso si spense sulle sue labbra. «Allora, qual è il problema? Di solito non sei di così poche parole.»

Edwina alzò le spalle e sospirò. «Non lo so... Cioè sì, lo so. Ho guardato nel mio diario questa mattina e mi sono accorta che il mese prossimo Henry e io facciamo il nostro trentesimo anniversario di matrimonio.»

«Davvero! Nozze di perle. Possibile che siano già passati cinque anni dalle vostre nozze d'argento? Che cosa splendida! Un altro pretesto per dare una bella festa.»

«Non c'è senso a dare una festa se i figli sono tutti lontani.»

«Perché non potrebbero venire?»

«Perché Rodney è in servizio sulla sua nave nello Stretto di Hormuz. E Priscilla è nel Sussex, totalmente impegnata con Bob e i due piccini. E Tessa ha finalmente trovato un posto a Londra, ma guadagna appena da rimediare il pranzo con la cena, così anche se potesse ottenere dei giorni di vacanza, non potrebbe permettersi il viaggio fino a casa. Per di più, i trent'anni di matrimonio non sembrano una data da festeggiare. A me fanno piuttosto l'effetto sgradevole di uno spartiacque... capisci, quando sei arrivata lì, comincia la discesa...»

«Non dire cose tanto deprimenti!»

«...e alla fine della giornata, cosa hai combinato? Non hai nulla da mostrare.»

Rosemary, con il suo caratteristico buonsenso, non fece commenti a quelle parole. Rimescolando il caffè portò invece la conversazione su un altro argomento.

«Avevi una ragione particolare per fissare tanto intensamente la casa della povera signora Titchfield?»

«In un certo senso... All'improvviso mi sono resa conto che io ho cinquantadue anni e Henry ne ha sessantasette e verrà un giorno in cui non saremo più in grado di continuare a vivere a Hill House. In quanto a questo già ora giriamo a vuoto e ogni minuto libero lo occupiamo cercando di mantenere il giardino nelle condizioni in cui è sempre stato.»

«Splendido.»

«Sì, è un giardino splendido e vi siamo molto affezionati e amiamo molto la casa. Ma è sempre stata troppo grande per noi, perfino quando ci vivevano tutti e tre i nostri figli.»

«Se pensi di cambiare casa, avrai molta difficoltà a convincere Henry.»

«Non dirmelo.» Henry aveva ereditato Hill House dai suoi genitori. Ci aveva vissuto tutta la vita e ricordava i tempi in cui c'era molto personale di servizio e due giardinieri. Ora c'era soltanto Bessie Digley, e anche lei veniva solo tre mattine la settimana.

«Non posso pensare a voi due non a Hill House. Non sei un po' troppo precipitosa? Dopotutto non sei vecchia – hai anni e anni davanti a te. E dove pensi di mettere i nipotini quando verranno? Per loro ci vorrà dello spazio.»

«Ci ho pensato. Ma non è meglio fare un cambiamento prima di essere troppo vecchi per trarne piacere? Pensa ai poveri Perry. Sono rimasti aggrappati alla loro immensa proprietà fino a quando sono stati costretti a vendere in qualche modo perché ormai erano decrepiti. Poi hanno finito per comperare quella orribile casetta, la signora Perry è caduta per le scale e si è fratturata il femore e quella è stata la fine per entrambi. Supponi che la casa della signora Titchfield venga messa in vendita e Henry e io la comperiamo. Non pensi che sarebbe divertente rimodernarla insieme? Rifare le decorazioni, rimettere a nuovo il giardino? Lo so che è molto piccola, ma è nel centro del paese. Non dovrei guidare per più di dieci chilometri ogni volta che voglio comperare il pane o un po' di salsicce. E potremmo tenerla anche ben calda e non affogare nella neve d'inverno. E i ragazzi non avrebbero più motivo di stare in pena per noi.»

«Ora stanno in pena?»

«No, ma un giorno lo faranno.»

Rosemary scoppiò a ridere. «Sai qual è, secondo me, il tuo problema? Che senti la mancanza dei figli. Ora sono tutti usciti dal nido, perfino la piccola Tessa, e ti mancano. Questo però non è un buon motivo per prendere una decisione così importante come quella di lasciare la casa. Devi cercare di trovare qualche altro riempitivo per la tua vita. Chiedi a Henry di portarti a fare una crociera.»

«Non ho nessuna voglia di andare in crociera.»

«Allora dedicati allo yoga. Fai qualche cosa.»

Quando alla fine si lasciarono, Edwina rifece i suoi bravi chilometri di strada tortuosa in mezzo alla campagna per tornare a Hill House. Arrivò davanti al bianco cancello, lo aprì e riprese la salita su per il ripido viale, fra gli alti faggi e i folti cespugli di rododendro. Oltre gli alberi si stendeva il prato poi, sotto i ciliegi, l'erba alta che in primavera sarebbe stata un'orgia di giunchiglie di un giallo intenso. Più avanti si ergeva la casa, una grande, antica costruzione georgiana, le cui finestre riflettevano ora il pallido sole di febbraio.

Parcheggiata la macchina nel cortile dietro casa, dove c'era la stalla, Edwina portò in casa i pacchi della spesa. La cucina era molto grande, semplice e familiare, con la grossa cucina economica, una credenza con belle ceramiche nella rastrelliera, un cesto con il bucato pronto da stirare e i due labrador che aspettavano di essere portati a fare una passeggiata.

Senza Henry la casa le pareva sempre stranamente deserta. D'improvviso la colse con penetrante intensità la sensazione del vuoto, le stanze deserte intorno e sopra di lei. Il salotto con i mobili ricoperti dalle lenzuola per proteggerli dalla polvere, la sala da pranzo, testimone di innumerevoli allegri pranzi di famiglia e ora usata ben raramente, perché lei e Henry mangiavano sempre in cucina. La sua fantasia la portava, come un fantasma, su per le scale, davanti alle molte porte che si aprivano sull'ampio pianerottolo, nelle spaziose camere da letto dove un tempo dormivano i suoi figli o dove trovavano posto gli ospiti, spesso intere famiglie; giù per il corridoio che portava alle nursery, dipinte di bianco e di azzurro, ai grandi bagni bui; su nelle stanze sottotetto, dove un tempo alloggiava la servitù e ora aveva riposto vecchie carrozzine, biciclette fuori uso, le case delle bambole, scatoloni pieni di giocattoli.

La casa era un monumento alla vita di famiglia. A una

famiglia viva di bambini, dove i bambini non c'erano più. Come avevano potuto gli anni portare via tutto così in fretta?

A questo non c'era risposta. Ora i cani chiedevano la sua attenzione e così lasciò sul tavolo di cucina i pacchi degli acquisti, si infilò gli stivali verdi di gomma e uscì con i cani alle calcagna per una lunga passeggiata.

Quella sera, mentre cenavano, resa audace da un bicchiere di vino, Edwina portò il discorso sulla casa della signora Titchfield.

«Immagino che sarà messa in vendita.»

«Lo credo anch'io.»

«Non pensi che dovremmo comperarla noi?»

Henry rialzò la bella testa bianca e la fissò incredulo. «Comperarla? E perché mai, santo cielo?»

Edwina raccolse tutto il suo coraggio. «Per andarci a vivere.»

«Ma noi viviamo qui.»

«Stiamo diventando vecchi. E Hill House sembra diventare ogni giorno più grande.»

«Non siamo vecchi a questo punto.»

«Penso soltanto che dovremmo essere previdenti.»

«E secondo te, cosa dovremmo fare di questa casa?»

«Be'... se Rodney un giorno la volesse, potrebbe averla per sé. Se invece non ci tenesse, potremmo sempre venderla.»

A quelle parole Henry depose forchetta e coltello e allungò la mano verso il suo scotch e soda. Lei lo guardava. Lui posò il bicchiere e alla fine domandò: «Quando ti è venuta questa brillante idea?».

«Oggi. No, non oggi. L'ho già in fondo alla mente da qualche tempo. Io amo molto Hill House, Henry, esattamente quanto te. Ma guardiamo in faccia la realtà. I figli se ne sono andati, hanno la loro vita. E noi non potremo restare qui per sempre...»

«Non vedo perché no.»

«Ma richiede tanto impegno. Il giardino...»

«Se non avessi il giardino, cosa farei della mia giornata? Cerca di immaginarmi nella casetta della signora Titchfield, a sbattere continuamente la testa contro qualche porta. Se non morissi per un danno cerebrale, diventerei claustrofobico. Probabilmente finirei i miei giorni come uno di quei vecchi che si trascinano fino al pub a mezzogiorno e ne escono solo quando il locale chiude. Inoltrc, questa è la nostra casa.»

«Credo soltanto... che forse... dovremmo pensare al futuro.»

«È quello che io faccio continuamente. Penso alla primavera e ai bulbi che cominciano ad aprirsi. All'estate, per vedere fiorire le mie aiuole di rose. Penso al giorno che Rodney si troverà una moglie e a Tessa che uscirà sposata da questa casa. Penso con grande desiderio al giorno in cui tutti torneranno qui, per starci con le loro famiglie. Tu e io siamo sopravvissuti ai traumi della loro crescita, della loro educazione; ora permettiamoci almeno di raccogliere qualche frutto, qualche ricompensa.»

Dopo un momento di silenzio Edwina disse: «Sì».

«Non mi sembri convinta.

«Tu hai ragione, naturalmente. Ma credo di avere ragione anch'io.» Lui allungò la mano e la posò su quella di lei. Edwina disse: «Sento la mancanza dei figli».

Su questo non ebbe nulla da obiettare. «La loro mancanza la sentiremmo ovunque vivessimo.»

Due settimane più tardi telefonò Rosemary. «Edwina, si tratta del vostro anniversario di matrimonio. Venite a cena da noi. James e io vogliamo festeggiarvi. Sarebbe dunque per sabato, fra due settimane. Facciamo alle sette e mezzo?»

«Oh, Rosemary, sei un tesoro.»

«Siamo d'accordo, allora. Se non ci dovessimo vedere prima, vi aspettiamo per quel sabato.»

Quella sera telefonò Kate, la cognata di Edwina. «Edwina, cosa fate per il vostro trentesimo anniversario di matrimonio?» domandò.

«Non pensavo che te ne ricordassi.»

«Ma certo che me ne ricordavo. Come avrei potuto dimenticarlo?»

«Be', per la verità siamo invitati a cena da James e Rosemary. Mi ha telefonato per invitarci proprio questa mattina.»

«Magnifico. Immaginavo che tu e Henry restaste soli a mangiare la vostra costoletta in cucina, senza fare nulla per festeggiare. Ma ora non ho più motivo di preoccuparmi. Ci vediamo. Ciao.»

Trent'anni. Si svegliò al rumore della pioggia che batteva sui vetri e a un gran fracasso d'acqua che scrosciava nel bagno, segno che Henry stava facendo la doccia mattutina. Rimase distesa fissando la pioggia e pensò: "Sono trent'anni che sono sposata". Tentò di ricordare quel giorno di trent'anni prima e si accorse che non rammentava quasi nulla, all'infuori del fatto che la sua sorella minore aveva cercato di stirare la sottoveste del suo abito da sposa e aveva bruciato la seta bianca. E tutti si erano agitati come se fosse un vero disastro, mentre in realtà non aveva avuto alcuna importanza. Girò la testa sul cuscino e chiamò: «Henry!» e, dopo un momento, lui comparve sulla porta del bagno con i capelli arruffati e un lenzuolo da bagno legato intorno ai fianchi.

Lei disse: «Felice anniversario» e lui si avvicinò per darle un bacio, ancora umido e profumato e le porse un minuscolo pacchetto. Edwina tolse la carta velina e trovò un piccolo astuccio di cuoio rosso e dentro un paio di orecchini, due foglioline d'oro con al centro una perla.

«Oh, come sono belli!» Si rialzò a sedere e lui le portò lo specchio a mano perché potesse metterseli e ammirarsi. La baciò ancora e poi andò a vestirsi, mentre lei scendeva a preparare la colazione. Stavano mangiando quando arrivò il postino. C'era un telegramma di Rodney e cartoline da Priscilla e da Tessa. Dicevano: "Vi penso affettuosamente". "Vorremmo essere con voi." "Felice anniversario" e tutti dicevano "cari, cari abbracci."

«Be', è molto gratificante» esclamò Henry. «Per lo meno se ne sono ricordati.»

Edwina rilesse per la quarta volta il telegramma di Rodney. «Sì.»

Suo marito la guardava con occhi ansiosi. «Essere sposata da trent'anni con me non ti farà sentire vecchia, vero?»

Edwina sapeva che lui stava pensando alla casa della signora Titchfield, anche se non ne avevano più parlato. Ma quell'idea le ronzava ancora in fondo alla mente e aveva guardato il cartello *In vendita* che era stato messo sulla porta. Per il momento la casa non era ancora stata comprata.

«No» rispose. Soltanto vuota, deserta come le stanze di sopra.

«Bene. Non mi piace che tu ti senta vecchia. Perché non lo sei affatto. Per la verità, sei più bella che mai.»

«È per via dei bellissimi orecchini.»

«No, non credo proprio.»

Piovve quasi tutta la giornata. Edwina trascorse il suo tempo cuocendo marmellate e, poiché sarebbero stati fuori a cena, non accese neppure il caminetto in salotto. Quando la marmellata fu raffreddata e pronta per essere sistemata nella dispensa, era già tempo di salire a fare un bagno e prepararsi. Si truccò con cura, si pettinò e indossò il suo abito di velluto nero, concedendosi una buona dose di profumo. Poi aiutò Henry ad abbottonare i gemelli della camicia e diede un'ultima spazzolata al suo abito grigio scuro.

«Odora un po' di naftalina» gli disse.

«Tutti i vestiti migliori odorano un po' di naftalina.»

Con quell'abito addosso Henry era davvero un bell'uomo, aveva un aspetto elegante e molto distinto. Spensero le luci e scesero. Chiusero a chiave il portone principale, salutarono i cani, richiusero anche la porta di cucina e attraverso la pioggia si avviarono di corsa verso l'automobile. Così scesero dalla collina, lasciandosi dietro la casa buia, fredda, deserta.

I Turner abitavano in un piccolo, grazioso cottage a circa quindici chilometri, dalla parte opposta del villaggio. Quando Henry ed Edwina scesero dalla macchina, la porta d'ingresso si aprì e ne uscì un fiotto di luce che trasformò la pioggia in un velo argenteo. Rosemary e James erano lì ad aspettarli.

«Felice anniversario! Congratulazioni!» Ci furono baci e abbracci pieni di calore e di vivacità. Si tolsero i cappotti ed entrarono nel salotto di Rosemary, dove un bel fuoco bruciava allegramente nel caminetto e il pechinese se ne stava adagiato sul suo cuscino uggiolando. C'era anche un regalo, una nuova rosa per il loro giardino.

«È splendido» esclamò Edwina. «Qualcosa di cui possiamo godere entrambi.»

Poi James stappò una bottiglia di champagne e, dopo aver levato il bicchiere a brindare con un discorsino di circostanza, tutti sedettero accanto al fuoco nelle comode poltrone di Rosemary e cominciarono a chiacchierare con quell'agio tranquillo di quattro persone mature che hanno alle spalle una lunga amicizia. I bicchieri si vuotarono e James si affrettò a riempirli nuovamente. Henry gettò un'occhiata furtiva all'orologio. Mancavano dieci minuti alle otto.

Si schiarì la voce. «James» disse, «non voglio certo lamentarmi, ma siamo gli unici ospiti questa sera?»

James gettò un'occhiata alla moglie e Rosemary disse subito: «No. Ma non ceneremo qui. Questo è soltanto un drink».

«E dove andiamo?»

«Fuori.»

«Capisco» mormorò Henry con l'aria di non capire affatto.

«Aspetta e vedrai.»

Misterioso, ma abbastanza eccitante. Forse sarebbero andati a cena in quel nuovo e costosissimo ristorante francese che avevano aperto a Relkirk. Un'eventualità molto piacevole, perché Edwina non c'era mai stata. Lei si sentì risollevare il morale.

Alle otto e un quarto James depose il bicchiere. «È ora di andare.» Così tutti si alzarono, si infilarono i cappotti e uscirono nel buio e nella pioggia. «Edwina, tu vieni con me e Henry condurrà Rosemary. Io farò strada.»

Partirono. James cominciò a raccontare a Edwina quanto il vecchio Henry giocasse bene a golf in quei giorni. Lei gli sedeva accanto, il mento affondato nel collo di pelliccia. «È il suo *swing* che è straordinariamente migliorato.» Edwina lo ascoltava fissando le luci che i fari proiettavano sulla strada tutta curve davanti a loro. Quando furono in paese pensò che avrebbe svoltato a destra per raggiungere la strada statale, in direzione del ristorante francese. Ma lui tirò dritto e lei ne fu vagamente delusa.

«È incredibile quante brutte abitudini si possono prendere con il golf» stava dicendo James. «Talvolta è proprio necessario il consiglio obiettivo di un estraneo.»

«Ma si direbbe che stiamo ritornando a Hill House» esclamò lei a un certo punto.

«Edwina, Hill House non è la sola costruzione della zona.»

Lei rimase in silenzio, gli occhi fissi oltre i cristalli, cercando di capire dove si trovava. Poi l'automobile prese un'altra curva in ripida salita e lei vide, alte sopra di lei, luci che si proiettavano sulla campagna circostante immersa nell'oscurità, uno scintillio di luci simile a un fuoco d'artificio. Ma dov'erano? Ascoltando James si era distratta, aveva perso l'orientamento. Le luci si facevano sempre più alte, più brillanti. Infine arrivarono a un incrocio dove sorgevano due cottage, un punto di riferimento molto preciso, che conosceva da sempre e si rese conto di aver avuto ragione fin da principio, tutte quelle luci venivano da Hill House, e James la stava riconducendo a casa.

A una casa che avevano lasciato immersa nel buio, deserta. Una casa che ora brillava con tutte le luci accese, ogni finestra illuminata in segno di benvenuto.

«James, cosa sta succedendo?»

Ma James non rispose. Svoltò dentro il cancello e infilò a tutta velocità il viale. Gli alberi ai due lati parevano aprirsi al loro passaggio e il prato davanti a casa pareva illuminato da riflettori. La porta d'ingresso era spalancata e i cani corsero fuori abbaiando in segno di saluto; sulla soglia c'erano due persone, un uomo e una donna. In un primo istante pensò che non poteva essere vero, ma lo era. Erano Priscilla e Bob.

Quasi prima che la macchina si arrestasse, era saltata fuori, ignorando per una volta i suoi diletti cani, si era messa a correre in mezzo alla pioggia, incurante della sua pettinatura, delle scarpette di raso con il tacco alto.

«Ciao, mammy!»

«Oh, Priscilla! Oh, tesoro!» Si abbracciarono con effusione. «Ma cosa succede? Cosa fate qui?»

«Siamo venuti a festeggiare il vostro anniversario» rispose suo genero, la faccia tutta un gran sorriso. Lei lo abbracciò con affetto e poi si rivolse di nuovo a Priscilla. «Ma i bambini? Cosa ne avete fatto di loro?»

«Li abbiamo lasciati ai nostri carissimi vicini di casa. È stata tutta una tremenda cospirazione.» Intanto era arrivata la seconda macchina e ne scendeva Henry, che pareva paralizzato dallo stupore. «Ciao, papà! Sorpresa, sorpresa!»

«Che diavolo sta succedendo?» fu tutto ciò che lui parve capace di dire.

«Vieni dentro» gli disse Priscilla prendendolo per mano, «e ti farò vedere.»

Confusi, la seguirono. Quando furono nel mezzo del vestibolo una voce venne dalle scale. «Felice anniversario, miei carissimi vecchietti!» Alzarono gli occhi e videro Tessa che ora correva giù per le scale, la lucente criniera di capelli che le svolazzava dietro. Fece con un salto gli ultimi tre gradini, come aveva sempre fatto fin da bambina ed Henry la raccolse nelle sue braccia sollevandola da terra in un abbraccio.

«Tu, scimmietta mia! Da dove salti fuori?»

«Da Londra, e da dove se no? Oh, mammy, tesoro, ma sei una bellezza! E questa non è la sorpresa più bella del mondo? No, non è la sorpresa più grossa, c'è di più... venite con me!»

«È peggio che nei *Migliori anni della nostra vita*» esclamò Henry, ma Tessa non lo stava ascoltando. Aveva afferrato sua madre per il polso e la trascinava attraverso il vestibolo, verso la porta che conduceva nel grande salotto. Le coperture di tela sopra i mobili erano sparite, il fuoco era stato acceso nel caminetto e c'erano fiori dappertutto. E lì, volgendo le spalle al caminetto, c'erano Kate e Tony, insieme a un giovanotto dal volto molto abbronzato e i capelli schiariti dal sole dei tropici. Rodney!

«Ecco!» esclamò Tessa e le lasciò il polso.

«Felice anniversario, mamma» disse Rodney.

«Ma come avete fatto?» domandò Edwina gettandosi nelle braccia del figlio. «Come avete fatto a organizzare tutto questo?»

«È stata una cospirazione. La zia Kate e lo zio Tony hanno organizzato ogni cosa - con Rosemary e James e anche con Bessie Digley. Noi ci siamo incontrati ieri a Londra e siamo venuti tutti insieme in aereo.»

«Ma Rodney, come hai ottenuto la licenza?»

«Mi spettava comunque. L'ho tenuta per l'occasione.»

«Ma ho ricevuto il tuo telegramma questa mattina, dalla tua nave.»

«Ho pregato il mio tenente di spedirlo per me.»

Edwina si volse alle figlie. «E le vostre cartoline...»

«Un diversivo» esclamò Tessa. «Per eliminare qualunque sospetto poteste avere. E naturalmente, ora faremo una grande cena nella sala da pranzo. Priscilla e io abbiamo cucinato e preparato ogni cosa nella cucina della zia Kate e poi abbiamo portato su tutto nel portabagagli della loro macchina. Una specie di ristorante viaggiante.»

«Ma... il fuoco acceso. Questa stanza. I fiori. Tutto...»

«Rodney e lo zio Tony si sono dati da fare mentre noi preparavamo la tavola. E Bob ha fatto il giro della casa, accendendo tutte le luci.»

«È stato così divertente» interloquì Priscilla. «Quando voi siete usciti per andare da Rosemary, noi stavamo tutti ad aspettare in due auto in fondo al viale, a fari spenti perché non poteste vederci. Proprio come quando si giocava a nascondino. Poi, quando siamo stati ben certi che eravate sicuramente in viaggio, siamo andati di corsa su per il viale e ci siamo messi al lavoro.»

«Ma come siete entrati?» volle sapere Henry.

«Tessa aveva ancora le sue chiavi. E c'è anche Bessie Digley. Ora è di sopra a fare i nostri letti. Non vi dispiace se rimaniamo per il weekend, vero? Rodney può restare più a lungo, naturalmente, perché ha due settimane di licenza, ma io non posso lasciare troppo a lungo i bambini e Tessa deve tornare al suo lavoro.»

In quel momento si stavano stappando bottiglie di champagne. Qualcuno mise un bicchiere nella mano di Edwina. Non si era ancora tolta neppure il cappotto e non si era mai sentita così felice in vita sua.

Un po' più tardi Edwina scivolò via fra le chiacchiere e le risate e lo champagne. Gettò un'occhiata nella sala da pranzo e vide che anche qui il fuoco era stato acceso e la lunga tavola di mogano era stata apparecchiata come per un banchetto principesco. Si diresse verso la cucina e guardò attraverso la porta aperta. Bessie Digley si girò dai fornelli. «Be', questa sì che è stata una sorpresa» disse e sul suo volto c'era un sorriso che Edwina non vi aveva mai visto.

Andò di sopra. Sul pianerottolo tutte le porte erano spalancate e tutte le luci accese. Ebbe una rapida visione di valigie aperte e di abiti buttati da ogni parte in una confusione che scaldava il cuore. In camera sua si tolse il cappotto e lo gettò sul letto. Pensò di tirare le tende, ma poi decise di non farlo. Lasciamo che tutto il mondo veda ciò che sta accadendo! Rimase ferma dando le spalle alla finestra e con un'occhiata esaminò la sua camera, così grande e così familiare, lievemente sciupata. Il tavolino da toilette, l'enorme letto matrimoniale, l'imponente armadio vittoriano, il suo scrittoio. Vide la quantità di fotografie che parevano coprire ogni superficie. I figli, a tutte le età e in ogni fase della loro vita e ora i nipotini e anche i cani, picnic e riunioni di famiglia, feste, anniversari.

Mille e mille ricordi.

Dopo un momento andò allo specchio, si ravviò i capelli, si incipriò il naso. Era tempo di raggiungere gli altri. Ma in cima alle scale si fermò. Dal salotto salivano voci e risate, l'aria era piena di suoni felici. I suoi figli erano tutti qui. Erano venuti per togliere le coperture dalle stanze vuote, per riempire della loro presenza le camere da letto deserte. Henry aveva ragione. C'erano ancora anni e anni da vivere in questa casa. Era troppo presto per pensare di lasciarla; troppo presto per pensare alla vecchiaia.

Trent'anni. Si toccò gli orecchini nuovi e si accorse di sorridere. Corse giù per le scale, emozionata come una sposa.

Margherite gialle

Non aveva progettato di andare a Brookclere, nel profondo della campagna dello Hampshire, a venticinque chilometri dall'autostrada fra Southampton e Londra e si era visto passare semplicemente a velocità sostenuta oltre l'uscita senza, così credeva, dare neppure un'occhiata di lato.

Ma in qualche modo - forse per uno scherzo della memoria, forse perché la campagna era immersa nel sole del pomeriggio - ne fu attratto, incantato. In fondo ora era tutto passato. Finito. Julia e suo marito sarebbero stati ancora in luna di miele, a crogiolarsi al sole cocente del Mediterraneo o stavano scivolando in una barca a vela nelle acque turchesi e limpidissime dei Caraibi. Ormai lei non era più raggiungibile.

Davanti a lui la grande strada faceva una curva, si lasciava indietro, su entrambi i lati, villaggi, orti, fattorie, tagliati in due man mano che procedeva, ma intatti, immutati. Le mucche stavano nell'ombra di grandi macchie di alberi e i campi erano gialli e gonfi di grano che stava maturando.

Le segnalazioni stradali gli arrivavano una dopo l'altra. Lamington. Hartston. Brookclere. Miles allentò la pressione del piede sull'acceleratore. L'ago del tachimetro passò da settanta miglia a sessanta, a cinquanta. *Che diavolo sto facendo?* Ma la visione della vecchia casa di mattoni rossi seminascosta dal glicine, il grande prato che scendeva in pendio verso il fiume, il profumo intenso delle rose che dava alla testa lo attiravano come una calamita. Seppe che doveva ritornare. Ora vide l'uscita dell'autostrada, il ponte che la attraversava. Guardò nello specchietto retrovisore per controllare il traffico dietro di sé e poi, inesorabilmente, scivolò nella corsia laterale e fu sulla rampa.

Sorrise di se stesso, ironicamente. *Forse è quello che avevi sempre pensato di fare.* Ma perché no? Era troppo tardi per i ricordi. Dieci giorni troppo tardi.

Fuori dalla vista e dal fragore dell'autostrada, il paesaggio si fece quasi immediatamente familiare. Questa strada la conosceva, e anche questo villaggio; in quel pub aveva bevuto una birra dopo una partita di cricket; una volta era stato a una festa nella casa che si vedeva dietro una grande, maestosa cancellata. Erano passati quattro anni da quando aveva fatto per la prima volta questo viaggio, ma ora, girando pigramente per quelle stradine di campagna, ricordava ogni istante, ogni sfumatura di quel viaggio. Era molto emozionato, allora, e anche un po' ansioso, perché era appena uscito dalla Scuola Superiore di Agraria e si recava a un incontro che avrebbe potuto portargli il suo primo impiego, come direttore della fattoria di Brookclere, lavorando per la signora Hawthorne.

Quando alla fine si incontrarono, la signora gli spiegò la sua situazione. Il marito era morto da poco. Il figlio, che un giorno si sarebbe assunto l'impegno della fattoria, doveva fare ancora un periodo di servizio militare e attualmente era di guarnigione a Hong Kong.

«... quando lascerà l'esercito vuole andare alla Scuola Superiore di Agraria, ma nel frattempo devo avere qualcuno che mi dia una mano... fare andare la fattoria fino a che Derek ha finito la sua preparazione e torna a casa...»

Dentro di sé Miles decise che la signora aveva un aspetto troppo giovanile per avere un figlio adulto, ma non disse nulla, perché si trattava di affari, non era il momento per fare i complimenti.

«... quindi, come lei vede, devo avere qualcuno che diriga il lavoro. Ora che ne dice di andare a dare un'occhiata intorno?»

Avevano passato la giornata visitando la fattoria. C'erano dei fabbricati annessi in ottimo stato, un cortile asfaltato, recinti per il bestiame assai ben tenuti, trattori moderni. Dietro si allungavano grandi campi di terra arabile, vacche e pecore al pascolo. In un piccolo recinto erboso erano riuniti i cavalli.

«Lei cavalca?» domandò alla signora Hawthorne.

«No. È Julia la cavallerizza della famiglia.»

«Sua figlia?»

«Sì. Lavora a Hartston in un negozio di antiquariato. Per me è piacevole perché vive a casa, ma immagino che non passerà molto tempo e se ne stancherà e vorrà andare a cercarsi un appartamento a Londra. Sembra che sia ciò che fanno tutte le sue amiche.»

«Già, penso che sia ciò che fanno tutte le ragazze.»

Lei sorrise. «E lei, non ha mai desiderato lavorare a Londra?»

«No. Non ho mai desiderato altro che lavorare in campagna.»

La signora gli mostrò la casetta dove avrebbe potuto vivere, un piccolo cottage di mattoni con un minuscolo giardinetto completamente abbandonato. «Temo che il giardino sia proprio un disastro...»

Lui vi gettò un'occhiata. «Non ci vorrebbe molto a rimetterlo in ordine.»

«Lei è un bravo giardiniere?»

«Diciamo piuttosto che non mi piace vedere intorno delle erbacce.»

Lei rise. «Lo capisco. Passo la metà del mio tempo a strapparle.»

«È quello che fa anche mia madre.» Si guardarono sorridendo. Fu l'inizio di un'amicizia, di una simpatia.

Alla fine ritornarono in casa, nell'ufficio che era stato del padrone della fattoria. La signora non andò a sedere nell'imponente poltrona di cuoio, ma si appoggiò alla scrivania, le mani affondate nelle tasche del cardigan e si girò a guardare Miles in viso.

«Il posto è suo, se lo vuole» gli disse.

Contro ogni desiderio, perché voleva quel lavoro più di ogni altra cosa al mondo, lui udì se stesso suggerire che forse per lei sarebbe stato meglio un uomo più maturo, qualcuno con maggiore esperienza. Ma lei aveva buttato indietro la testa, si era messa a ridere e aveva detto: «Oh, cielo! Sarei spaventata da una persona simile. Finirebbe per essere lui a dire a me cosa devo fare».

«In questo caso» rispose Miles, «affare fatto.»

Restò a Brookclere per un anno. Ci sarebbe rimasto anche di più, se non fosse stato per Julia. Lui aveva ventitré anni. Non aveva mai seriamente pensato di incontrare una ragazza, innamorarsene e desiderare di passare con lei il resto della sua vita. Sapeva che succedeva ad altri. Era già successo a parecchi suoi amici. Ma, senza saperne il perché, aveva sempre immaginato che per lui questo non avrebbe potuto verificarsi prima di molti anni – quando lui sarebbe stato sulla trentina e anche più. Allora sarebbe potuto accadere anche a lui, i tempi sarebbero stati maturi, avrebbe fatto la sua strada, si sarebbe costruito un solido avvenire, che avrebbe quindi potuto offrire alla persona adatta, come se le donasse qualcosa che aveva fatto da sé.

Ma Julia fu improvvisamente nella sua vita e tutte le

idee che si era fatto, i progetti e i preconcetti che vagavano come bolle di sapone nei recessi della sua mente scoppiarono di colpo e svanirono per sempre. Perché doveva essere proprio Julia? Cosa c'era in lei di così diverso? Cosa c'era in lei che rendeva il mondo così magico? Gli venne in mente la parola "affinità" che lo aveva incuriosito e di cui aveva cercato una spiegazione: *vicinanza, legame profondo.*

E vicini loro lo erano davvero. La vedeva, anche se per poco, ogni giorno. L'aiutava a far partire la sua vetturetta nelle mattine di gelo; andavano insieme a cavallo nelle domeniche d'aprile; andava a nuotare con lei nel fiume, quando le foglie erano fitte e pesanti sopra la testa e l'acqua scura e lenta era una danza di macchie di sole e di moscerini. Insieme spazzavano via le foglie secche in autunno e facevano grandi falò fragranti dell'odore di legna. La ricordava al tempo del raccolto, con in testa un vecchio e malconcio cappello di paglia come una lavoratrice stagionale, le braccia bruciate dal sole e la faccia rigata di sudore. La ricordava a Natale, in un abito rosso come le bacche di agrifoglio, gli occhi brillanti come quelli di un bimbo eccitato.

E in quanto al legame profondo... se voleva dire ridere insieme e farsi compagnia e restare in silenzio senza sforzo, senza imbarazzo, allora fra loro esisteva davvero. Se voleva dire andare a una festa e infiammarsi di orgoglio perché lei era più bella e seducente di ogni altra ragazza presente, questo era un legame profondo. Se voleva dire non prendersela vedendola ballare con gli altri, perché alla fine era sempre Miles che la riportava a casa, andando piano, attardandosi nelle stradine buie, discutendo come una vecchia coppia di coniugi su tutto quello che era accaduto - be', la profondità del loro legame era indiscutibile.

Affinità. Ed era stato lui a rovinare tutto.

Era una sera di domenica, calda nella foschia del crepuscolo, stavano seduti in riva al fiume e attraverso i prati arrivava, lontano, il suono delle campane che chiamavano al vespro.

«Ti amo.»

Lei aveva detto: «Non voglio che tu mi ami».

«Perché no?»

«Perché io non ti amo. Perché non sei quel genere di persona.»

«Io che genere di persona sono?»

«Tu sei Miles.»

«E Miles è tanto diverso dagli altri uomini?»

«Sì, e mille volte più caro.»

«Se mi dici che mi consideri un fratello, ti strangolo.»

«No, un fratello ce l'ho. Non ho bisogno di un fratello.»

«Un cane, allora. Un cane fedele.»

«Come puoi dire una cosa così orribile?»

«Cosa vuoi che ti dica? Non possiamo andare avanti così in eterno.»

«Non voglio che sia niente di diverso da com'è ora.»

«Julia, cresci. Nulla può rimanere sempre uguale.»

«Perché proprio io? Perché devi innamorarti di me?»

«In realtà, non lo avevo programmato.»

«Io non sono pronta per innamorarmi. Non sono pronta a sposarmi, a mettere su casa, avere dei bambini.»

«Ma per cosa sei pronta, allora?»

«Non lo so. Cambiamenti, forse, ma non il matrimonio.»

«Che genere di cambiamenti?»

Lei volse gli occhi altrove. Un ricciolo dei capelli scuri le ricadde in avanti a coprirle il viso. «Non posso restare a casa per sempre. Potrei andare a Londra, forse. Sukie Robins... la conosci, l'hai incontrata a quella festa. Eravamo compagne di scuola. Lei si è presa un appartamento a Wandsworth e ha bisogno di qualcuno che divida le spese con lei.»

Miles non rispose nulla a quella rivelazione che annientava i suoi sogni e Julia d'improvviso si girò a guardarlo con una sorta di rabbia, ma se era verso di lui o verso se stessa, non poté indovinarlo.

«Oh, Miles, per te va tutto bene. Tu stai facendo ciò che vuoi, non desideri nulla di diverso. Non hai dubbi. Hai imboccato la tua strada, hai preso le tue decisioni. Ma io ho ventun anni e non so. Non ho ancora fatto nulla...»

Lui non sapeva come rispondere a quello sfogo. «E tua madre?» domandò infine.

«Adoro mia madre. Tu lo sai. Ma lei sarebbe l'ultima persona al mondo a essere possessiva.»

«È questo che pensi di me?»

«Non lo so. So soltanto che non voglio sposarmi. Per molti, molti anni. Ci sono mille cose che desidero fare prima che questo avvenga e voglio cominciare a farle ora.»

Dopo un momento lui disse: «Io non passerò la vita a dirigere una fattoria, sai. Un giorno ne avrò una mia. Sarò indipendente. Non sarà sempre come adesso».

«Stai pensando al denaro? Credi che non ti voglia perché non hai denaro? Come puoi pensare una cosa tanto orribile?»

«Avere senso pratico non è così orribile.»

«Questo non c'entra.»

«Vedremo.»

«Se dici una cosa simile, significa che non hai una grande opinione di me. Non ho mai pensato che tu potessi essere tanto materialista.»

«Julia... io ti amo tanto.»

«In questo caso mi dispiace. Mi dispiace!» E con quelle parole scoppiò in lacrime e saltò in piedi. «Mi dispiace per te e mi dispiace per me. Non voglio essere come... come una farfalla morta, infilzata con uno spillo a un pezzetto di sughero...» E con questa singolare affermazione scappò via, lo lasciò per attraversare il prato verso casa.

E Miles rimase seduto dov'era, solo, mangiato dalle zanzare, senza che gliene importasse nulla; perché aveva rovinato tutto e niente avrebbe mai più potuto essere come prima.

Restò con quella pena per una settimana e poi andò dalla signora Hawthorne e si licenziò. Lei non era una stupida e Miles apprezzò molto la sua schiettezza.

«Oh, Miles. È per Julia, vero?»

«Sì.»

«È innamorato di lei.»

«Credo di esserlo sempre stato. Dal primo momento che l'ho vista.»

«Temevo molto che qualcosa di simile potesse accadere. Julia va a Londra. Ha trovato casa e vuole andare a cercarsi un lavoro. Me lo ha detto ieri sera. Quindi non c'è ragione perché anche lei se ne vada.»

«Devo andare.»

«Sì. Lo capisco. Mi dispiace. Temevo che questo accadesse e al tempo stesso lo desideravo. Mi sono tanto affezionata a lei. Facevo degli stupidi sogni, come qualsiasi madre sentimentale. Ma non sarei una buona madre se tentassi di influenzare Julia.»

«Io... non ho mai pensato che questo potesse accadere.»

«Lei non ne ha colpa. Nessuno ha colpa di ciò che è accaduto.»

Trovò un altro lavoro. In Scozia, presso la Commissione Forestale. Quando lo disse alla signora Hawthorne, lei ebbe un sorriso triste. «Difficilmente avrebbe potuto andare più lontano.»

«Forse è ciò che mi occorre.»

«Oh Miles, caro Miles. Come mi mancherà.»

«Tornerò» promise lui.

Ma non ritornò. Andò per la sua strada, incominciando una vita nuova, e non solo in un senso. Andò incontro a una solitudine che non aveva mai conosciuto prima, trovò una casetta di granito fra colline coperte di erica che si stendevano all'infinito. Conobbe nuovi modi di pensare, nuovi problemi. Lentamente, gradualmente si fece nuovi amici. Imparò a guidare anche per cinquanta, sessanta chilometri alla ricerca di un qualsiasi contatto sociale. Visse con un freddo durissimo sotto cieli immensi, sotto piogge ininterrotte e tormente di neve. Piantò alberi, potò alberi, tagliò alberi; arò terreno che non aveva mai conosciuto nient'altro che erica ed erba e il grido della grouse e del chiurlo. Imparò a sciogliere il ghiaccio quando l'acqua si gelava nel rubinetto, imparò a pescare il salmone, a ballare il reel a otto. Imparò a vivere da solo.

Lavorò, talvolta sette giorni la settimana, usando la fatica volontaria come sedativo per placare i ricordi e la pena del cuore. Talvolta c'era anche il tempo per leggere un libro o un giornale. Una mattina, più di due anni dopo aver detto addio a Brookclere, percorse i trenta chilometri fino a Relkirk il giorno di mercato e insieme alle provviste comperò una copia del "Times". E sul giornale lesse l'annuncio del fidanzamento di Julia con un uomo di nome Henry Fleet. Aveva pensato di ritornare direttamente a casa, invece entrò nel pub più vicino con l'intenzione – per la prima volta in vita sua – di ubriacarsi, lentamente, sistematicamente.

Non ci riuscì. Perché in quel pub incontrò un vecchio compagno della Scuola Superiore di Agraria e per questa straordinaria coincidenza, tutta la sua vita conobbe una nuova svolta.

E ora la strada correva giù per la collina e Brookclere giaceva sotto di lui nella valle, un grappolo di case, piccoli cottage intorno a un crocevia, circondati da terreni agricoli e basse colline. Arrivò al vicariato e alla chiesa, passò davanti al negozio che vendeva di tutto. Arrivò al gruppo di querce, i cancelli bianchi erano aperti, anche la barriera del bestiame. La fattoria di Brookclere. Oltrepassò i cancelli e salì fra le siepi con gli steccati dipinti di bianco, passò il ponticello e la casa comparve, i mattoni rosa addolciti dal glicine, il giardino nascosto da cespugli di rododendro.

Portò la macchina fin sul retro della casa, si fermò e spense il motore. Avvertì la fragranza dolce, piena della terra, dell'aia, udì il verso rauco, soddisfatto delle galline ruspanti della signora Hawthorne. Scese dall'automobile e aprì il cancello posteriore, dirigendosi verso la casa. Passò oltre la porta aperta della cucina. La cucina a legna borbottava, tranquilla e cordiale. Al centro della tavola c'erano delle rose in una brocca lustra e tutti i vecchi e lustri piatti di peltro erano ancora allineati sui ripiani della credenza.

«Signora Hawthorne?»

Nessun rumore. Nessuna risposta. Attraversò la cucina e fu nel vestibolo, la porta che dava in giardino era aperta nel caldo pomeriggio e oltre la porta c'era la terrazza e poi il lungo prato che scendeva fino al fiume. In mezzo all'erba c'era una carriola e, mentre usciva fuori nel sole, vide la signora Hawthorne in ginocchio ai margini di un'aiuola, tranquillamente intenta a strappare le erbacce.

Miles attraversò il prato dirigendosi verso di lei a passo veloce. La signora non lo aveva udito arrivare, ma all'improvviso si rese conto di non essere più sola. Girò la testa e sollevò la mano guantata sporca di terriccio per scostarsi con il polso una ciocca di capelli che le ricadeva sul viso.

Lui disse: «Buongiorno».

«Miles!» Stupore e gioia le illuminarono il viso. Lasciò cadere il sarchiello che aveva in mano e si alzò in piedi. «Oh, Miles.»

Non erano mai stati in confidenza al punto di baciarsi, ma ora lui le diede un bacio e lei gli buttò le braccia al collo e lo strinse a sé in un caldo abbraccio e poi lo scostò per poterlo meglio guardare in viso.

«Che magnifica sorpresa. Da dove salta fuori?»

«Ero diretto a Londra, venendo da Southampton. Ho pensato di passare di qui a salutarla.»

«E io invece pensavo che lei fosse in Scozia.»

«Sì, ci abito. Lavoro sempre là, ma sono stato in vacanza con degli amici che hanno una casetta nella Dordogne. Ora sono sulla strada del ritorno. Penso di caricare la macchina sull'espresso della notte per Inverness questa sera. Mi risparmia lunghe ore di guida.»

«Ma che splendida cosa che lei sia venuto a trovarmi. Ne sono commossa.» Si tolse i guanti da giardino e li lasciò cadere nell'erba. «Andiamo a sederci un momento all'ombra. Posso offrirle qualcosa da bere? Che ne direbbe di una limonata?»

«Sarebbe deliziosa.»

Lei si avviò verso casa e lui la guardò camminare e pensò che gli anni non l'avevano sfiorata. Era sottile come una ragazza, i capelli biondi con qualche ciocca che ingrigiva erano tagliati corti, senza grande cura, il passo era svelto e agile. Scomparve per un attimo e poi ritornò con un vassoio, una caraffa di limonata che tintinnava per i cubetti di ghiaccio e due grandi bicchieri.

«Non guardi troppo attentamente il giardino, Miles.

Sono stata così occupata che non ho avuto tempo per legare le piantine e strappare le erbacce.»

Lui si distolse dalla contemplazione di quel paesaggio che gli era tanto familiare e andò a sedere accanto a lei.

«Come va la fattoria?» domandò.

«Splendidamente.» Gli versò un bicchiere di limonata. «Derek è stato congedato dall'esercito, ha finito il college e ora ha preso in mano l'azienda. Fin qui pare che tutto vada secondo i progetti, ma temo che non potrà conoscerlo, perché oggi è andato a Salisbury per comperare un nuovo trattore.»

«E il sovrintendente che aveva assunto quando io sono partito?»

«È stato un successo. Poi se n'è andato a lavorare da amici nostri che conducono una fattoria vicino a Newbury. L'unica cosa è che non era appassionato di giardinaggio come lei, così il giardinetto del cottage dove lei abitava è di nuovo caduto in rovina.»

«Non c'è più nessuno ora che vive nel cottage?»

«No. Derek ha pensato che lo si potrebbe affittare, ma non ha ancora deciso nulla. Bene, e ora mi parli di lei. Lavora sempre per la Commissione Forestale?»

«No. No, non più. Mi sono messo in società con un amico, Charlie Westwall. Eravamo compagni alla Scuola di Agraria e poi lo incontrai di nuovo per puro caso. Era venuto al nord per vedere una fattoria in vendita, ma non aveva capitale sufficiente per comperarla in proprio. Così decidemmo di andare insieme a dare un'occhiata. È un'ottima fattoria, nel Vale of Strathmore. Il tipo di fattoria che avevo sempre sognato. Così quella sera stessa telefonai a mio padre e gli spiegai la cosa e lui mi venne incontro con una cifra, giusto quel tanto che bastava per coprire quasi la mia quota e poi il direttore di una banca accettò di prestarmi la differenza. Ora lavoriamo insieme da quattro mesi e credo che le cose andranno bene.»

Fece un largo sorriso. «La cosa migliore quando si ha un socio è che ogni tanto ci si può prendere una vacanza.»

«E sono sicura che ne aveva molto bisogno! Mi pare un buon amico da ritrovare dopo tanto tempo. Vivete nella stessa casa?»

«No. Charlie è sposato. Lui e Jenny vivono nella casa principale e io nel cottage del sovrintendente. Per la verità è una casa piuttosto grande, con una cucina nuova e il riscaldamento centrale e tutte le comodità.»

«E lei...» La signora Hawthorne gli sorrise. «Non si è sposato?»

«No.»

«Ma dovrebbe, Miles.»

Lui bevve un lungo sorso di limonata. Era fresca e acidula e il ghiaccio tintinnava contro il vetro del bicchiere. Quando ebbe finito, posò il bicchiere vuoto e con l'aria più indifferente possibile chiese: «E com'è andato il matrimonio?».

«Non è andato» rispose lei. Miles levò rapido la testa e i loro occhi si incontrarono.

«Vuole dire che non è andato bene?»

«No. Non intendevo questo. Intendevo che non è successo. Non si è fatto. Cinque giorni prima della cerimonia Henry e Julia vennero da me e mi dissero che avevano deciso di non volersi più sposare. Mettemmo un annuncio sul giornale, ma naturalmente se si trovava nella Dordogne lei non lo avrà visto.»

«Dio del cielo» mormorò Miles.

La sua voce pareva calma, normale, ma dentro si sentiva come se avesse preso un gran pugno nello stomaco, messo a terra, contuso e incapace di muoversi. Una sensazione di panico pareva colpirlo nel petto e ci vollero un paio di secondi prima che si rendesse conto che era il battito del suo cuore.

«Ma perché?»

Lei alzò le spalle ed emise un gran sospiro. «Non lo so. Semplicemente non lo so. Nessuno dei due fu in grado di addurre una particolare ragione.»

«Lei immaginava che una cosa simile potesse accadere?»

«No, non lo immaginavo.»

«Lui le piaceva?»

«Sì. Sì, davvero, mi piaceva. Molto. Era un giovanotto molto simpatico. Tutto quello che una madre potrebbe desiderare. Un bell'aspetto, un mucchio di soldi, un ottimo impiego. Ho sempre pensato però che forse Julia era più innamorata di quanto lo fosse lui, ma lei sa che tipo di persona è Julia. Impulsiva, estroversa. Non è mai stata brava a nascondere i suoi sentimenti.»

«È tornata a Londra?»

«No. Ha mollato l'appartamento, lasciato il suo lavoro. È ancora qui. Non vuole vedere nessuno. È molto infelice.» Una volta di più i loro sguardi si incontrarono. Si fissarono per un momento. «Non penso» disse la signora Hawthorne, «che lei desideri vederla.»

«Ciò che intende è che Julia non vorrà vedere me.»

«Oh, caro Miles. Non so cosa intendo.»

D'un tratto gli parve che la signora fosse totalmente esausta, sconvolta. Come se d'improvviso avesse lasciato cadere tutte le sue difese, smettendo di fingersi forte, armata di senso pratico.

«E dov'è lei ora?»

«Ricorda i lamponi che piantò dietro il cottage quando viveva qui? Non credo sia rimasto abbastanza a lungo per raccoglierli, ma in effetti producono degli splendidi frutti. Julia è andata laggiù a vedere se può raccoglierne un po' per cena. Forse... forse se non ha troppa premura di ripartire, potrebbe andare a darle una mano...?»

Era una supplica che veniva dal cuore e Miles la riconobbe come tale.

Disse: «Sa, signora Hawthorne, se avessi saputo ciò che era accaduto – voglio dire se avessi saputo che il matrimonio era andato a monte – non credo che oggi sarei uscito dall'autostrada. Sarei andato dritto fino a Londra».

«In tal caso, sono contenta che lei non lo sapesse.»

«Non voglio che qualcosa ricominci... come allora. Non vorrei mai che poi tutto finisse un'altra volta allo stesso modo.»

«Se non la conoscessi bene, penserei che questo è un atteggiamento molto egoistico. Julia non ha bisogno di un innamorato, in questo momento, ma ha sicuramente bisogno di ogni buon amico che le possa essere vicino. E voi siete sempre stati così buoni amici...»

«Fino a quando io rovinai tutto dicendo una cosa tanto stupida come "ti amo".»

«Non era una cosa stupida. Non ho mai pensato che lo fosse. Solo il momento era sbagliato.»

Il sentiero sconnesso conduceva dal retro della casa giù fra muretti di pietra soffocati dal convolvolo. Il cottage dove lui aveva vissuto in quei dodici indimenticabili mesi se ne stava accoccolato nel groviglio di quello ch'era stato il suo giardino. Il cancelletto era uscito dai cardini e ora pendeva sbilenco e dietro di esso le erbacce avevano ripreso il sopravvento. Dove un tempo crescevano cavoli, patate e carote regnava ora una profusione di erba calderina e di erbe alte fino alla vita. Solo gli arbusti dei lamponi alzavano coraggiosamente la testa sopra quella giungla. Non c'era alcun segno di Julia.

La porta posteriore del cottage era chiusa e sprangata. Seguì la debole traccia di sentiero, chinandosi sotto i lunghi rami dei rovi e scostando steli alti e purpurei. Davanti alla casa lui aveva piantato allora dei fiori e un piccolo prato. Il prato era scomparso e i fiori erano sepolti fra le erbacce. Solo le margherite gialle selvatiche erano, non si sa come, sopravvissute e si erano riprodotte spargendosi dappertutto, fino a formare un tappeto di un giallo intenso, dal profumo amarognolo.

Lei era lì, ma non stava raccogliendo lamponi. Non faceva nulla. Sedeva semplicemente, nascosta fino alla vita fra le corolle fiammeggianti. Portava i capelli scuri legati alla meglio sulla nuca; un paio di ciocche erano sfuggite e le ricadevano sul viso. Era magrissima. Lui non ricordava di averla mai vista così magra. Non si accorse dei passi di lui e quando sentì pronunciare il suo nome alzò gli occhi con uno sguardo vacuo, come una persona risvegliata da un sogno.

«Julia» ripeté lui.

Lei respinse i capelli che le ricadevano sugli occhi e lo fissò. «Miles.»

«Sorpresa» disse lui sorridendo e accoccolandosi accanto a lei. «Credevo che stessi raccogliendo lamponi per cena.»

«Cosa fai qui?»

Lui lo spiegò, semplicemente, con poche parole.

«Hai visto mia madre?»

«Sì, l'ho trovata che lavorava in giardino.» Sedette vicino a lei, schiacciando i fiori sotto il suo peso. «Ma ha smesso di lavorare, mi ha dato un bicchiere di limonata e ci siamo raccontati tutte le novità.»

«Te lo ha detto?»

«Sì.»

Julia abbassò gli occhi. Prese un fiore e cominciò a strapparne un petalo dopo l'altro. «Devi pensare che io sia pazza.» La voce incrinata faceva pensare che fosse prossima alle lacrime. Non ne fu sorpreso. Immaginò che doveva aver passato la maggior parte di quelle due ultime settimane in un fiume di lacrime. Era sempre stata molto facile al pianto. Piangeva per ragioni del tutto ridicole, come ammirando un tramonto stupendo e ascoltando il coro delle voci bianche che si levavano in un canto dolcissimo. Era una delle cose che più aveva amato di lei.

Rispose: «Niente affatto. Penso che sei stata molto coraggiosa. Ci vuole un mucchio di coraggio a disdire un matrimonio all'ultimo momento. Ma era l'unica cosa giusta da fare, se non eri convinta che fosse quello che volevi».

«È stato tutto troppo orribile, persino per pensarci. La mamma è stata meravigliosa, ma Derek era infuriato con me. Continuava a ripetere che ero un'egoista, che non pensavo ad altri che a me stessa...»

«Forse pensavi anche a Henry.»

«Ho tentato di spiegarlo a Derek.»

«Quando vuoi veramente bene a una persona, qualche volta la cosa migliore che puoi fare per lei è lasciarla andare.»

«Io lo amavo, Miles. Non avrei accettato di sposarlo se non lo avessi sinceramente desiderato. Lui era tutto ciò che avevo sempre sognato e non avrei mai creduto che mi sarebbe capitato. Quando lo conobbi a Londra non potevo credere che si fosse accorto di me. Mi pareva che ci fossero tante altre ragazze. Ma poi lui mi invitò a uscire una sera e dopo di allora continuò ad andare sempre meglio. Era come vivere in un mondo completamente nuovo. Come se tutto fosse più vivo, più luminoso, con contorni più precisi. E quando mi chiese di sposarlo dissi subito di sì, in gran fretta, per il timore che potesse cambiare idea. È così che è stato. Un tipo di rapporto che non si verifica spesso. Non potrebbe.»

«Ma da ultimo hai deciso di non andare fino in fondo.»

Lei distolse lo guardo, si girò a guardare il giardinetto, il muretto sgretolato, la scena pastorale che si apriva più oltre. Morbide colline e macchie di alberi, con le mucche che si radunavano pacifiche nell'ombra ai margini del fiume.

Miles disse: «Le cose passano, sai. Devi ricordarti di questo».

«È stata la cosa più orribile che io abbia mai dovuto fare. Avevo dei tremendi sensi di colpa nei riguardi di mia madre, che per mesi e mesi aveva lavorato, aveva fatto tutto per me. È stato un incubo.»

«Tua madre ha capito.»

«Avrei quasi desiderato che si arrabbiasse anche lei. Mi vergognavo così tanto.»

«Il coraggio morale non è qualcosa di cui ci si debba vergognare.»

A questo lei non diede risposta. Lui continuò a parlare, cercando con molta fatica di trovare le parole giuste, ma sapendo che doveva farlo.

«Le cose passano, te l'ho detto. Il tempo guarisce. Sono tutti vecchi cliché, ma sono veri, altrimenti non sarebbero dei cliché, in primo luogo. La cosa veramente importante è che tu sia rimasta te stessa, Julia. Una persona, con la sua identità. È a questo che devi attaccarti.»

Lei rimase in silenzio, immobile, e lui proseguì, parlando alle sue spalle, dietro la sua testa, chiedendosi perfino se lei udiva ciò che diceva.

«Il peggio ormai è passato. Da ora in poi, ne sono sicuro, le cose non potranno che migliorare.»

«Non credo che potranno mai migliorare...» Di scatto lei si era voltata e per un attimo Miles vide il suo viso inondato di lacrime, prima che gli si gettasse fra le braccia. «Lui... voleva che la gente credesse a una decisione presa insieme...» Era difficile udire ciò che lei tentava di dirgli, tanto teneva il viso premuto contro la sua spalla. «Ma in realtà è stato Henry che all'improvviso non ha più voluto che accadesse. Ha detto che non mi amava abbastanza per rinunciare alla sua libertà. Non mi vo-voleva più...»

Miles sentì un groppo salirgli alla gola. La teneva molto stretta, il mento posato sui suoi capelli, le braccia chiuse intorno a quel corpo squassato dai singhiozzi. Attraverso la stoffa leggera del vestito poteva sentire le sue costole e le lacrime gli stavano inzuppando il davanti della camicia.

«Va tutto bene.» Non riusciva a pensare a nient'altro da dire.

«Non so cosa potrò fare ora...»

«Vuoi che te lo dica io?»

Ci furono ancora altri singulti e un gran tirar su col naso e poi Julia si staccò da lui e girò la faccia bagnata di lacrime a guardarlo dritto in viso. Aveva gli occhi gonfi di pianto e lui pensò di non averla mai vista così bella.

Julia tentò di asciugarsi il viso con le mani e lui trasse di tasca il suo fazzoletto pulito e glielo diede.

«Cosa posso fare?» domandò lei.

«Se ti dicessi che ho una buona idea, mi ascolteresti?»

Lei parve riflettere un momento. Si soffiò il naso e infine disse: «Sì».

«Bene, io penso che per prima cosa dovresti andartene via, prenderti una vacanza, incontrare gente nuova, conoscere posti nuovi, riuscire a valutare ciò che è accaduto nella sua giusta prospettiva.»

«Ma dove vuoi che vada?»

Allora lui le parlò della Scozia. Della sua fattoria. Di Charlie e Jenny e del suo cottage. «C'è un bellissimo caprifoglio che cresce sopra il cancello e una vista meravigliosa e ci sono ancora tantissime cose da fare.»

«Che genere di cose?»

«Tende da cucire, erba da tagliare. Ci sono steccati da costruire, bisogna dare da mangiare alle galline. C'è tempo per divertirsi.»

Julia si soffiò nuovamente il naso e scostò i capelli dal viso.

«Oh, Miles, sei sempre stato tanto buono con me. Io sentivo sempre che non poteva accadere nulla di troppo orribile, fintanto che c'eri tu. E so di averti reso molto infelice. Ma allora non sapevo quanto una persona può renderne infelice un'altra.»

«Mi dispiace che tu lo abbia dovuto imparare così duramente.»

«Non riesco a immaginare come mai tu sia oggi tornato a Brookclere.»

«Penso che sia stato come quando nuoti e d'un tratto vieni a trovarti in una forte corrente. Forse non avrei potuto fermarmi neppure se lo avessi voluto. Forse l'amore è qualcosa di più di quel sentimento costante che io mi ero figurato. Diventa parte di te. Come il battito del cuore, come una terminazione nervosa.»

«Quando pensi di ritornare in Scozia?»

«Questa sera, carico la macchina sul treno della notte.»

«Potrei venire con te?»

«Se lo desideri. Se non ci metti troppo a fare la valigia.»

«Devo ancora cogliere i lamponi.»

«Ti posso aiutare.»

«Ma è... è soltanto una vacanza, vero? Niente di più.»

«Tu ritorni a casa quando vuoi.»

D'improvviso lei si sporse in avanti e lo baciò lievemente, dolcemente sulla guancia. Disse: «Avevo dimenticato quanto sei caro. E quanto si sta bene con te. È come essere con l'altra metà di se stessi».

Lui disse: «Come inizio è un buon modo di sentire».

Come inizio. Sapeva che il cerchio si era chiuso e che entrambi si trovavano di nuovo al principio. Con la differenza che nel frattempo erano entrambi cresciuti e ora erano pronti e capaci di affrontare tutti i problemi di un vecchio - eppure così nuovo - rapporto. Pensò alla sua fattoria, al suo futuro, a tutto il lavoro che aspettava di essere compiuto. Pensò a Charlie e Jenny e si sentì pieno di impazienza, come se non potesse aspettare di essere di nuovo a casa, di cominciare a lavorare, di cominciare a costruire quel futuro che un giorno avrebbe offerto a Julia come un dono meraviglioso, qualcosa che aveva fatto per lei, tutto da solo.

Weekend

Fu un weekend di tregua. Non una tregua dopo un litigio, perché nei due anni da che si conoscevano non avevano mai litigato. E forse non era tanto una tregua, quanto piuttosto un tacito accordo – un gentleman's agreement – che Tony non avrebbe chiesto a Eleanor di sposarlo, appoggiando la sua proposta con una serie di valide ragioni per cui lei avrebbe dovuto farlo; e che Eleanor non avrebbe rifiutato, appoggiando il suo rifiuto con una serie di valide ragioni per cui non doveva farlo.

Le aveva telefonato tre o quattro giorni prima. «Mi è appena stato comunicato che posso disporre di alcuni giorni di vacanza. Se mi mettessi in macchina, mi portassi fuori da Londra, fuori dal caos della città e me ne andassi in campagna, verresti con me?»

Eleanor, sommersa sotto una pila di bozze fresche di stampa, con davanti un'agenda fitta di impegni e un potenziale autore che non si faceva trovare, fu colta alla sprovvista. «Oh, Tony, non so. Non credo di potere. Voglio dire...»

«Prova» la interruppe lui. «Fai un tentativo, almeno. Parla al tuo editor e digli che hai una zietta malata che ha bisogno di qualcuno che le sprimacci i cuscini.»

«Non è così facile...» Eleanor fissò la scrivania colma di lavoro.

«Allora facciamo semplicemente un weekend. Partiamo venerdì sera quando hai finito di lavorare e torniamo a Londra domenica sera.»

«Dove pensavi di andare?»

«Al Brandon Manor.»

«Vuoi dire dove tu un tempo lavoravi? Pensavo che soltanto i milionari potessero permettersi un albergo simile.»

«Milionari e impiegati del mio gruppo di hotel che ne è il proprietario. Posso ottenere un trattamento speciale. Di' soltanto di sì e telefonerò per vedere se hanno un paio di camere libere.»

Eleanor rifletté un momento. Un weekend in campagna, tra le comodità e nella quiete era davvero una prospettiva molto attraente. Gli alberi avrebbero cominciato a mettere le foglie nuove, l'erba a inverdire e gli uccelli a cantare. Forse ci sarebbe stato anche il sole, avrebbe fatto caldo.

«Tu non comincerai...» prese a dire, ma si fermò. «Voglio dire, tu non ricomincerai...» Si fermò di nuovo.

«No» replicò Tony dopo un momento, «non litigheremo. L'argomento anelli nuziali sarà severamente tabù. Andiamocene solo lontano da tutto e da tutti e pensiamo a divertirci.»

Eleanor cominciò a sorridere. «Detto così» gli rispose, «è irresistibile.»

Lui disse: «Ti amo».

«Tony, hai promesso.»

«No, non l'ho fatto. Ho detto soltanto che non ti avrei chiesto di sposarmi. Le due cose, come abbiamo già dovuto constatare, non hanno nulla a che fare l'una con l'altra.» Ma sorrideva. Lei lo sentiva dalla sua voce che sorrideva. «Allora ci vediamo venerdì.»

E così ora erano quasi arrivati. Era stata una bellissima giornata, calda e asciutta, con un primo profumo di estate nell'aria. A Londra avevano cominciato a comparire i tendoni dei negozi e nelle bancarelle dei fiorai c'erano le prime rose. Ma in campagna i segni dell'approssimarsi dell'estate erano molto più concreti. I frutteti traboccavano di boccioli di un tenero rosa e i giardini dei cottage erano luminosi di forsythia e di aiuole ornate di primule vellutate. La strada si snodava fra gli alberi fino al limite delle colline e poi il bosco cessava e davanti a loro si apriva la vista immensa, l'ampia vallata di Evesham, le colline distanti di Malvern, grigie nella foschia.

«Si potrebbe andare avanti così, senza fermarsi mai» esclamò Eleanor. «Sempre avanti fino ad arrivare al Galles e poi al mare.»

«Ma non lo faremo. Stiamo andando a Brandon e ci siamo quasi.» Cambiò la marcia e l'automobile puntò giù lungo la ripida discesa della collina; in fondo c'era il gruppo di case sparse che formavano il villaggio e parevano tolte da un libro illustrato. Girarono dietro un angolo e la vecchia casa si levò davanti a loro, bassa, una struttura irregolare, con le finestre sporgenti e tetti spioventi di ardesia scura.

«È bella» disse lei. «Per quanto tempo hai lavorato qui?»

«Circa quattro anni. Ero assistente vice-direttore, il che significa una sorta di cavallo da soma, ma così imparai tutto ciò che c'era da imparare dietro queste antiche mura.»

«Da quanto tempo è diventata un albergo?»

«La famiglia che ne era proprietaria vendette la casa dopo la guerra. Da allora fu trasformata in albergo. C'è perfino una suite per gli sposi in luna di miele.» Vi fu uno scricchiolio di ghiaia quando la macchina andò a fermarsi davanti al grande portico di pietra dell'ingresso principale. Tony spense il motore, si slacciò la cintura di sicurezza e sorrise a Eleanor. «Non preoccuparti. Non è certo là che andremo a dormire. Non che io non pensi che sarebbe stata una splendida idea.»

«Tony.» La voce di lei era carica di severo ammonimento. «Hai promesso che non avresti parlato di nulla che potesse avere anche un lontano rapporto con lune di miele.»

«In un angolo tanto romantico, mi riuscirà molto difficile.»

«In tal caso dovrai passare tutte e due le giornate giocando a golf.»

«Tu verresti a farmi da caddy?»

«No. Io mi cercherò qualche simpatica zitella come me, priva di compagnia e discuterò con lei di lavori a maglia.»

Tony scoppiò a ridere. «Sarà davvero un weekend molto insolito, il nostro.» In maniera del tutto inattesa si chinò in avanti e la baciò rapidamente sulla bocca. «Ti amo ancora di più quando tenti di sembrare arrabbiata. Ora vieni, non restiamo qui ad aspettare.»

Nel vestibolo dal pavimento di pietra e dalle pareti rivestite di pannelli di legno gli unici rumori erano il crepitio del fuoco in un cavernoso camino e il ticchettare di un pendolo antico.

Sotto l'arco dello scalone elisabettiano era stato inserito con molta discrezione il banco della reception. Dietro il banco un uomo in abito scuro volgeva loro le spalle, intento a smistare della posta. Non li aveva sentiti entrare e non si girò fino a che Tony non pronunciò il suo nome.

«Alistair.»

Sorpreso, l'uomo si voltò. Ci fu un attimo di stupefatto silenzio, poi il suo viso si illuminò di un incredulo sorriso di gioia. «Tony! In nome del cielo, cosa fai qui?»

«Sono venuto per restare. Non hai visto il mio nome nel registro delle prenotazioni?»

«Sì, certo che l'ho visto. Talbot. Ma non immaginavo che fossi tu. Il portiere ha preso la prenotazione...» Diede una cordiale pacca sulla spalla di Tony. «Che magnifica sorpresa.»

Eleanor si era tenuta qualche passo indietro. Ora Tony si fece da parte e allungò una mano per attirarla a sé. «E questa è Eleanor Crane.»

«Buongiorno, Eleanor.»

«Buongiorno.» Si strinsero la mano attraverso il banco levigato.

«Alistair e io abbiamo fatto insieme il nostro apprendistato quando eravamo ancora ragazzi. In Svizzera.»

«Lo sapevi che lui lavorava qui?» domandò Eleanor.

«Certo che lo sapevo. È una delle ragioni per cui ho scelto di venire qui.»

«Tu lavori a Londra, vero?» domandò Alistair.

«Esatto. The Crown, in St. James. Ma ora ho qualche giorno di vacanza e così ho pensato di tornare qui a vedere che cosa ne hai fatto di questo posto.» Si guardò intorno. «Non sembra troppo male. Buon lavoro, eh?»

«Tutto prenotato per la maggior parte dell'anno.»

«E molto lavoro per la suite nuziale?»

«Be', per questo weekend è comunque occupata.» Un vago sorriso comparve sulla labbra di Alistair. «Perché? Avevi delle mire in proposito?»

«Oh, cielo, no. Niente di questo genere per Eleanor e per me.»

Alistair rise e suonò un campanello. «Mando il facchino a prendere il vostro bagaglio.»

Era proprio come abitare in una deliziosa casa privata, decise Eleanor, con la sola differenza che si sapeva di non doversi alzare per dare una mano a lavare i piatti. In tutti gli anni passati in cui la famiglia dei proprietari aveva vissuto qui, aveva amato molto la casa; così quando alla fine aveva dovuto abbandonarla, vi aveva lasciato non soltanto dei mobili stupendi ma anche una particolare atmosfera, assai difficile da definire. Pareva che se ne fossero andati soltanto per qualche tempo e dovessero ritornare presto. La casa era stata modificata, riadattata e rifornita di tutti gli impianti più moderni con tanta abilità che nulla di questa atmosfera era andato perduto, anzi pareva ne fosse stato sottolineato.

Freschi tendaggi di cotone incorniciavano le finestre a vetri piombati delle camere da letto, e sebbene ognuna avesse il suo bagno moderno, lungo i tortuosi corridoi esistevano ancora le vecchie stanze da bagno originali, con le vasche lussuosamente incassate nel mogano e grandi rubinetti di ottone.

Al piano di sotto era evidente lo stesso tocco che aveva ispirato tutto il rifacimento della casa. Il salone era stato un tempo il salotto della famiglia, con grandi porte finestre che davano su una breve scalinata e di lì nei prati del giardino. La sala da pranzo era stata l'ingresso principale, il grande vestibolo con una veranda a vetrate alte fino al soffitto, e il bar era stato ricavato da un piccolo appartamento al pianterreno, forse originariamente una stanza guardaroba.

Quella sera Tony aveva già finito di fare il bagno e di vestirsi per la cena ancora prima che Eleanor si fosse truccata. Mentre l'aspettava, venne a sedersi sulla sponda del suo letto, alto ed elegante, in tenuta perfetta, con un blazer scuro, la camicia immacolata e la cravatta giusta.

«Sai di buono» disse lei. «Tutto pulito e fragrante.»

«Saprò di buono, ma ho urgente bisogno di un drink.»

«Scendi e bevi qualcosa, ti raggiungerò più tardi, al bar. Non mi ci vorranno più di dieci minuti.»

Così lui la lasciò ed Eleanor cominciò a spazzolarsi i lunghi capelli chiari e poi incontrò i suoi occhi nello specchio e lentamente i colpi di spazzola cessarono. Si fissava... ma quasi con un vago senso di disprezzo per la ragazza che le sedeva di fronte.

Che cosa vuoi? domandò a quella ragazza. Cosa vuoi veramente?

Sapere che posso abbandonarmi a questa relazione senza restarne sommersa.

Tu non vuoi rinunciare a niente. Non è possibile. Devi decidere cosa vuoi veramente. Non è onesto come ti stai comportando con Tony.

Ricominciò lentamente a spazzolarsi i capelli. Dietro di lei la piccola camera elegante tappezzata a fiori e laccata di bianco emanava un senso di sicurezza, come una nursery vittoriana. Sarebbe bello, forse, essere di nuovo bambina. Con ogni cosa predisposta dagli altri, nessuna decisione da prendere.

Ma lei non era una bambina. Era Eleanor Crane, redattrice del settore libri per bambini di una casa editrice molto attiva, aveva ventotto anni, era brava, efficiente e aveva successo. Era Eleanor Crane - e ben lontana dall'età in cui ci si può permettere sentimentali nostalgie del tempo che fu. Con gesti decisi finì di truccarsi, si spruzzò un po' di profumo, prese la borsetta, spense le luci e uscì dalla camera, senza neppure gettare più un'occhiata alla ragazza nello specchio.

Finiti gli aperitivi al bar, Tony ed Eleanor si alzarono e si avviarono lungo il corridoio coperto da una folta moquette verso la sala da pranzo, dove tre quarti dei tavoli erano già occupati e il pranzo veniva già servito.

Fatte le ordinazioni e allontanatosi il cameriere, Tony sorrise.

«Voglio fare un gioco con te. Giochiamo a indovinare. Di tutte le persone sedute in questa sala, chi occupa la suite nuziale?»

Gli occhi gli brillavano di divertimento. Cosa c'era di così divertente? Eleanor, perplessa, si guardò distrattamente in giro. Forse quella giovane coppia nell'angolo? No, non parevano neppure lontanamente abbastanza ricchi per questo. Quei due alti, dall'aria annoiata che sedevano accanto alla finestra? La donna teneva gli occhi fissi nel vuoto, come un cavallo di razza e l'uomo aveva un'espressione di tedio mortale sul viso. Non si riusciva assolutamente a pensare che si fossero dati la pena di sposarsi e tanto meno si potevano immaginare in luna di miele. O erano forse quei due giovani americani appassionati di golf, lei con la sua bella abbronzatura e lui elegantissimo in un blazer marrone e calzoni scozzesi...?

Gli occhi di Eleanor tornarono a Tony. «Non ne ho la minima idea.»

Lui piegò leggermente la testa. «La coppia vicino al caminetto.»

Eleanor guardò in quella direzione. Li vide. Abbastanza anziani da essere i suoi genitori, i suoi nonni, addirittura. La donna aveva una bella testa argentea, i capelli candidi annodati senza particolare cura in uno chignon sulla nuca; l'uomo, piuttosto corpulento, con i baffi e quasi calvo. Una qualunque coppia di persone anziane. Eppure, guardandoli, si vedeva che non erano una coppia qualsiasi perché davano l'impressione di divertirsi molto, chiacchierando e ridendo fra loro, interessati solo l'uno all'altra.

Sbalordita Eleanor guardò di nuovo Tony. «Ma ne sei proprio sicuro?»

«Sicurissimo. Il signore e la signora Renwick. Occupano la suite riservata agli sposi in luna di miele.»

«Vuoi dire che si sono appena sposati?»

«Dev'essere così. Di solito sono gli sposi novelli che vanno in luna di miele.»

«Forse sono stati amici per molti anni» disse Eleanor,

«e adesso il marito di lei è morto, o forse la moglie di lui e finalmente hanno deciso di sposarsi.»

«Forse.»

«O forse lei non si è mai sposata e solo quando gli è morta la moglie lui ha trovato il coraggio di confessarle che l'aveva segretamente amata da tutta una vita.»

«Forse.»

«Non puoi cercare di scoprirlo? Vorrei tanto saperlo.»

«Lo immaginavo che avrebbero risvegliato la tua curiosità.»

La suite nuziale. Tornò a guardarli ancora, incantata dalla gioia evidente che quei due traevano dall'essere insieme. Il signore e la signora Renwick.

«Credi» domandò Tony «che vedere quei due possa aiutarti a cambiare idea o a prendere una decisione o cos'altro stai cercando di fare? A proposito di noi due, intendo dire.»

Eleanor abbassò gli occhi sulla tovaglia. Con gesti cauti, come se si trattasse di una cosa importante, spostò leggermente il suo coltello. «Avevi promesso» disse. «Non devi rompere la tua promessa.»

Arrivò il vino.

«Alla salute di chi dobbiamo bere?» domandò Tony.

«Né alla tua né alla mia.»

«A quella dei novelli sposi, allora. E lunghi anni felici per loro.»

«Perché no?» Bevvero. Sopra l'orlo del suo bicchiere gli occhi di Eleanor incontrarono quelli del suo compagno. Lo amo, si disse. Ho fiducia in lui. Perché non posso avere fiducia in me stessa?

La mattina seguente, dopo aver fatto colazione molto tardi, andarono a fare una passeggiata. Il tempo, molto compiacente, era perfetto. Eleanor indossava jeans bianchi e un pullover sopra la camicetta e quando ebbero esplorato i giardini e il vecchio, massiccio granaio poco lontano dalla casa, si avviarono giù verso il lago e trovarono un angolo presso il canneto della riva dove potevano stare al riparo dal vento.

L'erba era folta, molto verde, costellata delle prime margherite e vi si stesero a osservare le nuvole sparse che navigavano attraverso l'azzurro purissimo del cielo e rimasero così immobili e silenziosi che una coppia di cigni curiosi scivolò lungo il lago per venire a scrutare quelle creature tanto strane e remote nel loro mondo acquatico.

«Dev'essere stato meraviglioso essere padroni di tutto questo» disse Eleanor. «Vivere qui la propria infanzia e dare tutto ciò per scontato. Viverci da adulti e sapere che era parte di te. Parte della tua vita e della persona che eri.»

«Ma questo comportava anche la sua parte di responsabilità» fece notare Tony. «Gente che lavorava per te, sicuro, ma anche gente di cui dovevi avere cura. E anche la terra era una responsabilità e le case avevano bisogno di manutenzione.»

«Ti piaceva lavorare qui?»

«Sì» rispose Tony, «ma dopo un po' cominciai ad avere la sensazione di affogare in una stupenda acqua stagnante. Non era abbastanza stimolante.»

«Le persone non sono abbastanza stimolanti?»

«Non completamente, per me.»

Eleanor disse: «Se ci sposassimo, credi che cominceremmo ad avere l'impressione di affogare in una stupenda acqua stagnante?».

Tony aprì gli occhi, alzò la testa e la guardò, sorpreso. «Pensavo che non avremmo dovuto parlare di matrimonio.»

«Ho l'impressione che continuiamo a parlarne, anche se non ne diciamo una parola. Forse sarebbe meglio se dimenticassimo le nostre promesse e ne parlassimo apertamente.»

Tony si sollevò appoggiandosi su un gomito. «Ascolta, Eleanor, tesoro, ormai ci conosciamo da due anni. Abbiamo dimostrato a noi stessi e al resto del mondo che il nostro legame è una buona cosa. Non si tratta di una tempestosa infatuazione giovanile, di un semplice rapporto temporaneo destinato a dissolversi nel momento stesso in cui ci impegnamo. Inoltre» fece un largo sorriso, «io non voglio finire come il signore e la signora Renwick e perdere tutto il piacere di invecchiare insieme.»

«Neanch'io, Tony. Ma non voglio commettere un errore.»

«Vuoi dire come i miei genitori?»

Suo padre e sua madre avevano vissuto un divorzio carico di rancore quando Tony aveva quindici anni e da allora le loro vite si erano separate. Lui non parlava mai di quella traumatica esperienza ed Eleanor non li aveva mai conosciuti. Tony proseguì: «Nessun matrimonio può essere perfetto. E gli errori non devono essere ereditari. D'altro canto i tuoi genitori sono stati felici. Hanno retto bene».

«Sì, sono stati felici.» Si scostò da lui, strappando distrattamente un ciuffo d'erba. «Ma mia madre aveva soltanto cinquant'anni quando mio padre morì.»

Tony le mise una mano sulla spalla e la costrinse a girare il viso verso di lui. Disse: «Non posso prometterti di vivere in eterno, ma cercherò di fare del mio meglio».

Senza volerlo Eleanor sorrise. «Ne sono convinta.»

La domenica mattina, come ogni buon marito, Tony decise di andarsene a vedere se trovava qualche compagno per fare una partita a golf. Eleanor fu invitata ad accompagnarlo, ma declinò l'offerta e preferì fare colazione a letto, le coperte invase da tutti i giornali della domenica. Verso le undici si alzò, fece il bagno, si vestì e scese. Andò fuori. C'era ancora un bel sole, ma non faceva caldo come il giorno precedente, e si avviò di buon passo in direzione del piccolo padiglione all'inizio del campo da golf, con l'intenzione di camminare lungo il percorso e incontrare così Tony lungo la strada.

Quando arrivò al padiglione si fermò, incerta sul tracciato del percorso, non sapendo in che direzione avviarsi. Stava cercando di decidere quando una voce dietro di lei disse «Buongiorno». Si girò e vide la signora Renwick, seduta nella veranda riparata sul fronte del padiglione. Proprio lei, la signora Renwick, la sposa in luna di miele, con una gonna di tweed e una pesante giacca di maglia, un'aria contenta e soddisfatta, comodamente sistemata in una poltrona di vimini in una macchia di sole, al riparo dal vento.

Eleanor sorrise. «Buongiorno.» Lentamente si avvicinò all'anziana signora. «Pensavo di avviarmi lungo il percorso, ma non so che direzione prendere.»

«Anche mio marito è andato a giocare a golf. Credo che torneranno da quella parte, ma io ho pensato che sarebbe stato più piacevole starmene qui seduta piuttosto che camminare. Perché non sta qui con me?»

Eleanor esitò un momento, ma poi cedette. Andò a prendere un'altra poltrona di vimini e sedette accanto alla signora Renwick, allungando le gambe e volgendo il viso verso il sole.

«Si sta bene qui.»

«È molto meglio che camminare con questo vento freddo! A che ora è uscito suo marito?»

«Un paio d'ore fa. E non è mio marito.»

«Oh, mia cara, mi dispiace. Come è facile sbagliarsi. Noi avevamo immaginato che foste sposati e molto probabilmente perfino in luna di miele.»

Era divertente rendersi conto che i Renwick avevano

fatto congetture su lei e Tony, esattamente come loro avevano fatto sulla coppia più anziana.

«No. Temo proprio di no.» Gettò un'occhiata alla mano sinistra della signora Renwick, immaginando di vedere una scintillante fede nuziale, ma l'anello della signora Renwick era sottile e consunto come la mano che lo portava. Eleanor aggrottò la fronte e la signora Renwick se ne accorse.

«Cosa c'è che non va?»

«Nulla. È soltanto che... be', noi avevamo pensato che lei e suo marito foste qui in luna di miele.»

La signora Renwick gettò indietro la testa e scoppiò in una fresca risata, molto giovanile. «Che magnifico complimento! Immagino che abbiate scoperto che alloggiamo nella suite nuziale!»

«Be'...» Eleanor si sentì imbarazzata, come se fosse stata colta a compiere un atto indiscreto. «È soltanto perché Tony e il direttore sono vecchi amici.»

«Capisco. Bene, posso tranquillizzarla. Siamo sposati da quarant'anni. Queste sono le nostre nozze di rubino e un weekend al Brandon è un piccolo omaggio da parte di mio marito, invece di dare un ricevimento. Vede, noi venimmo davvero al Brandon per la nostra luna di miele... era tempo di guerra, naturalmente, e mio marito aveva solo una licenza di due giorni. Ma ci siamo sempre ripromessi che un giorno saremmo tornati qui. È sempre lo stesso posto delizioso di un tempo!» Rise di nuovo. «È buffo pensare che ci abbiate preso per sposi novelli. Dovete aver pensato: che cosa mai è venuto in mente a quei due vecchietti?»

«No» rispose Eleanor, «non abbiamo affatto pensato questo. Lei e suo marito ci siete apparsi subito perfettamente credibili. A ridere, a chiacchierare e a comportarvi come se vi foste appena conosciuti e pazzamente innamorati.»

«Un complimento ancora più bello del primo. E noi invece osservavamo voi. Ieri sera, quando ballavate insieme, mio marito disse che non aveva mai visto una coppia più bella.» Ebbe un attimo di esitazione e poi chiese: «Vi conoscete da molto?».

«Sì» rispose Eleanor. «Da parecchio tempo. Due anni.»

La signora Renwick meditò sulla risposta. «Sì» disse pensosa. «È un periodo piuttosto lungo. Temo che oggigiorno gli uomini siano piuttosto viziati. A quanto pare si godono tutti i vantaggi della vita coniugale, che vengono serviti loro su un piatto d'argento, senza doversi preoccupare di assumere delle responsabilità.»

Eleanor chiarì subito. «La colpa è mia. Tony non è così. Lui vuole che ci sposiamo.»

La signora Renwick sorrise serenamente. «È evidente che l'ama molto.»

«Sì» mormorò debolmente Eleanor. Guardò la donna più anziana che le stava accanto, seduta nel pallido sole, un'espressione dolce sul viso, lo sguardo pieno di saggezza. Una sconosciuta, ma d'un tratto Eleanor sentì che era una persona di cui poteva fidarsi.

Disse: «Non so che cosa fare».

«C'è qualche ragione particolare perché lei non lo possa sposare?»

«No, nessuna ragione concreta. Voglio dire, siamo entrambi liberi; nessuno di noi due ha altri impegni. Solo il nostro lavoro.»

«E qual è questo lavoro?»

«Tony è direttore di un albergo a Londra. E io lavoro in una casa editrice.»

«Forse la sua carriera è molto importante per lei?»

«Sì, lo è. Ma non fino a questo punto. Voglio dire, potrei continuare a lavorare anche dopo sposata. Per lo meno fino a quando non venissero dei figli.»

«Forse... lei non si sente pronta a passare tutto il resto della sua vita con lui.»

«Ma è quello che desidero. È questo che mi spaventa tanto. L'idea di diventare parte di un'altra persona. Perdere la propria identità. I genitori di Tony divorziarono quando lui era ancora un ragazzino. Ma i miei genitori hanno vissuto l'uno per l'altra, condividendo ogni cosa. Quando erano lontani l'uno dall'altra, si telefonavano ogni giorno. E poi mio padre ebbe un attacco cardiaco e morì e mia madre rimase sola. Non aveva che cinquant'anni. Era sempre stata una donna tanto straordinaria, il perno della famiglia, una fonte di forza e di energia per parenti e amici e poi... andò semplicemente in pezzi. Pensammo che quando avesse smesso di vivere così intensamente il suo lutto, si sarebbe ripresa e avrebbe ricominciato a vivere, ma non ci riuscì mai. La sua vita si era fermata quando era morto mio padre. Io le voglio un bene immenso, ma non posso passare il resto della mia vita a essere infelice con lei.»

«Mi dispiace» disse la signora Renwick. «Ma temo che il distacco finale venga per tutti noi. Io ora ho sessant'anni e mio marito settantacinque. Sarebbe sciocco fingere di pensare che abbiamo ancora molti anni da trascorrere insieme e, secondo le leggi della natura, è molto probabile che lui muoia prima di me e io mi troverò sola. Ma avrò dei meravigliosi ricordi e stare sola non mi ha mai spaventato. Dopotutto, io sono me stessa. Lo sono sempre stata. Adoro Arnold, ma non ho mai desiderato di passare con lui ogni momento. Per questa ragione me ne sto seduta qui ora e non sto arrancando faticosamente giù per quei sentieri sentendomi una martire e standο a guardare come lui manca le sue buche.»

«Non ha mai giocato a golf?»

«Mio Dio, no! Non ho mai avuto alcuna abilità nei giochi. Ma sono fortunata, perché da bambina ho imparato a suonare il pianoforte. Non sono mai stata abbastanza brava da diventare una professionista. Più che altro suonavo per me stessa. Era una cosa mia, un mio piacere privato. Il momento in cui stavo con me stessa. Mi ha aiutato per tutta la vita e continuerà a farlo, qualunque cosa accada. Sono stata fortunata. Ma ci sono altre cose. Ho un'amica che non ha particolari abilità. Ma ogni pomeriggio esce a fare una passeggiata con il suo cane. Ci va da sola, pioggia o bel tempo e cammina per un'ora. E nessuno ha neppure il permesso di accompagnarla. Mi assicura che questa abitudine più d'una volta l'ha salvata in momenti di sconforto.»

«Se sapessi che anch'io potrei essere così» disse Eleanor «... e non come mia madre...»

La signora Renwick la guardò a lungo, come se la stesse valutando. «Ma lei desidera sposare il suo giovanotto?» Dopo un momento Eleanor annuì. «E allora se lo sposi! Lei è troppo intelligente per lasciarsi sopraffare da qualsiasi uomo, per non parlare di quella simpatica e affascinante creatura che evidentemente l'adora.» Si chinò in avanti e posò la mano su quella di Eleanor. «Si ricordi solo una cosa. Un piccolo mondo privato, tutto suo. E l'indipendenza dello spirito. Lui la rispetterà ancora di più per questo e gliene sarà grato e questo renderà la vostra vita in comune infinitamente più interessante e più ricca di soddisfazioni.»

«Come la sua» replicò Eleanor.

«Non sa nulla della mia vita.»

«Ma lei è sposata da quarant'anni e sa ancora ridere in compagnia di suo marito.»

«È questo ciò che lei vuole?» domandò la signora Renwick.

Dopo un momento Eleanor disse: «Sì».

«E allora perché non va e se lo prende? Afferri la vita con tutt'e due le mani. Adesso mi pare di vedere il suo

Tony all'estremità di quel sentiero. Perché non gli va incontro?»

Eleanor alzò gli occhi. Vide in distanza due figure che camminavano – una delle due era inequivocabilmente Tony. Si sentì colmare il cuore di una ridicola emozione. «Forse lo farò» disse.

Si alzò e poi ebbe un'esitazione, si girò verso la signora Renwick e si chinò a posarle un bacio su una guancia. «Grazie» disse.

Scese i gradini del padiglione, attraversò la ghiaia dello spiazzo e fu sul sentiero erboso che già sapeva di primavera. In lontananza, vedendola, Tony le fece un segno di saluto. Lei rispose con un cenno della mano e si mise a correre, quasi che non ci fosse un solo minuto da perdere, anche se avevano tutta una vita da vivere insieme.

Una passeggiata nella neve

Svegliandosi al buio, Antonia, nel torpore del dormiveglia, in un primo momento credette di essere ancora nel suo appartamentino di Londra. Ma poi la mente si schiarì. Nessun rumore di traffico, nessuna pallida luce che filtrava fra tende che non si erano mai chiuse bene, non l'arruffarsi di un piumino che le arrivava fino alle orecchie. Invece il buio, il silenzio; un freddo terribile. Lenzuola di lino, ben rincalzate. Il profumo di lavanda. Allora seppe che era sabato mattina, la fine di gennaio e seppe di non essere a Londra ma a casa, in campagna, per il weekend.

Sua madre era stata un po' sorpresa quando lei aveva telefonato che sarebbe venuta.

«Tesoro, è una gran gioia vederti.» La signora Ramsay era felice quando Antonia tornava a casa. «Ma non sarà troppo noioso per te? Qui non succede proprio nulla in questo momento e il tempo è orribile. Abbiamo avuto delle tempeste tremende e fa un gran freddo. Sono sicura che nevicherà.»

«Non importa.» Senza David nulla importava. Sapeva soltanto che la prospettiva di un weekend da sola a Londra le era insopportabile. «Prenderò il treno se papà viene a prendermi alla stazione.»

«Certo che verrà... alla solita ora. Corro di sopra a preparare il tuo letto.»

In quanto al tempo la signora Ramsay aveva avuto ragione. Aveva cominciato a nevicare mentre il treno usciva dalla stazione di Paddington e si dirigeva verso la campagna. Quando arrivarono a Cheltenham il marciapiede della stazione era già coperto da dieci centimetri di neve e il padre di Antonia, venuto a prenderla al treno, portava grossi stivali di gomma e il vecchissimo cappotto di tweed foderato di coniglio, che un tempo era appartenuto al nonno e che faceva la sua comparsa soltanto in casi di freddo eccezionale.

Il viaggio dalla stazione a casa era stato rischioso. Lungo la strada le carreggiate erano gelate e ogni tanto la macchina slittava. Ma arrivarono sani e salvi, solo per piombare poi nell'oscurità mentre sedevano a tavola per cena. Il padre di Antonia aveva acceso tutte le candele, aveva telefonato alla società elettrica e si era sentito dire che uno dei cavi principali era caduto sotto il peso della neve; operai specializzati erano ora al lavoro nella zona per cercare di localizzare il guasto. E così avevano passato la serata alla luce delle candele e del caminetto, facendo faticosamente le parole crociate, grati per la cucina economica che ribolliva, tranquilla e confortevole, assicurando acqua calda per le boule e per qualche bevanda prima di andare a dormire.

E ora, la mattina dopo... ancora oscurità, silenzio e freddo. Antonia sporse fuori una mano nel gelo e cercò di accendere la lampada sul tavolino da notte, ma non accadde nulla. Non c'era altro da fare che alzarsi a sedere, afferrare i fiammiferi e accendere il mozzicone di candela che l'aveva accompagnata a letto. Fu una sorpresa accorgersi, a quella fievole luce, che erano già passate le nove. Con una sorta di ultimo coraggio, gettò indietro le coperte e si trovò fuori, nel gelo. Aprendo le tende vide il biancore della neve, gli alberi neri che si stagliavano contro la luce grigia, non un solo bagliore di sole. Un coniglio doveva aver attraversato il prato, lasciando una lunga traccia di minuscole impronte che parevano i punti di una macchina da cucire. Rabbrividendo Antonia si mise addosso tutto ciò che trovò di più caldo, si lavò i denti, si spazzolò i capelli alla luce della candele e scese dabbasso.

La casa pareva deserta. Non un suono turbava la quiete. Nessun gorgoglio di lavatrice, rumore di lavastoviglie, nessun brontolio di aspirapolvere o di lucidatrice. Ma qualcuno aveva acceso un bel fuoco di carbone nel caminetto dell'ingresso, le fiamme guizzavano confortevoli e dal fuoco veniva un piacevole profumo.

In cerca di compagnia Antonia andò in cucina. Lì trovò un relativo calduccio e vide sua madre che, seduta al tavolo su cui aveva steso dei fogli di giornale, si stava accingendo al fastidioso compito di spennare un paio di fagiani. Quando Antonia comparve sulla porta, lei alzò gli occhi, una donna piccola e minuta con un ciuffo di capelli grigi ricciuti.

«Tesoro! Non è terribile? Siamo ancora senza corrente. Hai dormito bene?»

«Mi sono appena svegliata. È tutto così buio e silenzioso. Come al Polo Nord. Credi che ce la farò mai a ritornare a Londra?»

«Oh, certo, andrà tutto bene. Abbiamo ascoltato le previsioni del tempo e pare che il peggio sia passato. Fai colazione.»

«Berrò soltanto del caffè...» Si riempì una tazza dal bricco che stava posato al margine della stufa.

«Con un tempo simile dovresti piuttosto fare una buona colazione. Sei sicura di mangiare abbastanza? Sei terribilmente magra.»

«Dipende soltanto dalla vita londinese. E non cominciare a fare questi discorsi da madre.» Aprì il frigorifero per prendere il latte ed era strano non vederlo illuminarsi. «Dove sono tutti quanti?»

«La signora Hawkins è bloccata dalla neve. Mi ha telefonato circa un'ora fa. Non riesce neppure a tirar fuori la bicicletta dal capanno. Le ho detto di non darsi tanta pena per venire perché tanto, senza corrente, non c'è molto da fare.»

«E papà?»

«È andato a piedi fino alla fattoria per prendere del latte e delle uova. Ha dovuto andare a piedi perché la tempesta di ieri ha fatto cadere uno dei grossi faggi di Dixon che ha bloccato la strada. Tirava molto vento a Londra?»

«Sì, ma a Londra è comunque sempre diverso. Un freddo pungente e il vento che solleva intorno polvere e cartacce. Non ti viene neppure in mente che possano cadere degli alberi.» Sedette al tavolo di cucina e osservò sua madre che lavorava veloce, con dita abili. Morbide piume grigie e marrone svolazzavano nell'aria. «Perché stai a spennare i fagiani? Credevo che fosse sempre papà a fare quel lavoro.»

«Sì, di solito lo fa lui. Questi li mangeremo stasera per cena, ma dopo che lui se n'era andato, una volta lavati i piatti della colazione mi sono trovata senza nulla da fare. Per via della mancanza di corrente, voglio dire. Alla fine ho deciso che avrei potuto spennare i fagiani o pulire l'argenteria, ma detesto talmente pulire l'argenteria che mi sono subito decisa per i fagiani.»

Antonia depose la sua tazza e afferrò il secondo fagiano. «Ti aiuto.» Il corpo dell'animale era freddo e duro, le piume sul petto ben nutrito fitte e morbide, ma quelle sul collo erano di un bell'azzurro pavone, brillanti come gioielli.

Sollevò la bestia allargando le ali a ventaglio. «Mi sento sempre in colpa quando devo fare a pezzi una così bella creatura.»

«Lo so. Succede anche a me. Perciò papà fa sempre

questo lavoro per me. Eppure c'è anche qualcosa di confortante nella immutabilità di certi gesti. Ti fa pensare a generazioni di donne di campagna che li hanno fatti prima di te, sedute nelle loro cucine, intente a chiacchierare con le loro figlie. Probabilmente preoccupate di mettere da parte le piume per riempirne cuscini e coperte. Be', comunque non dobbiamo diventare sentimentali. Le povere bestie sono morte, ora vogliamo pensare soltanto al delizioso arrosto che ci daranno per cena. Ho invitato i Dixon e Tom a venire a mangiarli con noi.» Prese un grande sacco di plastica di quelli usati per la pattumiera e vi ripose le piume del primo fagiano. «Pensavo» proseguì con studiata indifferenza «che potesse esserci anche David.»

David. La signora Ramsay era una donna piena di intuito e Antonia sapeva che quel garbato accenno era un sondaggio, un quieto invito alla confidenza. Ma Antonia non poteva parlare di David. Era tornata a casa per il weekend perché si sentiva sola e disperatamente infelice, ma non riusciva a parlarne.

Quel nome era entrato con tanta semplicità nella conversazione perché David e Tom Dixon erano fratelli e da una vita la loro famiglia era amica e vicina di casa dei Ramsay. Il signor Dixon conduceva la sua fattoria e il signor Ramsay dirigeva la banca locale, ma appena potevano andavano insieme a giocare a golf e talvolta si prendevano una settimana per andare a pescare. Anche la signora Ramsay e la signora Dixon erano amiche, energiche sostenitrici del Club Rurale Femminile e membri dello stesso circolo del bridge. Tom, il maggiore dei fratelli, lavorava ora con suo padre alla fattoria. Antonia lo aveva sempre visto come una persona molto adulta, distaccata, uomo capace e degno di fiducia, utilissimo per aggiustare le biciclette e costruire zattere, ma non lo aveva mai sentito come un vero, intimo amico. Non come David. David e Antonia avevano solo due anni di differenza ed erano inseparabili.

Come fratello e sorella, diceva la gente, ma era stato più di questo. Per Antonia non c'era mai stato nessun altro che David. Allontanandosi per andare a scuola, e poi al college, le loro strade divergenti e la vita che si faceva sempre più ricca, era naturale immaginare che il loro reciproco affetto sarebbe maturato in una semplice amicizia, ma in maniera inattesa era accaduto esattamente l'opposto. Essere separati era servito solo a ravvivare i loro sentimenti, così che ogni ritrovarsi era più affettuoso, più emozionante del precedente. Per Antonia gli altri ragazzi, e più tardi gli altri uomini, non acquistavano mai un particolare significato, perché in confronto a David tutti le apparivano brutti o sciocchi o insignificanti, oppure tanto esigenti da farle paura.

David era il suo metro di valutazione. Lui sapeva farla ridere. Con David poteva parlare di qualsiasi cosa, perché tutto ciò che era importante nella sua vita lo aveva condiviso con lui e, se non era stato così, lui ne era comunque a conoscenza.

Oltre a questo, era anche il più bell'uomo che lei avesse mai conosciuto. Da bel ragazzo era cresciuto a diventare un adulto molto attraente, senza nessuno di quegli sgradevoli stadi intermedi che sono così comuni. Per David tutto era facile. Fare amicizie, fare sport, superare esami, entrare all'università, trovare un lavoro.

«Vengo a Londra» le aveva detto.

Antonia ci viveva già da un anno, lavorando in una libreria di Walton Street e dividendo l'appartamento con una ex compagna di scuola.

«David, ma è meraviglioso!»

«Mi hanno dato un posto da Sandberg Harpers.»

Lei aveva avuto il terrore che lui decidesse di andare

all'estero o su, nel nord della Scozia, o in qualche altro recesso remoto dove non avrebbe più potuto vederlo. Ora invece potevano stare insieme. Immaginava cenette a due in ristorantini italiani, gite in barca sul fiume, la Tate Gallery in luminosi, freddi pomeriggi invernali. «Sai già dove andrai a vivere?»

«Andrò a stare con Nigel Crawstone, che abita nella casa di sua madre a Pelham Crescent. Mi ha detto che posso avere la mansarda.»

Antonia non aveva mai conosciuto Nigel Crawstone; ma quando andò per la prima volta in quella casa ebbe subito una sensazione di disagio - perché Nigel era un giovanotto molto raffinato e la casa era bellissima, molto superiore allo stile dell'appartamentino di Antonia. Era una vera casa da adulti, piena di cose preziose e la mansarda di David era un piccolo appartamento indipendente con un bagno che sembrava la pubblicità di impianti sanitari di lusso.

E come se tutto ciò non bastasse, Nigel aveva una sorella. Si chiamava Samantha e usava la casa come una specie di pied-à-terre fra un soggiorno in Svizzera per fare dello sci e una vacanza nel Mediterraneo, sullo yacht di amici. I Crawstone erano gente di quel tipo. Talvolta, quando era a Londra, Samantha si prendeva qualche piccolo lavoro non impegnativo, tanto per ingannare il tempo, ma pareva proprio che non ci fosse per lei il problema di guadagnarsi da vivere. Per di più era di un fascino quasi insopportabile, sottile come un giunco e con lunghi capelli biondi e lisci che parevano sempre perfetti.

Antonia fece del suo meglio, ma trovava i Crawstone una compagnia molto difficile. Una volta uscirono tutti insieme a cena e andarono in un ristorante così costoso che lei si sentì mancare vedendo David estrarre il portafoglio per pagare la metà del conto.

Dopo quella sera gli disse: «Non puoi portarmi in posti simili. Devi aver speso almeno una settimana del tuo stipendio solo per la cena».

Lui ne fu seccato. «Cosa c'entri tu in questo?»

Non le aveva mai parlato in quel modo prima d'allora e Antonia ebbe l'impressione di aver ricevuto uno schiaffo.

«È soltanto... be', è solo uno spreco.»

«Uno spreco di cosa?»

«Be'... di soldi.»

«Come spendo i miei soldi è affar mio. La tua opinione non mi interessa.»

«Ma...»

«Non impicciarti mai più.»

Fu il loro primo litigio. Quella notte lei pianse tutte le sue lacrime, odiandosi per essere stata così stupida. La mattina seguente gli telefonò in ufficio per scusarsi, ma la telefonista le rispose che lui era molto occupato e dopo questo Antonia perse il controllo dei propri nervi. Passarono quasi cinque giorni prima che David le telefonasse.

Fecero la pace e Antonia si disse che tutto sarebbe stato di nuovo come prima, ma in fondo al cuore sapeva che non era così. A Natale tornarono a casa nel Gloucestershire insieme, nella macchina di David, con il sedile posteriore carico di doni per le loro due famiglie. Ma anche il Natale portò dei problemi. Per antica tradizione, le vacanze natalizie sono considerate il momento adatto per annunciare i fidanzamenti e, per la prima volta, Antonia sentì che parenti e amici si aspettavano un annuncio del genere. Una o due delle signore, la moglie del vicario e la signora Trumper di Hall, arrivarono al punto di fare un paio di accenni maliziosi, velati ma inequivocabili. Resa ipersensibile dalla situazione, Antonia era sicura che i loro occhietti luccicanti correvano alla sua mano sinistra come se sperassero di vedervi brillare un enorme anello di diamanti.

Fu orribile. Ai vecchi tempi lei avrebbe potuto confidarsi con David e ne avrebbero riso insieme, ma ora, senza capirne il perché, questo non era più possibile.

A salvarla da questa situazione fu, cosa abbastanza strana, Tom. In maniera del tutto insolita per lui, Tom a un certo momento decise di dare un party nel suo granaio. Era la sera di Santo Stefano, noleggiò un impianto stereofonico e invitò tutti i giovani del vicinato. Le danze e l'allegria durarono fino alle cinque del mattino e la cosa provocò tali e tante chiacchiere, che la gente smise di far congetture su Antonia e David per discutere invece di quella festa. Allentandosi la tensione, le cose andarono meglio e al termine delle vacanze Antonia e David tornarono a Londra insieme.

Nulla era cambiato; nulla era stato chiarito; nulla era stato neppure discusso, ma lei non desiderava niente di diverso. Desiderava semplicemente non perderlo. Era stato parte della sua vita così a lungo, che sarebbe stato come perdere parte di se stessa e l'idea la colmava di una tale desolazione che non era neppure in grado di pensarci. Sentendosi morire di vergogna, fingeva con se stessa che non sarebbe mai accaduto.

Ma David era più forte di lei. Una sera, poco dopo Natale, le telefonò e suggerì un pranzetto a due, in casa di lei. La compagna con cui Antonia divideva l'appartamento, con molto tatto, prese un altro impegno e uscì, e Antonia cucinò spaghetti con il ragù e scese al negozio dietro l'angolo a comperare una bottiglia di vino di prezzo abbordabile. Quando suonò il campanello corse giù per le scale per andare ad aprirgli ma non appena vide l'espressione sulla bella faccia di lui, tutto il suo autoinganno, tutte le sue irragionevoli speranze svanirono e seppe che lui stava per dirle qualcosa di terribile.

David.

Pensavo che potesse esserci anche David.

Antonia cominciò a strappare le penne dal petto del fagiano.

«No... lui resta a Londra per questo weekend.»

«Oh, bene» fece sua madre calma. «Non ci sarebbe stato comunque abbastanza da mangiare per tutti.» Sorrise. «Sai» continuò, «rimanere così, senza elettricità, costretti a dipendere dalle nostre sole risorse, mi fa ricordare quando ero piccola. Ero qui a sguazzare nei ricordi, tutti così vividi e chiari.»

La signora Ramsay, la prima di cinque figli, era cresciuta in una remota regione del Galles. Sua madre, la nonna di Antonia, viveva ancora laggiù, indipendente e instancabile, allevando galline, facendo conserve di frutta, zappettando nel suo orto e quando l'oscurità o il cattivo tempo la costringevano a stare in casa, occupava il suo tempo lavorando a maglia enormi pullover per tutti i suoi nipoti. Andare a stare con la nonna era sempre stata una festa e anche un po' un'avventura, perché non si sapeva mai cosa sarebbe accaduto il giorno seguente e la vecchia signora aveva trasmesso alla figlia molto del suo entusiasmo per la vita e della sua energia.

«Racconta» disse Antonia, in parte perché desiderava sinceramente ascoltarla, ma soprattutto perché sperava di allontanare il discorso dal tema di David.

La signora Ramsay scosse la testa. «Oh, non so. Dipende soltanto dallo stare così inattivi, senza elettrodomestici, senza nulla che ti aiuti nel lavoro. E l'odore del fuoco di carbonella e il gelo nelle camere da letto. Noi avevamo una grossa cucina economica in cucina ed era quella che scaldava anche l'acqua per il bagno, ma il bucato lo dovevamo fare, una volta la settimana, in un'enorme caldaia nella dispensa. Dovevamo dare tutti una mano, appendendo all'aperto lunghe file di lenzuola e poi, quando erano asciutte, facevamo i turni per stirarle. E d'inverno faceva così freddo che avevamo l'abitudine di andare a vestirci in un essiccatoio ad aria calda, perché era l'unico posto con un relativo tepore.»

«Ma ora la nonna ha l'elettricità.»

«Sì, ma ci volle molto tempo prima che arrivasse nel villaggio. La strada principale aveva i lampioni elettrici, ma passata l'ultima casa tutto finiva. Avevo una grande amica, la figlia del vicario, e se andavo da lei a prendere il tè, poi dovevo sempre rifare la strada da sola per tornare. Il più delle volte non me ne importava niente, ma qualche volta era buio, pioveva c tirava vento e allora mi immaginavo ogni sorta di spettri e alla fine della strada correvo come se avessi dei veri mostri alle calcagna. La mamma sapeva che ero spaventata, ma diceva che dovevo imparare ad avere più fiducia in me stessa. E quando mi lamentavo e parlavo delle mie paure, dei mostri e degli spettri, mi diceva che l'unica cosa da fare era camminare lentamente, guardando le cime degli alberi e l'immensità del cielo. Allora, mi diceva, mi sarei resa conto di quanto infinitesimale era la mia presenza sulla terra e quanto inesistenti perciò i miei timori. E la cosa strana è che questi suoi consigli funzionavano davvero.»

Mentre parlava aveva continuato a concentrarsi sul suo lavoro, ma ora alzò lo sguardo sopra il tavolo ingombro di penne e i suoi occhi incontrarono quelli di Antonia. Disse: «Lo faccio ancora. Quando mi sento triste o preoccupata, esco di casa e vado in qualche posticino tranquillo e silenzioso e guardo le cime degli alberi e il cielo. E dopo un po', comincio a sentirmi meglio. Immagino che sia tutta una questione di vedere le cose più correttamente, ristabilire la propria scala di valori, il senso delle proporzioni».

Il senso delle proporzioni. Antonia si rese conto che sua madre sapeva come fra lei e David le cose si fossero messe male. Sapeva e non voleva offrirle alcun tipo di conforto. Soltanto un consiglio. Affronta gli spettri della solitudine, i mostri della gelosia e della sofferenza. Abbi fiducia in te stessa. E non fuggire.

Nel pomeriggio la corrente elettrica non era ancora tornata. Una volta lavati e riposti i piatti del pranzo, Antonia si infilò gli stivali di gomma e un giaccone di pelle di pecora e convinse il vecchio spaniel di suo padre a uscire per una passeggiata. Il cane, che aveva già fatto la sua parte di moto quotidiano, non aveva alcuna voglia di abbandonare il suo cantuccio caldo accanto al fuoco, ma una volta fuori dimenticò ogni diffidenza e cominciò a comportarsi come un cucciolo, rotolandosi nella neve e inseguendo promettenti odori di coniglio.

La neve era alta, il cielo basso e grigio, l'aria ferma sopra la campagna ammantata di bianco, priva di voci. Antonia seguì la traccia della strada che saliva dietro la casa, verso la collina. Di tanto in tanto si udiva uno sbattere di ali quando un fagiano, disturbato, faceva udire il suo richiamo, si alzava in volo e si allontanava fra gli alberi. A mano a mano che saliva smise di sentire il freddo e quando fu in cima alla collina era abbastanza riscaldata da ripulire dalla neve un ceppo e mettersi a sedere, gli occhi perduti nell'immenso panorama che le era tanto familiare.

La vallata si insinuava fra le colline. Vide una grande distesa di campi candidi, gli alberi spogli, il nastro argenteo del fiume. Più sotto, il paese stava raccolto intorno all'unica strada, senza luci, il fumo saliva dritto da molti comignoli nell'aria ferma. Il silenzio era immenso, rotto solo di tanto in tanto dal gemito della sega meccanica che pareva tagliare quella quiete cristallina e Antonia pensò che Tom Dixon e uno dei suoi uomini dovevano essere ancora all'opera per tagliare il faggio caduto.

La collina scendeva dolcemente verso il bosco. Da bambini lei e David vi correvano d'inverno con lo slittino; in quel bosco un giorno d'estate avevano montato una tenda e cotto patate nella cenere del fuoco. Là dove il fiume piegava nelle terre dei Dixon andavano sempre a pescare trote e nei giorni più caldi facevano il bagno nelle insenature dove l'acqua era meno profonda. Pareva davvero che tutto quel piccolo mondo fosse cosparso di ricordi di David.

David. Quell'ultima sera: «Stai dicendo che non vuoi vedermi mai più». Infuriata, ferita, alla fine era esplosa.

«Oh, Antonia, sono soltanto sincero. Non intendo ferirti. Non posso andare avanti a fingere. Non posso mentire, proprio a te. Non possiamo andare avanti così. Non è onesto verso noi due, non è onesto verso le nostre famiglie.»

«Immagino che sarai innamorato di Samantha.»

«Non sono innamorato di nessuno. Non lo voglio. Non voglio sistemarmi. Non voglio prendere impegni, legarmi. Ho ventidue anni e tu ne hai venti. Dobbiamo imparare a vivere ciascuno per conto proprio, dobbiamo imparare a essere noi stessi.»

«Ma io sono me stessa.»

«No, non lo sei. Sei parte di me. In qualche modo sei coinvolta, legata. È una bella cosa, ma è anche un male, perché nessuno di noi due è mai stato libero.»

Libero. Lui lo chiamava essere libero, ma per Antonia significava essere sola. D'altro canto, come aveva detto sua madre, non si può imparare ad avere fiducia in se stessi fino a quando non si è imparato a vivere con se stessi. Buttò indietro la testa e, attraverso l'intrico dei rami neri degli alberi, guardò il cielo, tanto grigio da non dare conforto.

Tieni più strette le persone che ami lasciandole dolcemente andare.

Molto tempo prima qualcuno le aveva detto quelle parole – o forse le aveva lette da qualche parte. La fonte di quella saggezza era dimenticata, ma le parole riaffiorarono all'improvviso, come dal nulla. Se avesse amato David abbastanza da lasciarlo andare, allora non sarebbe stato completamente perduto per lei. E aveva già avuto tanto di lui... desiderare di più era una sorta di ingordigia.

Inoltre – e questo fu una rivelazione sorprendente, quasi uno shock – neppure lei desiderava sposarsi, non più di quanto lo desiderasse lui. Non voleva fidanzarsi, avere una cerimonia nuziale, mettere su famiglia, sistemarsi – per sempre. Il mondo si stendeva oltre la vallata, oltre Londra, oltre i limiti della sua fantasia. Era là e l'aspettava, pieno di gente che lei doveva ancora conoscere, di cose che doveva ancora fare. David lo aveva capito. Era questo che aveva tentato di dirle quella sera.

Il senso delle proporzioni. La scala dei valori. Una volta che riuscivi a capirlo, le cose non apparivano più tanto desolate. E in realtà un gran numero di possibilità interessanti cominciavano già a presentarsi. Forse lavorava da troppo tempo in quella libreria. Forse era tempo di cambiare – di andare all'estero, perfino. Avrebbe potuto imparare a fare la cuoca su uno yacht nel Mediterraneo, o ad accudire un bambino parigino e imparare a parlare davvero un buon francese, oppure...

Un naso freddo le strusciò contro la mano. Abbassò gli occhi e il vecchio spaniel la fissò con sguardo triste, lamentoso, come a dirle con quei suoi grandi occhi marrone che era stufo di stare lì seduto nella neve e voleva continuare la passeggiata, andare a caccia di conigli. Antonia si accorse di avere freddo. Si alzò e ripresero la via di casa, non ripassando sulle tracce che avevano lasciato salendo, ma attraversando i campi coperti di neve in direzione del bosco. Dopo un poco si mise a correre, non soltanto per il freddo, ma perché l'aveva ripresa qualcosa dell'antica baldanza dell'infanzia.

Arrivò al bosco e poi sul sentiero che, attraverso gli alberi, conduceva alla fattoria dei Dixon. Giunse alla radura dove era caduto il faggio. Il tronco, altissimo, era già stato tagliato in pezzi tutti di eguale misura e la strada era stata liberata, ma il senso della devastazione era ancora nell'aria, insieme al profumo del legname appena segato e alla fragranza del fumo che si alzava dalle braci del falò. Non c'era nessuno intorno, mentre lei se ne stava lì, piangendo la morte del nobile faggio. Dopo un momento udì un trattore che saliva dalla fattoria e un istante più tardi lo vide arrivare oltre la curva, con Tom al volante. Giunto alla radura spense il motore e saltò fuori dalla cabina. Portava una tuta da lavoro con sopra un vecchio maglione e un giaccone pesante, ma nonostante il freddo era a testa nuda.

«Antonia!»

«Ciao, Tom.»

«Cosa fai da queste parti?»

«Ho fatto una passeggiata. Ho sentito il rumore della sega.»

«Ci abbiamo lavorato quasi tutto il pomeriggio.»

Era maggiore di David e neppure così alto o così bello. Il volto, segnato dalle intemperie, non sorrideva spesso, ma quella serietà era smentita dall'espressione divertita degli occhi chiarissimi, che parevano sempre colmi di un'incipiente risata. «Il più ormai è fatto.» Si avvicinò al falò che si andava spegnendo e col piede ravvivò il fuoco. «Per lo meno per un mese o due avere legna da bruciare non sarà un problema. E tu come stai?»

«Bene.»

Lui alzò la testa e attraverso le fiammelle e i pennacchi di fumo i loro occhi si incontrarono. «Come sta David?»

«Sta bene anche lui.»

«Non è venuto con te?»

«No, è rimasto a Londra.» Affondò le mani nelle tasche del giaccone e disse ciò che non era stata capace di dire a sua madre: «Va a sciare la settimana prossima con i Crawstone. Lo sapevi?».

«Credo che la mamma abbia detto qualcosa in proposito.»

«Hanno affittato una villa in Val d'Isère. Lo hanno invitato ad andare con loro.»

«E tu non sei stata invitata?»

«No. Nigel Crawstone ha la sua ragazza.»

«E Samantha ora è la ragazza di David?»

Antonia sostenne il suo sguardo. Disse: «Sì. Per il momento».

Tom si chinò, raccolse un altro ramo e lo gettò nel fuoco. «Questo non ti preoccupa?» le domandò.

«Mi preoccupava, ma ora non più.»

«Quando è accaduto?»

«Va già avanti da qualche tempo, solo che io non volevo ammetterlo.»

«Sei infelice?»

«Lo ero. Ora non più. David dice che ciascuno di noi deve vivere la sua vita. E ha ragione. Siamo stati troppo vicini, per troppo tempo.»

«Ti sei sentita ferita?»

«Un po'» ammise lei. «Ma David non è una cosa mia. Non è mia proprietà.»

Tom rimase in silenzio per un lungo momento. Poi: «È un'affermazione molto matura, da adulto» osservò.

«Ma è così, vero, Tom? E per lo meno ora sappiamo come stanno le cose. Non solo David e io, ma tutti quanti.»

«Capisco cosa vuoi dire. Certamente questo rende le cose più facili.» Gettò altri rami nelle fiamme e intorno si sparse il suono sfrigolante della neve che si scioglieva. «Senza dubbio a Natale si era diffusa una certa aspettativa su quello che voi due avevate in mente.»

Antonia parve sorpresa. «L'hai avvertito anche tu?

Pensavo di essere la sola a essermene accorta. Ma continuavo a ripetermi che ero io che reagivo in maniera eccessiva.»

«Perfino mia madre, che è una donna tanto assennata, ne era stata contagiata e aveva cominciato a fantasticare di fidanzamenti natalizi e nozze di giugno.»

«È stato orribile.»

«Ho immaginato che lo fosse.» Fece un largo sorriso. «Ne ero molto addolorato per te.»

Antonia fu colpita da un subitanco pensiero. «È stato per questo... che hai organizzato quella festa?»

«Be', qualunque cosa era meglio che stare a vedere tutti intenti a fantasticare. Ad aspettare che tu e David arrivaste baldanzosi, occhi brillanti e petto in fuori a dire: "Ascoltate, ascoltate la nostra notizia: dobbiamo fare un annuncio".» Lo disse con un tono di voce tanto buffo che Antonia scoppiò a ridere, sentendosi colmare il cuore di affettuosa gratitudine.

«Oh, Tom, sei meraviglioso. Sei stato veramente capace di sciogliere quella tensione. Mi hai salvato la vita.»

«Be', non so proprio. Ho passato anche troppo tempo ad aggiustare le tue biciclette e a costruire per te casette sugli alberi. Ho pensato che fosse ora di fare qualcosa di più positivo.»

«Sei sempre stato il migliore degli amici. Sempre. Non potrò mai ringraziarti abbastanza.»

«Non mi devi ringraziare.» Riprese il suo lavoro. «Devo far sparire il grosso prima che faccia buio.»

Qualcosa tornò alla mente di Antonia. «Stasera vieni da noi a cena. Lo sapevi?»

«Davvero?»

«Be', sei stato invitato. Devi venire. Ho passato tutta la mattina a spennare fagiani e se non vieni a mangiarli penserò che tutta la mia fatica è stata inutile.»

«In tal caso» rispose Tom «ci sarò.»

Restò lì ancora per un momento, aiutandolo a raccogliere i rami e poi, mentre il pomeriggio invernale volgeva al crepuscolo, lo lasciò, ancora al lavoro, e si avviò verso casa. Camminando si accorse che l'aria si era fatta più dolce e che un lieve vento da ovest frusciava fra gli alberi. Rami ghiacciati cominciavano ora a sgocciolare. In cielo le nuvole si dividevano, lasciando intravedere piccoli spazi di un pallido color acquamarina. Quando attraversò il cancello all'estremità della strada che chiudeva la proprietà dei Dixon, alzò gli occhi verso casa e vide la luce accesa oltre le tende non ancora chiuse.

Così le cose si mettevano al meglio. La corrente era tornata. E vivere senza David non sarebbe stato impossibile, dopotutto. Decise che appena a casa gli avrebbe telefonato per dirglielo, perché si mettesse il cuore in pace e potesse fare i suoi progetti per le vacanze in Val d'Isère senza portarsi appresso inutili sensi di colpa.

E ora cominciava davvero a sgelare. Domani avrebbe potuto essere una splendida giornata.

E Tom veniva a cena.

La cugina Dorothy

Mary Burn si svegliò presto nella sua deliziosa camera dalle pareti fiorite. Il sole brillava e gli uccellini cantavano, eppure l'inquietudine che si era portata a letto la sera precedente non si era dissolta.

Si voltò, chiuse gli occhi e desiderò con tutta l'anima che Harry fosse lì a dirle: "Va tutto bene, non preoccuparti. Ci penserò io". Ma Harry non c'era, perché era morto. Era morto cinque anni prima e fra una settimana la loro figlia Vicky si sarebbe sposata e Mary non sapeva più a che santo votarsi, perché l'abito da sposa non era ancora arrivato.

Harry avrebbe saputo cosa fare. Con la sua morte Mary non aveva perduto soltanto l'amante e il più caro degli amici, ma anche un marito pieno di comprensione e capace di risolvere tutti i problemi.

Felice, soddisfatta di affrontare le cure quotidiane della casa, del giardino e della sua unica figlioletta, Mary era sempre stata ben contenta di lasciare a lui tutti i problemi. Era la prima ad ammettere che organizzare le cose non era il suo forte. Nei comitati era un membro passivo e spesso le capitava anche di dimenticare quando era il suo turno domenicale di disporre i fiori in chiesa. Era Harry che organizzava le vacanze, ordinava il carbone, andava a parlare con la preside della scuola e affrontava quella terribile cosa che era la dichiarazione dei redditi, faceva il pieno di benzina e quando si staccava la maniglia di una porta era sempre pronto con un cacciavite a rimetterla al suo posto.

Oltre a questo, era stato lui ad affrontare il problema di Vicky. Da piccola, la bambina era stata tenera e affettuosa, una deliziosa creaturina felice di stare con la sua mamma, cucire i vestitini per la bambola, mettere in forno i suoi omini di pan di zenzero e zappettare in quell'angolo del giardino che aveva tutto per sé. Ma verso i dodici anni era cambiata. Da un giorno all'altro, così pareva, non fu più la bambina docile e affettuosa che era stata, ma un'adolescente difficile, caparbia e scontenta. E tutto, dalle scarpe che non le piacevano ai cattivi voti sulla pagella, tutto era colpa di sua madre.

Mary fu ferita e sconcertata da quella orribile metamorfosi. «Ma che diamine le è successo?» sussurrò disperata a Harry, dopo un diverbio particolarmente penoso con la figlia, conclusosi con un grande sbattere di porte. «Non credo neppure che mi voglia più bene.»

«Ti adora. Sta crescendo, vuole affermare se stessa. Passerà, non devi preoccuparti.»

«Come lo sai? Tu non hai mai avuto una sorella. Hai soltanto la cugina Dorothy.»

«Adesso non cominciare a prendertela con lei.»

Se mai poteva esistere un motivo di discussione fra loro, quello era Dorothy, la cugina di Harry. Era una donna di una decina d'anni maggiore di Mary e in tutti i sensi immensamente superiore a lei. Non era sposata, aveva fatto carriera nella Pubblica Amministrazione, assegnata per parecchi anni al ministero degli Esteri. Parlava tre lingue e lavorava per qualche sottosegretario di Stato, con il quale veniva continuamente inviata all'estero per importanti missioni. Quando non era a Ginevra o a Bruxelles o non si aggirava impettita nei corridoi del potere a Whitehall, viveva in un appartamento del personale statale nelle vicinanze di Knightsbridge. Mary non l'aveva mai vista se non con un aspetto impeccabile. Indossava sempre bellissime scarpe molto costose e aveva con sé una borsetta grande quanto una borsa d'avvocato, gonfia, si poteva esserne certi, di segreti di Stato di straordinaria importanza.

«Non me la prendo con lei. È solo che non riesco a immaginare Dorothy come una noiosa adolescente, oppure come una ragazza capace di innamorarsi o di soffrire per un qualsiasi tipo di emozione. Ammettilo, Harry, è una donna che incute un certo timore.»

«Forse sì, comunque le vostre strade non si incrociano spesso.»

«No. Ma è tua cugina e sarebbe bello poter essere amiche.»

Vicky aveva diciassette anni quando Harry morì. Si sarebbe potuto pensare che ormai l'antagonismo adolescenziale che opponeva la figlia alla madre si fosse consumato, ma si era semplicemente ridotto a una brace che, al primo momento di tensione, poteva di nuovo mandare fiamme di risentimento senza ragione. E quando avrebbero dovuto trovare il modo di confortarsi a vicenda, pareva che fossero solo capaci di litigare.

Fu un periodo terribile. Far fronte al dolore, alla perdita e a tutte le penose formalità della morte era stato abbastanza terribile, ma imparare a vivere senza Harry fu assai peggio. Con l'andare del tempo, per pura necessità, Mary cercò di acquistare un po' di senso pratico.

Vicky, però, restava una cosa ben diversa. Vicky si sentiva sperduta e ferita e provava un senso di rabbia al pensiero che suo padre se ne fosse andato. Mary lo capiva bene e le era profondamente vicina. Il problema era che Mary capiva perfettamente quello che la povera Vicky soffriva, ma non riusciva a raggiungerla e a darle conforto.

La cosa peggiore era non avere nessuno con cui confidarsi. C'erano molti amici, naturalmente, nel paesino del Wiltshire dove aveva trascorso tutta la sua vita coniugale, ma non si possono confidare agli amici i difetti della propria figlia. Sarebbe troppo sleale.

E in quanto alla famiglia, l'unica persona era Dorothy, la cugina di Harry. Ritiratasi in pensione dal ministero degli Esteri, aveva lasciato Londra e si era trasferita in campagna e viveva a non più di quindici chilometri di distanza, dirigeva la Croce Rossa locale e giocava moltissimo a golf. Qualche volta lei e Mary si incontravano e pranzavano insieme, ma era sempre una cosa piuttosto formale ed era difficile trovare qualche argomento di cui parlare. E Vicky era sempre un argomento difficile, perché Dorothy non aveva mai avuto molta simpatia per la ragazza.

«È una marmocchia viziata» aveva detto a Harry più di una volta. «Figlia unica, naturalmente. Non avete mai imparato a dirle di no. Ve ne pentirete.»

L'ultima cosa che Mary desiderava era dare a Dorothy l'occasione di dire: "Ve lo avevo detto io".

Nel complesso la vita era entrata in una fase di difficoltà quasi insormontabili, ma proprio quando Mary era sul punto di decidere di non poter andare avanti così, fu Vicky stessa, fredda come sempre, che portò la soluzione. Una mattina a colazione annunciò che voleva andare a Londra a frequentare un corso di cucina.

Mary posò cautamente la sua tazza di caffè. «Dove pensi che potresti fare questo corso?»

Vicky rispose: «C'è stata Sarah Abbey. Ricordi, era mia compagna di scuola. Ora si è presa un appartamento tutto per sé e guadagna un sacco di soldi preparando pranzi di lavoro. Ha detto che potrei andare a stare da lei.»

Messa di fronte al *fait accompli* Mary disse che avrebbe esaminato la cosa. Ma Vicky, a quanto pareva, lo aveva già fatto e si era iscritta al corso successivo.

Starà meglio da sola, si disse coraggiosamente, dopo aver accompagnato Vicky al treno per Londra ed essere ritornata nella sua casa vuota ma stranamente colma di pace e tranquillità.

Tuttavia Vicky, fedele a se stessa, continuò a fare tutto il possibile per mettere in ansia sua madre. Andò ad abitare con Sarah Abbey, ci restò un mese e poi se ne andò. Per essere onesti bisogna dire che chiamò Mary al telefono per dirle ciò che accadeva.

«Ma Vicky, credevo che ti fosse simpatica.»

«Mammy, è diventata una tremenda scocciatrice. Vado a stare con un'altra ragazza, una mia compagna di corso. E con due ragazzi. Dividono tutti questo appartamento a Fulham. Sarà molto più divertente. Ecco, questo è il mio indirizzo...» Mary cercò in fretta il notes e la matita e lo scrisse. «Fatto? Magnifico. Senti, ora devo scappare.»

«Vicky, come vanno le cose?» Ma si corresse frettolosamente. «Voglio dire, come va il corso?»

«Oh, splendido. Facilissimo. Ti preparerò piatti straordinari quando vengo a casa la prossima volta.»

Quando finalmente arrivò per un weekend, Vicky indossava abiti molto singolari, che parevano comperati a una fiera di beneficenza o a un mercatino delle pulci. E lo erano veramente. Poi ritornò, questa volta con un giovanotto che aveva conosciuto, spiegò, in una discoteca. Lui portava un abito tutto stazzonato di lino viola e passò l'intero weekend immerso nella sua musica con la cuffia alle orecchie.

Il corso di cucina durò un anno. Alla fine Vicky passò gli esami con tutti gli onori e subito si diede da fare per trovare lavoro. Si comperò una Mini di seconda mano e in men che non si dica era indaffaratissima a correre su e giù per Londra con pentole e tegami, coltelli e frullatori, tutto accatastato sul sedile posteriore dell'automobile. Cucinava per cene eleganti, riempiva i freezer dei clienti, forniva il buffet per ricevimenti di nozze e creava vistosi pranzi per prestigiosi consigli d'amministrazione.

Davanti alla prova di tanto lavoro e di tanto successo, non aveva senso continuare a preoccuparsi per la figlioletta e Mary ci rinunciò, ma non riuscì a trovare delle valide spiegazioni per i singolari amici che Vicky le mostrava. Di tanto in tanto, a intervalli regolari, lei li portava nel Wiltshire ed erano tutti uno più strano dell'altro. Più strana di tutti fu una ragazza di nome Regina French, che faceva pensare a una strega giovanissima e magrissima, e non mangiava altro che avena cruda e noccioline.

A Londra dovevano pur esserci, si diceva Mary, dei giovani normali. Perché Vicky non ne incontrava mai? E se li incontrava, perché non le piacevano? Cercava in questo modo di reagire all'educazione convenzionale che aveva ricevuto?

Pareva proprio che non ci fossero risposte.

Dorothy telefonò. «Mary?»

«Sì. Come stai?»

«Mia cara, volevo proprio chiederlo a te. Ieri sono andata a Londra e da Harrods ho visto Vicky. Per lo meno, credo fosse lei. Ma si è tinta i capelli. Sono giallo chiaro.»

«Be', meno male che non sono rosa.»

«Che cosa sta combinando? Ha trovato un lavoro?»

«Si è messa a lavorare per conto suo. Prepara pranzi a domicilio. E lavora moltissimo.» Mary stava sulla difensiva.

«Be', ha un aspetto davvero straordinario. Mi meraviglia moltissimo che ci sia qualcuno che le fa bollire anche un uovo.»

«Il suo aspetto esteriore è affar suo.»

«Oh, be', dopotutto è tua figlia.»

«Certo» rispose Mary con fermezza. «È mia figlia.»

Era la prima volta che teneva testa a Dorothy. Le diede una certa soddisfazione.

E poi, come un fulmine a ciel sereno, accadde l'inimmaginabile. Vicky andò in Scozia per due settimane per preparare non so quale ricevimento a una riunione di caccia in uno sperduto paesino delle Highlands con un nome che pareva uno sternuto e là conobbe un uomo che si chiamava Hector Harding. Di lì a poco il suo nome cominciò a ricorrere con monotona frequenza nei suoi discorsi, scivolando nella conversazione al minimo pretesto.

Fino a cogliere l'attenzione di Mary. «Chi è Hector, Vicky?»

«Oh, un tipo che ho conosciuto in Scozia. Io... lo vedo molto spesso.»

«Che cosa fa?»

«È architetto.»

Un architetto. Questo era un campo nuovo. Non c'era mai stato un architetto prima di allora. La speranza balenò agli occhi di Mary. Hector Harding venne invitato nel Wiltshire per il weekend.

Un amico come un altro, si disse Mary con fermezza e non fece nessun preparativo speciale, tuttavia, quando udì una macchina avvicinarsi alla porta d'ingresso quel venerdì sera, non poté fare a meno di provare un palpito di curiosità andando fuori a incontrarli. Erano venuti non con la Mini di Vicky, ma con l'automobile di Hector. Lui scese dalla macchina allungando interminabili gambe rivestite di jeans e venne subito a stringere la mano alla padrona di casa. Era terribilmente alto e magro e aveva un gran ciuffo di capelli castani. Non particolarmente bello; non particolarmente... insomma, niente di speciale, ma particolarmente simpatico.

Il sabato mattina tagliò il prato e aggiustò il tostapane elettrico, che da settimane non voleva più funzionare. Nel pomeriggio lui e Vicky uscirono a fare una lunga passeggiata. Tornarono alle cinque, con un'aria vagamente confusa. Più tardi, al momento dell'aperitivo, dissero a Mary che avevano intenzione di sposarsi.

Pochi giorni dopo telefonò Dorothy. «Mary, ho aperto in questo momento il "Daily Telegraph" e ho visto l'annuncio del fidanzamento di Vicky. Quando è successo?»

Mary raccontò.

«Chi è lui?»

«Un architetto.»

«Ti piace?»

«Moltissimo. E sarebbe piaciuto anche a Harry.»

«A quando le nozze?»

«In agosto, nella chiesa del paese e poi un ricevimento qui a casa. Non un matrimonio in grande stile. Soltanto i loro amici. Sarà una cosa molto semplice.»

Ma si sbagliava, perché non lo fu affatto. Vicky, come al solito, aveva le sue idee.

«Dovremo far stampare gli inviti e preparare una lista degli invitati.»

«Hector e io non vogliamo più di cinquanta persone. Solo i nostri amici più intimi. Niente vecchi parenti che non conosciamo.»

«Ma qualche parente dovrà pur essere invitato. Nostra cugina Dorothy, per esempio» disse Mary.

«Perché dovrei invitare la cugina Dorothy al mio matrimonio?» protestò Vicky. «Non mi ha mai potuta soffrire. Un giorno l'ho vista da Harrods e sono scappata via nascondendomi prima che potesse bloccarmi. Sapevo che mi avrebbe fissata con quei suoi occhi a bottone e avrebbe cominciato a farmi una quantità di domande indiscrete.»

Mary fu piena di comprensione. «Lo so. Succede così anche con me, talvolta. Penso però che dovrebbe essere invitata.»

«E va bene» concesse bruscamente Vicky. «Può sempre starsene seduta in un angolino a chiacchierare con la vecchia nonna di Hector.»

Infine ci fu da discutere l'argomento più importante: l'abito da sposa.

«A dire il vero» dichiarò Vicky, «ho visto una fotografia su una rivista. Sarà perfetto.»

Mary cominciò a immaginare pizzo bianco e un velo. Avrebbe potuto risparmiarsi entrambe le cose. Messa di fronte alla rivista, si trovò a fissare senza parole la fotografia in questione. La modella non era molto diversa da Vicky, con capelli biondi e lunghe gambe ossute. Il vestito assomigliava a una T-shirt che terminava con una gonna di cotone. La gonna cadeva a punte, come una serie di fazzoletti appesi ad asciugare. La modella portava calzini alla caviglia e scarpe da tennis.

Vicky ruppe il silenzio. «Non trovi che è fantastico?»

«Costa trecentoventi sterline» fu tutto ciò che sua madre trovò da dire.

«Oh, ma non voglio comperarlo. Lo faccio copiare. Su misura. Ti ricordi di Regina French? L'ho portata qui una volta, secoli fa. Be', lei fa la sarta.»

«Di professione?»

«No. Soltanto per hobby. Le domanderò di farmelo.»

«Pensi che lo farà per tempo?»

«Perché non dovrebbe?»

«Già. Bene, allora.» Dopotutto era il matrimonio di Vicky. «Forse faresti bene a parlarle subito.»

Vicky andò al telefono. Ma non riuscì a comunicare con Regina, così chiamò Hector e rimase per un'ora al telefono. Mentre lavava i piatti della colazione, Mary si sentì l'animo pieno di presentimenti.

I suoi presentimenti si rivelarono fondati. Regina French non era una ragazza su cui poter fare affidamento. Ogni volta che Vicky andava a Londra per vedere a che punto erano le cose, oppure telefonava a quella disgraziata ragazza, c'erano sempre delle scuse. La stoffa non era ancora arrivata. La sua macchina per cucire aveva avuto un guasto. Doveva partire per il Devon per accudire il bambino di qualcuno. Ma niente paura, non c'era da preoccuparsi, il vestito sarebbe stato pronto in tempo.

Non c'era da preoccuparsi. Il pensiero riportò d'un balzo Mary al presente. Mancava una settimana al giorno delle nozze e il problema non era ancora stato risolto. Scese dal letto, si vestì e andò dabbasso, solo per scoprire che Vicky era arrivata prima di lei e sedeva ora al tavolo di cucina bevendo una tazza di caffè. La posta era già arrivata.

«Qualcosa da Regina?»

«Sì» rispose Vicky, ma non alzò gli occhi a incontrare lo sguardo di sua madre. Mary si guardò intorno, nella speranza di vedere un grosso pacco, una scatola che contenesse l'abito da sposa. Niente. «Una lettera» spiegò Vicky e gliela porse. Con una stretta al cuore Mary la prese, inforcò gli occhiali e la lesse.

Cara Vicky,
terribilmente spiacente, ho preso il morbillo. Non posso neppure arrivare al telefono. Mi dispiace per il vestito. Non ce la faccio assolutamente. Spero che sarà un bellissimo matrimonio.

Caramente. Regina.

Arrivò a una sedia e sedette.

Vicky fu la prima a parlare. «Se ora dici "Te lo avevo detto" mi metterò a urlare.»

«Non avevo intenzione di dire niente di simile. Almeno adesso sappiamo a che punto siamo.»

«Già. Sono completamente nuda.»

Mary si impose di restare calma.

«Vuoi che andiamo a Londra a vedere se possiamo comperare qualcosa?»

«Non troverò mai niente che mi piaccia. Lo so che non lo troverò.» La voce di Vicky saliva di tono. Ora cominciava ad avere un tremito isterico. «E se non trovo quello che voglio mi sposerò con una tuta da meccanico.»

«Oh, tesoro, non agitarti tanto...»

Vicky si alzò di scatto. «Che altro c'è da fare? Vorrei che Hector e io potessimo semplicemente andarcene, scappare... E non sposarci affatto.»

La porta di cucina sbatté con violenza fra loro.

Per un momento Mary rimase immobile, poi, prima di mettersi a spaccare oggetti o lanciarsi su per le scale dietro a Vicky e prenderla a schiaffi o pronunciare parole imperdonabili che sarebbero poi rimaste fra loro, afferrò la sua borsetta, uscì di casa, salì in automobile e percorse i quindici chilometri che la separavano dalla casa di Dorothy.

La trovò intenta a lavorare in giardino. Anche quando lavorava in giardino Dorothy era perfettamente in ordine, con calzoni di buon taglio e una retina sopra i capelli bianchi. Stava zappettando intorno alla sua aiuola di rose quando vide Mary venirle incontro attraverso il prato e subito depose i suoi arnesi e le andò incontro.

«Mia cara.» Il suo volto si era colmato di ansia. Devo avere un aspetto terribile, si disse Mary. Tentò di parlare, ma prima di riuscire a pronunciare una parola, scoppiò in lacrime.

Dorothy fu gentilissima. La guidò dentro casa, la fece sedere in una poltrona nel salotto e poi, con molto tatto, scomparve. Il salotto era fresco e ordinato e odorava di cera da pavimenti e del lino che ricopriva le poltrone. La finestra era aperta e l'aria del mattino muoveva le tende di chintz. Calmata dalla serenità dell'ambiente, Mary riuscì a dominare il pianto. Trovò un fazzoletto e si soffiò il naso. Dorothy ritornò portando non un caffè, ma un bicchierino di cognac.

«Bevi questo.»

«Ma Dorothy, non sono ancora le dieci.»

«È una medicina.» Dorothy sedette nella poltrona di fronte. «Sei completamente sconvolta. Bevilo.»

Mary ubbidì. Si sentì subito meglio e riuscì ad abbozzare un debole sorriso.

«Scusami. È soltanto che tutto è così orribile; dovevo uscire di casa e parlare con qualcuno. E tu sei la sola persona a cui ho pensato.»

«Si tratta di Vicky?»

«Be'... sì. In un certo senso. Non è colpa sua. Lei mi ha davvero molto aiutata a organizzare queste nozze e cominciavo a pensare che saremmo riuscite a farlo senza un solo litigio.» Depose il bicchierino vuoto. «So bene che tu hai sempre pensato che Harry e io la viziavamo, e forse lo abbiamo fatto, ma la verità è che Vicky e io siamo due persone molto diverse. Mi pare di non avere niente in comune con lei. Tutto va bene quando tutto fila liscio, ma questa mattina...»

Raccontò la disastrosa vicenda dell'abito da sposa.

«Ma non è colpa tua» commentò Dorothy quando ebbe finito.

«Lo so. Ma adesso, naturalmente, abbiamo solo una settimana di tempo per trovarne un altro. E Vicky ha delle idee così pazzesche su come vuole vestirsi. Dice che indosserà una tuta da meccanico, oppure scapperà con Hector. Dice persino che non si sposerà affatto.»

Dorothy ascoltò fino all'ultima parola e poi scosse la testa. «Secondo me si tratta di un tipico caso di crisi di nervi che precede un matrimonio. Per entrambe. Un matrimonio in famiglia è una doppia fatica quando non hai un marito vicino che ti aiuta. Per la verità sono stata tentata più di una volta di telefonarti per chiederti se potevo darti una mano nei preparativi, ma poi ho temuto che tu la vedessi come un'interferenza. E in quanto a Vicky, tu sei stata bravissima con lei. Non deve essere stato facile senza Harry. Dopotutto è la tua unica figlia e tu l'hai lasciata andare a Londra a vivere da sola e non hai mai cercato di osteggiarla nelle sue scelte. Ti ho davvero ammirata per questo.»

Essere ammirati da Dorothy era una sensazione mai conosciuta prima. Fra loro cadde il silenzio. Ma non era un silenzio teso, difficile. Mary non si era mai sentita così a suo agio con Dorothy. Guardò l'orologio e disse: «Mi sento meglio. Avevo proprio bisogno di parlare».

«Cosa pensi di fare per il vestito?»

«Non ne ho idea.»

Dorothy disse: «Io ho un abito da sposa».

Mary guidò verso casa a velocità folle, sentendosi ridicolmente leggera di spirito. Il giardino non le era mai apparso così bello, mentre risaliva il viale e la rosa rampicante che ricopriva il portico d'ingresso era carica di boccioli rosa pallido. Scese dalla macchina, prese l'antiquato scatolone dal sedile posteriore, e lo portò in casa, su per le scale fino alla sua camera. Lo posò sul suo letto e sedette al tavolino da toilette per rimediare alle tracce di lacrime sul suo viso.

«Mammy?» La porta si aprì e comparve Vicky. «Stai bene?»

Mary non si girò. «Certo che sto bene, naturalmente.» Si stava mettendo della crema idratante sulle guance.

«Non sapevo dove eri andata.» Vicky le mise le braccia al collo e si chinò a baciarla. «Scusami» disse al riflesso di Mary nello specchio, «per aver perduto le staffe in quel modo. È tutta colpa mia se non ho uno straccio da indossare; non avrei dovuto prendermela con te.»

«Oh, tesoro.»

«Dove sei andata? Sono stata così sgradevole con te che pensavo te ne fossi andata di casa.»

«Sono semplicemente andata da Dorothy.»

Vicky si allontanò e andò a sedere sul letto. «Dorothy? E perché sei andata a trovare proprio lei?»

«Ho provato un bisogno irresistibile di uscire di casa e andare a parlare con una persona sana di mente. E lei è certo la persona più equilibrata che io conosca. Ha funzionato. Mi ha offerto un bicchierino di cognac e mi ha dato un abito da sposa.»

«Stai scherzando.»

«No. È in quello scatolone.»

«Ma di chi è quest'abito?»

«È suo, di Dorothy.» Si voltò a guardare in viso sua figlia. «Tutti noi pensiamo di sapere tanto sugli altri e invece non sappiamo proprio niente. Quando aveva diciannove anni Dorothy era fidanzata con un giovane ufficiale di marina. Il matrimonio era fissato per il settembre 1939, ma poi scoppiò la guerra e le nozze furono rimandate. Lui fu inviato sul sottomarino *Thetis* che fu colpito quasi subito. E così Dorothy non si sposò.»

«Ma perché non ne sapevamo nulla? Perché papà non era al corrente?»

«Harry allora era soltanto un bambino di nove anni. Penso che non si sia mai neppure reso conto di ciò che era accaduto.»

«E noi tutti pensavamo che fosse così dura» sospirò Vicky.

«Lo so. Ma ora non è questo ciò che conta. Ciò che

conta è che se ti piace puoi avere il suo abito da sposa. Stile 1939. Un vero pezzo da museo, e non è mai stato indossato.»

«Lo hai visto?»

«No. Mi ha soltanto dato la scatola.»

«Diamogli un'occhiata.»

Sedettero insieme sul letto e sciolsero i nodi dello spago, alzarono il coperchio e tolsero i fogli di carta velina che lo avvolgevano. Vicky sollevò con gran cautela il vestito per metterselo davanti. Grandi pieghe di puro raso di seta ricaddero con un sussurro fino al pavimento; un'ampia gonna tagliata di sbieco, maniche a sbuffo, le spalle imbottite, lo scollo profondo e quadrato, guarnito di perle. L'abito aveva un lieve profumo, quasi un aroma dolce di muffa, simile ai vecchi flaconi di fiori secchi.

«Oh, mammy, è una meraviglia.»

«Molto bello davvero. Ma l'imbottitura delle spalle...?»

«È l'ultima moda. Lo trovo perfetto.»

«Sarà troppo lungo.»

«Possiamo accorciare noi l'orlo. Pensi che a Dorothy dispiacerebbe?»

«Non lo vuole di ritorno. Dice che puoi tenerlo per sempre. Provalo.»

Vicky si tolse la maglietta e i jeans e si infilò la morbida seta dalla testa. L'abito le scivolò addosso e Mary abbottonò le dozzine di minuscoli bottoncini che correvano lungo la schiena.

Vicky andò davanti al lungo specchio. A parte il fatto che era troppo lungo, il vestito pareva fatto su misura per lei. Si voltò per vedere come le stava dietro e ammirare il taglio abilissimo della gonna, che si aprì in uno sbuffo di seta a formare un piccolo strascico.

«È splendido» mormorò in un soffio. «Lo indosserò.

Non avrei potuto trovare niente di così bello neppure se avessi cercato per cento anni. Che gentilezza da parte di Dorothy. Non so immaginare perché debba compiere un gesto così gentile proprio per me...»

Lo sbottonarono tutto e Vicky se lo tolse. Poi Mary lo appese a un portabiti imbottito e lo lasciò appeso all'anta del suo armadio. Visto così l'abito dava un'impressione di ricchezza, di solennità.

«Gran Dio, mammy, che colpo di fortuna. Telefonerò immediatamente a Dorothy. Come ho potuto essere così odiosa verso di lei quando si trattava di invitarla?» Vicky si infilò i jeans. «Avevi ragione.» Richiuse la lampo. «Crediamo di sapere tanto sugli altri e invece non sappiamo proprio niente.» Si mise la maglietta e abbracciò sua madre. «E in quanto a te, sei stata davvero una santa.»

Uscì dalla camera. Un attimo dopo la sentì parlare al telefono con Dorothy, la voce alta, colma di gioia e di gratitudine. Mary richiuse la porta della sua camera e tornò a sedersi al tavolino da toilette. Guardò il vestito e seppe che, per una volta nella sua vita, Vicky si sarebbe permessa di essere veramente bellissima. Pensò al matrimonio, di lì a una settimana e, per la prima volta, si trovò a desiderare quel giorno. Pensò a Hector, così caro, che stava per diventare suo genero e pensò a Dorothy, e fu come averla appena conosciuta, essersi fatta una nuova amica. Presto, dopo il matrimonio, sarebbero andate a pranzare insieme. C'erano tante cose di cui parlare.

Pensò a Harry. Fra le bottiglie e i vasetti sul tavolino c'era una sua fotografia in una pesante cornice d'argento. Sorrise alla fotografia. *Non devi preoccuparti di nulla, Harry*. Si sentiva piena di fiducia. *Andrà tutto benissimo.*

Guardò il proprio viso riflesso nello specchio, si incipriò e poi, sentendosi leggera e spensierata come la ragazzina che era stata un tempo, allungò la mano a cercare il rossetto.

L'ultima mattina

Laura Prentiss si svegliò in quell'estranea camera d'albergo avvertendo i rumori che venivano dal bagno, dove suo marito si stava facendo la barba. Forse per riguardo verso la moglie che dormiva, Roger aveva lasciato chiuse le tende e quando Laura allungò la mano a prendere gli occhiali e poi guardò l'orologio si accorse, con una certa sorpresa, che erano già le otto e mezzo.

«Roger?»

Lui comparve sulla porta del bagno con indosso i calzoni del pigiama e la faccia a metà coperta di schiuma.

«Buongiorno.»

«Ho paura di guardare fuori. Com'è la giornata?»

«Bellissima.»

«Sia ringraziato il cielo.»

«Freddo, con un po' di vento. Ma sereno.»

«Tira le tende, ti prego, e fammi vedere.»

Lui ubbidì, con una certa difficoltà, prima tentando di aprire le tende tirandole a mano. Poi si accorse che c'era un piccolo aggeggio munito di un cordone e che doveva usare quello. Roger non era molto abile in queste cose. Diede uno strattone e infine la tenda si aprì.

Dietro i vetri il cielo era di un azzurro pallido, limpidissimo, percorso da lievi nuvolette di bel tempo e quando Laura si sollevò a sedere nel letto, vide il mare: blu, macchiato dalle crestine bianche che orlavano le onde.

Disse: «Spero che il vento non faccia volare via il velo di Virginia».

«Anche se lo facesse, non è tua figlia e tu non hai alcun bisogno di sentirti responsabile.»

Laura si lasciò ricadere sul cuscino, si tolse gli occhiali e gli sorrise piena di gratitudine. Era sempre stato un uomo dotato di un grande senso pratico e questa era una cosa confortante; questa mattina era evidente che voleva dare alla giornata il tono di un giorno qualunque, alzarsi, radersi e scendere a colazione.

Scomparve nuovamente in bagno e la conversazione continuò attraverso la porta aperta.

«Cosa hai intenzione di fare questa mattina?» domandò lei.

«Giocare a golf» rispose Roger.

Avrebbe dovuto immaginarlo. L'albergo aveva un bel campo da golf.

«Non farai tardi?»

«Pensi che possa fare tardi?»

«E devi avere tutto il tempo per cambiarti. Ti ci vorrà un sacco di tempo per infilarti il tight.» Avrebbe voluto aggiungere: «Specialmente da quando sei ingrassato» ma non lo disse, perché Roger era molto sensibile per quanto riguardava il suo giro di vita che si era andato un po' allargando col tempo, tanto che aveva deciso di non vedere l'inserto che il sarto era stato costretto a mettere sul dietro dei suoi calzoni.

«Smettila di preoccuparti dei particolari» disse Roger. Comparve nuovamente sulla porta del bagno, profumato di dopobarba. «Smettila di preoccuparti di qualsiasi cosa. Sei invitata a questo matrimonio. Non hai nulla da preparare, nulla di cui angosciarti, nulla da fare. Soltanto godertelo.»

«Sì. Hai ragione. Lo farò.»

Laura si alzò, infilò la vestaglia e andò alla finestra,

l'aprì e si sporse. L'aria era gelida e odorava di salino e di alghe. Sul prato c'era già un solitario giocatore di golf, con un pullover rosso. Sotto di lei, nei prati dell'albergo, cominciavano subito le prime buche e lei ricordava benissimo di aver portato lì i bambini per una vacanza molto, molto tempo prima, proprio in questo albergo. Tom aveva allora sei anni, Rose tre e Becky era un grasso bebè in carrozzina, e il tempo era stato orribile, nient'altro che vento e pioggia. Avevano passato il tempo giocando a carte sotto il portico, e ogni volta che smetteva di piovere si erano buttati di corsa attraverso i prati del campo di golf per raggiungere la spiaggia, dove i bambini si erano accucciati con tanto di pullover e le guance screpolate dal vento a costruire castelli di sabbia scura e bagnata.

Ma a un certo momento durante quella vacanza Tom aveva fatto la conoscenza del campo di golf e delle affascinanti frustrazioni del gioco e da quel giorno aveva cominciato a stare fuori da solo con qualsiasi tempo, la sua figuretta infantile china contro il vento, con palle da golf e zolle di terra che volavano in tutte le direzioni.

Ricordare il bambino che lui era stato le diede una sensazione di tristezza, inducendola a pensare. Dove erano finiti tutti quegli anni? E immediatamente si arrabbiò con se stessa per essere una madre così convenzionale, così sentimentale, così schiava dei cliché.

Quando Roger rientrò nella camera lei chiuse la finestra e disse: «Pensavo che Tom avrebbe fatto volentieri una partita questa mattina. Per non pensare troppo al pomeriggio».

«Lo pensavo anch'io e gliel'ho chiesto, ma mi ha detto che aveva altre cose da fare.»

«Vuoi dire riaversi dalla festa della notte scorsa?»

Roger fece un ampio sorriso. «Può darsi.»

La sera prima Tom era andato a festeggiare il suo addio al celibato, a fare bisboccia con quei pochi amici venuti per il matrimonio. Laura sperava, per amore di Virginia, che la festa non fosse stata troppo turbolenta. Niente al mondo poteva essere più disgustoso di uno sposo reduce da una sbornia.

«Chissà cosa ha in mente di fare.»

«Non ne ho idea» rispose Roger e si avvicinò per baciarla. «Che ne diresti di fare colazione?»

«Fare colazione?»

«Vuoi averla in camera? Non hai che da chiamare il servizio ai piani.»

Lei doveva avere un'aria terribilmente infelice, perché lui sorrise, ricordando quanto sua moglie aveva orrore di domandare a qualcuno di fare alcunché per lei; andò lui al telefono e le ordinò la colazione senza domandarle cosa desiderava perché, dopo ventisette anni di vita coniugale, lo sapeva perfettamente. Succo d'arancia, un uovo alla coque, caffè. Quando depose il ricevitore, lei gli sorrise riconoscente e lui sedette sulla sponda del letto e ricambiò il sorriso. E Laura ebbe in quel momento la sensazione che quella memorabile giornata era cominciata bene.

Mentre consumava la colazione, appoggiata al cuscino di Roger oltre che al suo, le sue due figliole le piombarono in camera, chiacchierando vorticosamente come il solito, per sentire come intendeva passare la mattina.

Entrambe avevano lunghi capelli castano scuro e belle facce pulite, prive di trucco, all'infuori di un fuligginoso accenno di ombretto e di mascara. Indossavano la loro solita bizzarra tenuta: jeans e scarpe da ginnastica, camicette con maniche lunghe e pullover senza maniche e portavano borse a sacca. Laura trovò che erano entrambe bellissime.

Sedettero ai piedi del letto e si misero a mangiare pezzetti di pane tostato dal vassoio della colazione, spalmandoli di burro e di marmellata e masticandoli come se non avessero visto cibo da una settimana.

«È stata una festa straordinaria, ieri sera...»

«Pensavo che si trattasse di una festa di scapoli.»

«... Be', naturalmente è cominciata così, ma il posto è così piccolo che alla fine ci siamo tutti incontrati e abbiamo festeggiato insieme. Straordinario, quell'amico di Tom... come si chiama? Mike o qualcosa di simile...»

«Davvero, suona la chitarra che è un sogno. Canzoni splendide e famosissime. Tutti si sono messi a cantare, perfino personaggi dall'aria importante.»

«Tom è tornato a casa con voi?»

«No, ma non ha fatto molto tardi. Lo abbiamo sentito rientrare. Non avere paura, mamma. Pensavi che sarebbe finito a morire ubriaco in qualche fosso scozzese? Senti, c'è ancora del caffè nella caffettiera?»

Laura spinse il vassoio verso di loro, lasciandosi cadere sui cuscini, ascoltandole chiacchierare. Perché dovevano diventare adulte, avere un lavoro, andare a stare a Londra lasciando la loro casa per sempre?

A metà di una frase Rose gettò d'improvviso un'occhiata all'orologio. «Accidenti, guarda com'è tardi! Dobbiamo andare.»

«Dove andate?»

«Giù in paese c'è un salone di bellezza, che tu ci creda o no. Lo abbiamo scoperto ieri sera. Ci andiamo, così oggi pomeriggio sbalordiremo tutti gli amici eleganti di Virginia e nostro fratello non dovrà vergognarsi di noi. Perché non vieni anche tu? Possiamo telefonare e fissarti un appuntamento.»

Laura aveva i capelli corti e piuttosto ricci. Li faceva tagliare una volta al mese e poi se li curava da sé. Il pensiero di consumare la mattinata fra bigodini, spazzole e lacca, proprio oggi, un giorno così speciale, le parve più di quanto potesse sopportare. «Non credo di averne voglia.»

«I tuoi capelli sono sempre perfetti comunque. Sono contenta di non avere i capelli ricci, ma bisogna dire che quando una donna è un po' avanti negli anni, non c'è niente di più elegante.»

Laura scoppiò a ridere. «Ti ringrazio di cuore.»

«Ma questo voleva essere uno straordinario complimento. Su, andiamo, è tardi.»

Raccolsero le loro borse e scesero dal letto, sottili e piene di grazia con quelle loro lunghe gambe. Mentre si avviavano alla porta, la madre disse: «Tornerete in tempo per cambiarvi con calma, vero? Oggi davvero non possiamo permetterci di essere in ritardo».

Le due ragazze sorrisero. «Ci saremo» promisero. Rose sarebbe comparsa in pantaloni e Becky invece in un lungo abito di cotone color prugna, stile vestito della nonna, guarnito di pizzo all'uncinetto ai polsi e al collo. A completare questa mise, aveva scelto un enorme cappello di paglia naturale che sembrava sul punto di disfarsi all'orlo, almeno così lo vedeva Laura. Ma facendo una discreta inchiesta fra amici e parenti, si era sentita dire che proprio quello era il suo fascino.

Quando le figlie se ne furono andate, Laura rimase ancora per un momento al suo posto, cercando di decidere qual era la prima cosa che avrebbe dovuto fare. Pensò a Virginia, che si svegliava nella casa dei suoi genitori a poco più di tre chilometri di distanza. Si chiese se anche lei aveva fatto colazione a letto; se si sentiva nervosa. Ma no, nessuno poteva immaginare Virginia nervosa per una qualsiasi ragione. Probabilmente era lei ora intenta a calmare il resto della sua famiglia, occupandosi con serenità di tutti i particolari dell'ultimo momento.

E Laura tentò di ricordare la mattina del suo matrimonio, ma era passato troppo tempo e scoprì che riusciva a ricordare molto poco di quel giorno, a parte il fatto che l'abito da sposa all'ultimo minuto era risultato leggermente troppo largo e sua zia Mary, sempre presente nei momenti di crisi, si era messa in ginocchio davanti a lei con ago e filo e aveva sistemato il giro di vita.

Alzarsi, fare il bagno e vestirsi richiese, per chissà quale ragione, molto più tempo di quanto ne occorreva a casa. Cercando di capirne il perché, Laura scoprì che stava rimandando il momento di scendere. In realtà, provava un senso vago di timore al pensiero di incontrare zia Lucy e zio George e la madrina di Tom con suo marito e i cugini Richard che, del tutto inaspettatamente, erano venuti fin quassù dal profondo del Somerset per essere presenti al matrimonio di Tom. Non che lei non fosse molto affezionata a tutti quei parenti, ma ora sentiva il bisogno di restare sola. Voleva andarsene fuori in quella bella mattina così miracolosamente fresca e camminare, riordinare le idee, non parlare con nessuno.

Infilò un cappotto di tweed, si legò un foulard intorno alla testa e, con cautela, uscì dalla sua camera e scese le scale fino al vestibolo. Piena di gratitudine si rese conto che non c'era nessuno intorno e si diresse verso la porta d'ingresso, ma passando davanti alla vetrata che dava nella sala da pranzo si arrestò perché lì sedeva in solitudine suo figlio, intento a consumare in ritardo una vistosa colazione mentre leggeva il giornale.

E di colpo, come se avesse sentito su di sé gli occhi di sua madre, il ragazzo alzò gli occhi, la vide e sorrise. Lei varcò la soglia, attraversò la stanza e gli fu accanto, lanciandogli uno sguardo ansioso, cercando occhi arrossati, viso pallido; ma il suo figlio maggiore, con suo immenso sollievo, pareva godere ottima salute.

Avvicinò una sedia per lei e Laura sedette.

«Come è andata la festa?»

«Magnificamente.»

«Le ragazze mi hanno detto che vi siete incontrati tutti...»

«Sì, alla fine è stata una festa a ingresso libero; per quanto ho potuto vedere c'era anche metà della gente del posto.» Ripiegò il giornale. «Si direbbe che hai intenzione di fare una passeggiata.»

«Sì, volevo uscire per camminare un po'.»

«Vengo con te» disse Tom.

«Ma...»

«Ma che cosa? Non mi vuoi?»

«Certo che ti voglio. È solo che credevo tu avessi un milione di altre cose da fare.»

«Per esempio?»

«Non riesco a immaginarlo, ma sono sicura che ci deve essere qualcosa.»

«Neanch'io riesco a immaginarlo.» Si alzò. «Vieni ora, andiamo.»

Indossava un cardigan pesante e non pareva sentire il bisogno di infilarsi una giacca. Con molta calma uscirono dalla sala da pranzo e dall'ingresso principale. Il vento era tagliente, ma il terreno del campo di golf era di un verde vellutato, grazie all'acquazzone della notte e tutte le bandierine nei prati sbattevano al vento, dritte e vivaci.

«Non è strano» disse Tom mentre si avviavano di buon passo in direzione del vialetto che tagliava i prati del campo per portare alla spiaggia «che la ragazza che sposerò venga proprio da questa parte del mondo e che tutti siamo tornati in questo albergo? Ti ricordi di quelle vacanze?»

«Non le dimenticherò mai. Ricorderò sempre quella pioggia.»

«Io non ricordo la pioggia. Ricordo invece come tentavo di imparare da solo a giocare a golf.» Si arrestò e si mise in posizione come per vibrare un colpo con una mazza immaginaria. «Bel colpo. Una buca con un colpo solo.»

«Pensavo che tu volessi giocare con tuo padre questa mattina.»

«Me lo ha chiesto, ma non so perché non mi pareva la cosa giusta da fare la mattina del proprio matrimonio. Comunque, se lo avessi fatto avrei perduto l'occasione di questa bella passeggiatina con te.»

Abbassò la testa verso di lei, sorridendo. Era biondo come sua madre, i capelli leggermente ricci che aveva ereditato da lei gli aderivano folti e lucenti alla testa. Per il resto assomigliava piuttosto a suo padre, a parte il fatto che, secondo la sconcertante moda dei ragazzi moderni, era cresciuto di almeno dieci centimetri più di Roger e si era irrobustito in proporzione.

Laura rammentava il bambino forte e vivace che voleva a ogni costo misurarsi con le difficoltà del golf, con la stessa cocciutaggine con cui si era sempre gettato a testa bassa in ogni problema, non sempre con felici risultati. Ma non si era mai scoraggiato e alla fine era riuscito a domare il suo carattere impetuoso; e così il bambinetto irascibile era diventato questo giovanotto amabile e intelligente che da ultimo si era fidanzato e oggi si sarebbe sposato con Virginia.

Virginia era la donna adatta per Tom, pensava talvolta Laura: intelligente, capace, allegra e per di più molto graziosa. Se fossero stati meno innamorati, avrebbe potuto avere qualche riserva al pensiero di due caratteri così forti che decidevano di trascorrere insieme il resto della vita. La vecchia nonna di Laura, una donna molto saggia, aveva detto una volta: «In una famiglia non c'è spazio per più di un temperamento nato per comandare». Ma forse se due caratteri forti si amavano abbastanza da capire quando uno dei due doveva farsi in disparte, forse tutto sarebbe andato bene. Gettò un'occhiata a Tom che le camminava accanto e lui colse quello sguardo ansioso e le sorrise, rassicurante. Sì, pensò, sarebbe andato tutto bene.

Il sentiero portava oltre le dune e giù fino alla sabbia che dapprima era soffice e asciutta, ma più avanti si faceva più consistente, là dove era stata lavata dall'alta marea. Sul bagnasciuga, delle alghe e i relitti di navi passate lontano. Una bottiglia azzurra di detergente, una cassa sventrata. Una vecchia imbarcazione.

«Ti ricordi» disse Tom, «quando mi leggevi *L'anello di acque lucenti* dopo che avevo fatto l'operazione al ginocchio e come ci piaceva l'idea che Gavin Maxwell si fosse fatto tutti i mobili di casa con le vecchie casse di aringhe sospinte a riva dal mare?» Si chinò a raccogliere un'assicella rotta dalla quale sporgeva un chiodo. «Forse dovrei fare come lui. Pensa a quanto denaro si potrebbe risparmiare su un appartamento di tre locali. Questa a cosa potrebbe servire?»

Laura ci pensò un momento. «Forse ne potresti fare la gamba di un elegante tavolino» suggerì.

«Ottima idea.» Tom si piegò all'indietro e con slancio buttò il pezzo di legno lontano, in mare aperto. Continuarono a camminare.

L'anello di acque lucenti era stato soltanto uno dei molti libri che aveva letto ad alta voce a Tom durante le lunghe, noiose settimane dopo l'operazione. Si era fatto male al ginocchio giocando al calcio, un legamento si era rotto e si era formato un coagulo di sangue, ma l'intervento era stato delicato come la rimozione di una cartilagine e lui aveva dovuto restare supino per ben sei settimane, mentre sua madre giocava con lui, leggeva per lui o lo aiutava a fare le parole crociate e gli stava accanto a guardare la televisione, tutto perché non si annoiasse troppo. Entrambi erano tormentati dalla segreta paura che Tom non potesse mai più giocare al pallone e per Laura era stato un periodo particolarmente ansioso e tuttavia, ripensandoci ora, ricordava quei giorni soltanto con gioia e con gratitudine. La gioia di avere suo figlio tutto per sé, riscoprendo con lui tutti i libri che lei stessa aveva amato da bambina e gratitudine per il tempo che le veniva così concesso, come un dono inatteso, di conoscere veramente suo figlio, scoprire la persona ch'egli era.

Anche Tom era tornato con la memoria a quei giorni ormai lontani, perché d'un tratto disse: «Leggevi tanto bene. C'è gente che non lo sa assolutamente fare. Tu invece usavi intonazioni diverse per i diversi personaggi. E questo faceva apparire tutto così vero».

«Oh, Tom, era quasi la sola cosa che potessi fare.»

«Che cosa intendi dire?»

«Be', sono sempre stata tanto maldestra quando si trattava di qualche esercizio fisico. Non sapevo tirare una palla. Non sono mai stata capace di giocare a tennis e sugli sci ero un disastro... E quando venivo a vedere una partita di calcio della scuola, dovevano spiegarmi tutto e non riuscii mai a cogliere il senso del gioco.»

«La cosa straordinaria è che tu però venivi ad assistere alla partita.»

«Sì, ma mi sentivo sempre così incapace. E tutte le volte che tentavo di progettare qualcosa di veramente divertente, tutto andava storto. Voglio dire, le vacanze che passammo qui, per esempio, avrebbero dovuto essere una serie di bagni e picnic e castelli di sabbia e tutto quello che facemmo fu giocare a carte sotto il portico e aspettare che smettesse di piovere.»

«Quelle vacanze mi erano piaciute.»

«E la volta che portai voi tre con la famiglia Richard in Norvegia a sciare. Terribile. Fummo colti dalla tormenta prima ancora di arrivare all'aeroporto e perdemmo l'aereo e tuo padre dovette mandarci un vaglia telegrafico per poter passare la notte in un albergo e aspettare il volo del giorno seguente.»

«Quella è stata un'avventura. E non era colpa tua.»

«E ricordo quando vi portai alle Ebridi ed era aprile e il battello incappò nella tempesta peggiore di tutto l'inverno e finimmo ad approdare a Tiree in mezzo a una mandria di bestiame affamato. Le cose più terribili accadevano sempre quando papà non era con noi. Se c'era lui tutto andava sempre alla perfezione. Niente tormente di neve, niente naufragi e c'era sempre il sole.»

«Ho l'impressione che ti sottovaluti» disse Tom.

Ora erano soli sulla spiaggia, lontani da tutti, in un mondo di aria frusciante, di erba piegata dal vento e sabbia che si sollevava. Arrivarono a un argine e Tom disse: «Sediamoci un momento» e sedettero al riparo dal vento, sotto il sole. D'un tratto faceva quasi caldo. Il calore del sole penetrava attraverso il cappotto di Laura, le scaldava le ginocchia. Era bello stare lì così, loro due soli, al riparo del frangiflutti, in compagnia del vento e dei gabbiani.

Dopo un momento Tom disse: «Non avrai davvero pensato che io desiderassi una madre giocatrice di hockey, vero?».

I pensieri di Laura erano già lontani da quella conversazione e fu sorpresa che Tom volesse continuare l'argomento.

«No, non hockey... ma qualcosa, forse. Pensa a quello che potrai avere con Virginia. Potete fare tante cose insieme. Voi nuotate e giocate a tennis e forse un giorno lei riuscirà a batterti al golf. Questo rende la vita tanto più... non so... completa, immagino. Rinsalda l'amicizia, e nel matrimonio questo è importante quasi quanto l'amore.»

«Tu non hai mai fatto dello sport con papà eppure non mi pare che sia andata tanto male.»

«No. Ma noi abbiamo cresciuto insieme una famiglia; forse questo era sufficiente.»

«Solo se sei soddisfatta dei risultati.»

«Non sarai per caso in cerca di complimenti, vero?»

«No, sto semplicemente tentando di fartene uno.»

«Non capisco.»

«Soltanto che i risultati non saranno così straordinari, ma l'opera che tu hai svolto lo è stata.»

«Continuo a non capire.»

«Tu ci hai sempre trattato come persone. Non lo capii veramente fino a quando andai a scuola e mi resi conto che non tutti erano fortunati come me. E tu non hai mai riso di noi.»

«Era così importante?»

«Più importante di qualunque altra cosa. Ci è stato concesso di conservare la nostra dignità.»

Laura aggrottò la fronte, decisa a tenere a bada ogni sentimentalismo. «È una cosa strana, quando si diventa vecchi. Passi la vita a cercare di fare le cose giuste e pensi che debba durare per sempre e all'improvviso tutto è finito. Tu hai venticinque anni e oggi ti sposi e le ragazze vivono a Londra e le vedo appena...»

«Ma ogni tanto tornano a casa. E quando tornano, subito voi tre cominciate a pettegolare e ridacchiare come avete sempre fatto.»

«Probabilmente dovrei cercare di essere più distaccata.»

«Non cercare di essere niente. Continua soltanto a essere quello che sei e finirai con l'essere la nonna più simpatica che un bebè abbia mai avuto.»

Lei cominciò a ridere a quel pensiero, poi rialzò la manica del cappotto per guardare l'orologio. «Sai, non dovremmo bighellonare troppo. Comincia a farsi tardi.»

Si alzarono e passarono oltre il frangiflutti e si avviarono per tornare all'albergo piuttosto distante. Tom trovò per lei un paio di minuscole conchiglie gialle ancora unite, così che parevano una farfalla e Laura per sicurezza se le nascose in un guanto e pensò che quando fosse ritornata a casa, le avrebbe riposte insieme agli altri suoi piccoli ricordi.

Camminando contro vento non restava abbastanza fiato per conversare e così proseguirono in silenzio, ciascuno immerso nei propri pensieri. Quando attraversarono i prati, videro Roger che scendeva lungo il sentiero, verso di loro. E all'improvviso Laura fu colta da un attimo di vera emozione. Tutti loro si stavano dirigendo verso l'albergo per andare a cambiarsi, mettersi i loro abiti migliori per andare poi in automobile fino alla chiesetta dove Tom e Virginia si sarebbero sposati. Il giorno che tutti loro avevano tanto atteso era finalmente arrivato e sebbene amasse tanto suo figlio e sapesse che stava per perderlo, non riusciva a provare alcun rimpianto. Lui stava semplicemente facendo un passo avanti nella vita, come loro lo avevano sempre incoraggiato a fare e si sentì colma della più profonda gratitudine per il modo in cui erano andate le cose.

Alla fine arrivarono al portico dell'albergo, grati di sottrarsi al vento avverso. Si guardarono, circondati dagli ombrelloni chiusi e dalle poltrone ripiegate. Laura disse: «È stata una bellissima passeggiata. La più bella. Grazie per essere venuto».

«Grazie, mamma.»

«Io... voglio salutarti ora, Tom. Detesto di farlo in mezzo alla gente. E, tesoro» gli prese la mano, «sei stato così bravo a trovare Virginia. È esattamente la donna giusta per te e sarete molto felici insieme.»

Lui rispose: «Sì, lo so. E so anche il motivo. È perché, in fondo, lei ti assomiglia».

«A me?» La sola idea le pareva ridicola. Non c'erano due donne al mondo più diverse. «Virginia mi somiglia?»

«Sì. Vedi, sotto la vivacità e l'intelligenza e la bellezza, lei è dolce e saggia.»

Sentire il suo Tom così concreto uscire con quelle parole le fece salire improvvisamente un nodo alla gola. Non si sarebbe per caso messa a piangere? Per un terribile istante si sentì pungere gli occhi e le lacrime salire, dovette lottare per respingerle e poi la piccola crisi fu superata. Riuscì a sorridere e si protese a baciarlo. «Questa è stata una cosa molto bella da dirmi, Tom. Addio.»

«Addio, mammy.»

Il nome con cui l'aveva chiamata da bambino gli venne spontaneo, sebbene non lo avesse pronunciato da anni. Lei lasciò andare la sua mano e si avviò prima di lui verso la porta, verso l'interno ovattato dell'albergo.

Dolce e saggia. Quelle parole antiquate la colmarono di calore. Dolce e saggia. Forse non aveva poi fatto tanto male la sua parte, dopotutto.

Si avviò verso le scale e salì i gradini a due a due, per andare a cambiarsi per il matrimonio di Tom.

Pattini

Jenny Peters, dieci anni, aprì la porta del negozio di ferramenta del signor Sims ed entrò. Erano le quattro e mezzo del pomeriggio, era già buio e faceva un gran freddo, ma il negozio del signor Sims era accogliente con il suo riscaldamento a kerosene ed era tutto addobbato per il Natale. Aveva messo sul banco un gran cartello, REGALI UTILI E GRADITI PER LE PROSSIME FESTIVITÀ, e per dimostrarlo aveva legato con un grande fiocco rosso sgargiante il manico di un enorme martello a presa.

«Salve, Jenny.»

«Buongiorno, signor Sims.»

«Che cosa posso fare per te?»

Lei gli spiegò ciò che le serviva, non del tutto sicura che lui sarebbe stato in grado di aiutarla. «... devono essere lampadine molto piccole, come quelle che sono all'interno del frigorifero. E poi delle mollette. Mollette a graffe, per poterle fissare sull'orlo di una scatola...»

Il signor Sims considerò attentamente il problema, guardando Jenny al di sopra degli occhiali. «Hai bisogno di una batteria?» domandò.

«No. Ho una prolunga con una spina che arriva fino alla presa sulla parete.»

«Mi dà tutta l'aria che tu ti voglia fulminare.»

«No, non c'è pericolo.»

«Aspetta un momento...»

Scomparve. Jenny tirò fuori il borsellino dalla tasca del cappotto e contò le ultime banconote e la moneta che aveva ancora da spendere per Natale. Sperava che il denaro bastasse... E se non bastava, forse il signor Sims le avrebbe fatto credito fino alla mancia della settimana seguente.

Dopo un po' lui ritornò portando esattamente quello che lei voleva. Aprì le scatole e mise insieme i vari pezzi. C'era una piccola spina di raccordo con parecchi metri di filo. Le mollette avrebbero retto anche lampadine più grandi, ma questo non aveva molta importanza.

«Perfetto, signor Sims. La ringrazio molto. E quanto verrà a costare tutto quanto?»

Lui sorrise, allungando la mano a prendere un sacchetto di carta pesante in cui mise tutto. «Pronta cassa, ti faccio il dieci per cento di sconto. Questo fa, vediamo un po'...» Fece la somma con un mozzicone di matita su un angolo del sacchetto. «Una sterlina e ottantacinque pence.»

Sollievo. Ne aveva abbastanza. Gli tese due biglietti da una sterlina e con solennità le venne dato il resto. Ma il signor Sims non riuscì a trattenere la sua curiosità. «A cosa deve servire tutto questo?»

«È il regalo di Natale per Natasha. È un segreto.»

«Allora non dire di più. Passate il Natale a casa?»

«Sì. È venuta la nonna. Papà è andato a prenderla alla stazione ieri sera.»

«Mi fa piacere.» Le porse il sacchetto. «Sei troppo occupata per andare a pattinare, eh?»

«Sì» rispose Jenny. E poi, per amore di verità aggiunse: «Io non so pattinare».

«Scommetto che non hai mai provato.»

«Sì, ho provato. Mi sono fatta prestare un vecchio paio di stivaletti da Natasha. Ma erano troppo grandi per me e continuavo a cadere.»

«Bisogna solo capire il trucco» disse il signor Sims. «Come andare in bicicletta.»

«Sì» rispose Jenny. «Dev'essere proprio così.» Prese il grosso pacchetto. «Grazie tante, signor Sims, e buon Natale.»

Fuori il freddo la colpì come qualcosa di solido. Un po' come entrare in un congelatore. Ma non era buio, perché le strade erano illuminate e i riflettori che Tommy Bright, il proprietario del Bramley Arms, aveva collocati sul piazzale davanti al suo pub gettavano fasci di luce, come riflettori da palcoscenico, sul campo di pattinaggio in cui si era trasformato il prato del giardino pubblico con l'arrivo del gelo, dopo le prime nevicate. E Tommy veniva ricompensato per questo servizio gratuito con un locale pieno tutte le sere e il continuo tintinnio del registratore di cassa.

Il paese era adagiato in una conca in mezzo alla campagna, chiusa a sud da una catena di colline. Case, chiesa, negozi e pub erano raggruppati intorno al prato pubblico e a un fiumiciattolo, poco più di un ruscello, che vi scorreva nel mezzo. Era stato questo corso d'acqua a dilagare, inondando le rive. Per quasi tutto il mese di novembre era piovuto e ai primi di dicembre era venuta la prima neve. I vecchi dicevano di non aver mai visto un tempo simile. Il fiume aveva continuato a crescere, invadendo tutto il prato. Quando poi la temperatura si era abbassata all'improvviso, il gelo notturno era stato tremendo e tutta la superficie dell'acqua si era ghiacciata, formando una lastra dura come acciaio.

Una pista da pattinaggio. Il ghiaccio aveva tenuto per una settimana, ora si era giunti alla vigilia di Natale e, se si doveva dar credito alle previsioni, pareva proprio che dovesse continuare a tenere.

Ferma davanti al negozio del signor Sims, Jenny restò a guardare quella scena da carnevale. I pattinatori, le slitte, le maldestre partite di hockey. Strilli e grida di piacere; intere famiglie si erano riversate a partecipare al divertimento generale, spingendo bambinetti sugli slittini o pattinando mano nella mano.

Jenny cercò con gli occhi sua sorella e la vide quasi subito, perché Natasha spiccava fra tutti nella sua tuta da ginnastica di un bel rosa brillante. Natasha pattinava come faceva ogni cosa, con grazia e consumata abilità. Era alta e sottile, con i capelli biondi e gambe interminabili e affrontava ogni attività fisica con la stessa disinvoltura. Era capitano nella squadra di tennis della scuola e anche in quella di ginnastica. La sua grande passione era il balletto. Andava a scuola di ballo da quando aveva cinque anni e aveva già vinto un gran numero di premi e di medaglie. La sua grande, unica ambizione era diventare ballerina.

Jenny, minore di età e più piccola di statura e per di più con una figuretta molto meno elegante, arrancava nella scia della sorella tanto più dotata. Andava anche lei a scuola di ballo, ma non era mai arrivata oltre le vecchie polke mitteleuropee. Il guaio era che aveva sempre una grande difficoltà a ricordare qual era il piede destro e qual era il sinistro. A lezione di ginnastica le cose non andavano molto meglio e quando era la volta dell'esercizio al cavallo, finiva quasi sempre per ricadere dalla stessa parte da cui era saltata.

Andare a lezione di ballo non le piaceva, ma accettava di farlo perché era praticamente quasi la sola cosa che potesse fare insieme alla sorella. Talvolta sognava di poter dedicare le sue energie a qualcosa di completamente diverso. Come, per esempio, imparare a suonare il pianoforte. A casa c'era un piano in sala da pranzo e sapere che era lì, pieno di tutte le musiche che lei era incapace di trarne, era una frustrazione, un continuo sentirsi messa di fronte alla sua inadeguatezza. Ma le lezioni di pianoforte erano molto costose. Molto più delle lezioni di ballo che si prendevano in comune e lei era troppo timida per chiederlo ai suoi genitori. Chissà, forse per il suo compleanno avrebbe potuto domandare in regalo delle lezioni di pianoforte. Ma il suo compleanno veniva soltanto la prossima estate. Era tutto tremendamente difficile.

«Jenny!» Era Natasha, che le passava davanti volando, tenendo per mano un'altra ragazzina. «Vieni, dunque. Prova ancora una volta.»

Jenny fece un cenno di saluto con la mano, ma loro erano già lontane, fluttuando leggere dalla parte opposta della pista. A vederle pareva così facile, invece aveva dovuto scoprire che era la cosa più difficile del mondo. Aveva provato, infilandosi gli stivaletti smessi di Natasha. Ma ogni passo era una vera agonia e le gambe se n'erano andate in tutte le direzioni; alla fine era caduta malamente e si era fatta male. Ma farsi male non era stato altrettanto doloroso come doversi accorgere che, una volta di più, aveva fatto una brutta figura.

Sospirò e si voltò per tornare a casa. Era bello camminare così con quell'atmosfera natalizia nell'aria e le finestre delle case tutte illuminate dalle luci degli alberi che si riflettevano nei giardini gelati. Anche a casa sua c'era l'albero di Natale, in sala da pranzo, nel vano della finestra, ma le tende del salotto erano tirate. Quando fu in casa, aprì la porta del salotto e mise dentro la testa. Mamma, papà e la nonna stavano prendendo il tè accanto al caminetto e la nonna lavorava a maglia. Tutti alzarono gli occhi e sorrisero.

«Vuoi una tazza di tè, tesoro? O preferisci che ti faccia una bella cioccolata calda?»

«No, grazie. Salgo in camera mia.»

Di sopra accese la luce e tirò le tende. La camera non era molto grande, ma era tutta per lei. Buona parte della stanza era occupata dal suo tavolo da lavoro, dove faceva i compiti di scuola o i suoi disegni e dove metteva la sua piccola macchina da cucire quando le veniva voglia di cucire qualcosa. Ora però il tavolo era ricoperto di tutti i pezzi e pezzettini di cui aveva bisogno per costruire il regalo per Natasha. Barattoli di colore e tubetti di colla, fiocchi di cotone e pezzetti di nastro. Il regalo era coperto da un telo. Era stato nascosto per tutto il tempo da quando aveva cominciato a lavorarci e Jenny aveva abbastanza rispetto per sua madre per sapere che in nessun caso lei si sarebbe permessa di dare anche solo un'occhiata sotto il telo.

Ora lo tolse e rimase a fissare la sua opera, cercando di vederla con gli occhi critici di Natasha.

Era un palcoscenico in miniatura ideato per un balletto. L'idea le era venuta da una cassetta di legno da vino vuota e suo padre l'aveva aiutata ad adattarla, lasciando tre lati e un piano di fondo. Due dei tre lati li aveva dipinti di verde, il fondale invece era coperto da una riproduzione di un quadro antico, che aveva trovato da un rigattiere e che, ritagliando un po' i contorni, era di misura esatta. Una scena pastorale di pieno inverno, di colori brillanti, con intorno animali da fattoria e un uomo vestito di rosso che spingeva una slitta carica di legna.

Il pavimento lo aveva pennellato di colla e poi ricoperto di segatura e nel mezzo aveva collocato uno specchietto rotondo preso da una vecchia borsetta, per farne un laghetto gelato.

C'erano anche degli alberi, rametti di sempreverde fissati con vecchi rocchetti di cotone, e scintillavano come per la brina, perché li aveva cosparsi dei luccicanti fili d'argento che si usano per l'albero di Natale. Per i ballerini aveva costruito minuscoli omini di legno e bambagia e li aveva rivestiti di ritagli di nastro e pezzetti di reticella bianca. Fare i ballerini era stato un lavoro lunghissimo, perché erano minuscoli e complicati, con le piccolissime faccette dipinte e i capelli infiocchettati.

Ma ora il lavoro era fatto. Finito. C'erano soltanto da fissare le luci. Jenny aprì il sacchetto e con ogni cura ricompose tutti i pezzi che il signor Sims le aveva gentilmente fornito. Ci volle parecchio tempo e fu necessario correre dabbasso a cercare un cacciavite. Quando tutto fu a posto, fissò le lampadine con le loro graffe ai due lati del teatrino e poi inserì la spina all'estremità del lungo cavo nella presa della sua lampada da notte. Premette l'interruttore e le piccole lampadine si accesero, ma l'illuminazione non era molto intensa, così spense la luce principale della stanza per vedere l'effetto finale.

Meglio di quanto si fosse mai aspettata. Perfetto. Così ben fatto che si poteva veramente immaginare di vedere le minuscole figurine spiccare il volo nella danza sotto i riflettori e piroettare dei *fouettés* attraverso il pavimento di segatura.

Dopo un po' mise in disparte tutto quanto, coprì il teatrino con il telo, ricompose l'espressione del suo viso e scese dabbasso.

«Tutto bene, tesoro?» domandò la mamma.

«Sì, tutto bene» rispose Jenny e con la massima disinvoltura andò a tagliarsi una fetta di dolce.

La cosa più bella del Natale era che tutto si ripeteva sempre allo stesso modo. La sera della vigilia si intonavano i canti natalizi, accompagnati dalla nonna al pianoforte e poi si andava a letto e si appendeva la calza, pensando che non si sarebbe mai riusciti a prendere sonno. E poi, quando si smetteva di pensarci, ci si ritrovava di nuovo svegli e l'orologio segnava le sette e mezzo e la calza ai piedi del letto era gonfia.

Natale era il profumo dei mandarini appena sbucciati e del bacon e delle uova per colazione. Era incamminarsi a piedi verso la chiesa nell'aria gelida e cantare *Hark, the Herald Angels Sing*, che era il canto natalizio preferito di Jenny. E poi chiacchierare con la gente fuori dalla chiesa dopo il servizio religioso e correre a casa per vedere a che punto era il tacchino e accendere il fuoco in tutti i caminetti.

E poi, quando tutto era pronto, papà esclamava: «Pronti, pronti, via!» e quello era il momento in cui era permesso gettarsi sui regali ammucchiati sotto l'albero.

Il regalo per Natasha aveva creato un certo problema. Come si può confezionare un pacco con un teatrino? Alla fine Jenny aveva fatto una specie di copriteiera di carta colorata e l'aveva posata sopra il teatro e con ogni cura lo aveva portato dabbasso e messo sopra una credenza dove nessuno avrebbe potuto camminarci sopra.

Ma per un momento, nell'eccitazione dei doni che l'aspettavano, dimenticò il teatro. Trovò una lampada nuova per la sua bicicletta, un pullover di shetland nei toni del rosa e dell'azzurro, un paio di speciali scarpe nere che aveva terribilmente desiderato. Da Natasha ebbe un libro. Dalla sua madrina una tazza di porcellana con il suo nome scritto in oro. E dalla nonna... un grosso pacco quadrato, confezionato con carta a righe bianche e rosse. Seduta sul pavimento, circondata da una confusione di carte colorate, nastri e biglietti, Jenny sciolse il nastro. La carta cadde a terra rivelando una grossa scatola di cartone bianco. Altra carta velina. Pattini.

Bellissimi, nuovi, candidi stivaletti della sua misura, le lame di acciaio scintillante. Jenny rimase a contemplarli con un misto di beatitudine, perché erano così fantastici, e di apprensione al pensiero di ciò che con essi avrebbe dovuto fare.

«Oh, nonna.»

La nonna la stava guardando. Jenny saltò in piedi e andò ad abbracciarla. «Sono... sono meravigliosi.»

Gli occhi della nonna incontrarono i suoi. Quelli della nonna erano vecchi, ma molto vivaci. Non le sfuggiva nulla. Disse: «Non potevi pattinare con degli stivaletti non della tua misura. Li ho comperati ieri. Non volevo che ti perdessi tutto il divertimento».

«Andiamo a pattinare nel pomeriggio» annunciò con fermezza Natasha.

«Sì» rispose docilmente Jenny. E in quel momento si rammentò del teatro, l'unico regalo non ancora aperto. «Ma ora devi aprire il mio regalo.»

I grandi si misero a sedere incuriositi. In realtà morivano dalla voglia di vedere ciò che Jenny aveva costruito nel segreto della sua camera in quelle ultime settimane.

Accucciata sul pavimento, Jenny mise la spina in una presa. «Stai attenta, Natasha, devi sollevare la carta nell'istante in cui premo l'interruttore, altrimenti potrebbe prendere fuoco.»

«Cielo» esclamò la nonna sgomenta. «Non sarà un vulcano?»

«*Ora!*» esclamò Jenny e premette l'interruttore. Natasha tolse di scatto la copertura di carta ed eccolo. Con le luci che brillavano sullo scintillio dei fili d'argento, che si riflettevano nel laghetto di specchio, che illuminavano le gonnelline lucenti di nastro di seta delle ballerine.

Per un lungo momento vi fu un silenzio totale, gratificante. Poi Natasha mormorò: «Non ci posso credere» e tutti proruppero in esclamazioni.

«Oh, tesoro! Ma è la cosa più straordinaria... La più bella...»

«Mai visto nulla di più incantevole...»

«È per questo che volevi la cassa del vino?»

Tutti si alzarono, si accostarono per vedere da vicino, poi si scostarono per contemplare la scena più da lontano, con meraviglia e ammirazione. Nessun pubblico avrebbe potuto essere più prodigo di complimenti. In quanto a Natasha, per una volta pareva aver perso la parola. Alla fine si voltò verso la sorella, l'abbracciò stretta. «... Lo terrò... lo terrò per sempre.»

«Non è un vero balletto. Voglio dire non è *La Fille Mal Gardée* o qualcosa del genere.»

«Ma mi piace di più così. È il mio balletto invernale, proprio tutto mio. Lo trovo meraviglioso. Oh, grazie, Jenny, grazie.»

Alle quattro si concluse il pranzo natalizio e tutto fu rimesso in ordine. Finito per un altro anno. I genitori di Jenny erano ora in salotto con la nonna a bere il caffè, prima di andare a fare la passeggiatina pomeridiana, un po' di moto all'aria aperta. Natasha se n'era già andata, i pattini in mano.

«Su, Jenny, vieni, io sono pronta» l'aveva chiamata dalle scale.

«Vengo subito.»

«Cosa stai facendo?»

Jenny era seduta sul suo letto. «Faccio solo un po' di ordine.»

«Devo aspettarti?»

«No. Vengo fra un momento.»

«Promesso?»

«Sì. Promesso. Verrò.»

«Bene, allora. Ci vediamo. Ciao!»

La porta si chiuse rumorosamente e lei se n'era andata, correndo giù per il vialetto fino al cancello. Jenny si ritrovò sola. Le avevano regalato i pattini e lei desiderava che non lo avessero mai fatto, perché non sapeva pattinare. Non che non lo volesse, ma aveva paura. Non tanto di cadere e farsi male, ma di fare la figura della sciocca; di vedersi derisa dalla gente o di dover tornare a casa e ammettere il solito, completo fallimento.

"Voglio essere come Natasha" pensò. Ma sapeva bene che questo era impossibile, perché non sarebbe mai stata come Natasha. "Voglio volare sul ghiaccio e avere bei capelli biondi e lunghe gambe flessuose e vedere che tutti mi ammirano e desiderano pattinare con me."

Invece avrebbero detto *Povera Jenny*, mentre lei cadeva per l'ennesima volta. *Sfortuna. Prova ancora una volta.*

Avrebbe dato l'anima per poter restare dov'era in quel momento, potersi rannicchiare sul suo letto e mettersi a leggere il nuovo libro che Natasha le aveva regalato. Ma aveva promesso. Prese i pattini, uscì dalla camera e scese le scale, lentamente, un gradino alla volta, come se avesse appena imparato a camminare.

In salotto i grandi stavano chiacchierando. Udì la voce della nonna che arrivava chiarissima oltre la porta chiusa.

«...una bambina così piena di talento. Le ore che deve aver passato a costruire quel piccolo capolavoro. E la fantasia, lo spirito di inventiva che ci ha messo.»

«È sempre stata molto brava nei lavori manuali. È molto creativa.» Questo era papà. Stavano parlando di lei. «Forse avrebbe dovuto essere un maschio.»

«Oh, John, ti prego, come puoi dire una cosa simile!» La nonna pareva irritata da quelle parole. «Perché mai non dovrebbero possedere quel talento anche le femmine?»

«È strano...» Questa era la madre di Jenny, in tono pensieroso. «Due bambine e così diverse l'una dall'altra. Natasha che trova tutto facile e Jenny...» La voce si spense.

«Natasha trova tutto facile perché fa quello che le piace.» Questa era di nuovo la nonna e il tono era vivace, quasi brusco. «Jenny non è Natasha. Ha un temperamento completamente diverso. Trovo che dovreste rispettare questo aspetto della sua personalità e trattarla di conseguenza. Dopotutto non sono gemelle monovulari.

Perché, ad esempio, Jenny deve imparare a ballare, solo perché Natasha si vede come una ballerina in erba? Perché deve addirittura andare alla scuola di ballo? Trovo che dovreste piuttosto permetterle di sviluppare il suo talento in maniera più personale.»

«Cosa intendi dire con questo, mamma?»

«L'ascoltavo ieri sera mentre cantavamo le canzoni natalizie. Mi pare che abbia un'intonazione quasi perfetta. Penso che abbia un innato senso musicale. Non avete mai pensato di farle prendere lezioni di pianoforte?»

Ci fu una lunga pausa e poi il padre di Jenny disse: «No». Non lo disse in tono arrabbiato, ma piuttosto come se non ci avesse mai pensato e ora non sapesse spiegarsene il motivo.

«Con la danza Jenny non riuscirà mai a far altro che saltellare con un tamburello. Provate invece a farle studiare il pianoforte e vedere ciò che potrà fare.»

«Pensi davvero che sia così? Pensi che possa riuscire?»

«Una creatura così dotata può riuscire in qualunque cosa, se ci mette passione. Ha soltanto bisogno di fiducia in se stessa. Credo che se cambiate sistema quella bambina ci sorprenderà tutti.»

Le voci si spensero. Cadde un lungo silenzio. Da un momento all'altro la mamma si sarebbe alzata e avrebbe raccolto le tazze vuote sul vassoio. Per timore di essere sorpresa, Jenny scese in punta di piedi gli ultimi gradini e uscì dalla porta d'ingresso senza il minimo rumore. Giù per il vialetto, oltre il cancello, fuori in strada.

Lì si fermò.

Avete mai pensato di farle prendere lezioni di pianoforte? Provate a farle studiare il piano.

Non più lezioni di ballo. Lei sola, per conto suo, a fare musica.

Una creatura così dotata può riuscire in qualunque cosa, se ci mette passione.

Se la nonna davvero riteneva che lei fosse tanto brava, forse ci sarebbe riuscita. E pensare che si era data tanta pena e aveva speso tanti soldi per comperarle i pattini per Natale. Il meno che Jenny poteva fare era di tentare ancora una volta.

Il sole color arancione si stava immergendo oltre l'orlo delle colline. Attraverso il gelido silenzio del pomeriggio natalizio, Jenny poteva udire, lontane, le voci e le risa che venivano dal prato ghiacciato. Si incamminò.

Arrivata a destinazione, non si guardò intorno alla ricerca di Natasha. Sapeva ciò che doveva fare e voleva farlo da sola.

«Ciao, Jenny. Buon Natale.»

Era una compagna di scuola con uno slittino. Jenny se lo fece prestare come sedile, si tolse gli stivali di gomma e si infilò i bellissimi stivaletti candidi da pattinaggio. Allacciandoli ne sentì la morbidezza, le abbracciavano le caviglie come vecchi amici. Si alzò in piedi sull'erba gelata e fece un passo, un altro ancora. Non barcollò. Arrivò al ghiaccio. Rammentò le istruzioni di Natasha: «Metti i piedi in terza posizione e spingi». Un po' incerta, riuscì però a mantenersi in equilibrio. Ora. Terza posizione. Un respiro profondo per darsi coraggio. Poteva fare qualunque cosa se ci metteva passione. Spingi. Bene. Avanti. Ora l'altro piede...

Funzionava. Stava andando. Non cadeva, non agitava le braccia. Uno, due. Uno, due. Pattinava.

«Ce l'hai fatta! Ce l'hai fatta!» Natasha fu all'improvviso al suo fianco. «No, non guardare me, continua a concentrarti. Non devi cadere. Guarda, prendi la mia mano, andiamo insieme. Bene! Ben fatto! Ti sei ricordata di quello che ti avevo detto. È facile. Prima non riuscivi solo a causa di quegli stupidi stivaletti...»

Stavano pattinando insieme. Due sorelle, le mani intrecciate e le guance che bruciavano per l'aria gelida. Volavano sul ghiaccio. Era come avere le ali ai piedi. Il sole era tramontato ma a oriente saliva la falce di una giovane luna nuova.

«Il regalo che mi hai fatto è stato il più bello che ho ricevuto» stava dicendo Natasha. «E qual è stato il tuo regalo più bello?»

Ma Jenny non glielo poteva dire. In parte perché non aveva abbastanza fiato per parlare, in parte perché non era ancora riuscita a capirlo bene lei stessa. Sapeva soltanto che non era arrivato avvolto in bella carta colorata ed era qualcosa che sarebbe stata in grado di conservare per tutta la vita.

INDICE

OSCAR BESTSELLERS

Follet, Il codice Rebecca
Bao Lord, Luna di primavera
Goldoni L., Se torno a nascere
Freeman, Il vento della vita
Robbins H., Gli eredi
Bevilacqua, La califfa
Follett, L'uomo di Pietroburgo
Wallach, Domina
Ludlum, Il treno di Salonicco
Sheldon, Uno straniero allo specchio
Taylor Bradford, Una vera donna
Cruz Smith, Gorky Park
Krantz, La figlia di Mistral
García Márquez, Cronaca di una morte annunciata
Suyin, Fin che verrà il mattino
Robbins H., L'incantatore
Forsyth, Il giorno dello sciacallo
Fruttero e Lucentini, La donna della domenica
Follett, Triplo
Follett, La cruna dell'Ago
Sheldon, Il volto nudo
Robbins H., Goodbye, Janette
Freeman, Non è tempo di lacrime
Kaye, Padiglioni lontani
Robbins H., L'uomo che non sapeva amare
Tacconi, La verità perduta
Sheldon, L'altra faccia di mezzanotte
Goldoni L., Lei m'insegna
Fruttero e Lucentini, Il palio della contrade morte
Smith, Come il mare
Conran, Segreti
Smith, Sulla rotta degli squali
Follett, Sulle ali delle aquile
Kaye, Vento dell'Est
Krantz, Princess Daisy
Biagi, Mille camere
Wallace I., L'onnipotente
Guest, Gente senza storia
Forsyth, Il quarto protocollo

Goldoni L., Viaggio in provincia
De Crescenzo, Così parlò Bellavista
Forsyth, L'alternativa del diavolo
Robbins H., Ricordi di un altro giorno
Forsyth, Dossier Odessa
Smith, Gli eredi dell'Eden
Freeman, Ritratti
Robbins H., I mercanti di sogni
Lapierre - Collins, Il quinto cavaliere
Hailey, Aeroporto
Forsyth, I mastini della guerra
Salvalaggio, Villa Mimosa
McMurtry, Voglia di tenerezza
Van Slyke, Una donna necessaria
Freeman, Illusioni d'amore
Bevilacqua, Il curioso delle donne
Goldoni L., Colgo l'occasione
Ludlum, L'eredità Scarlatti
Steel, Due mondi due amori
West, La salamandra
Collins L., Fortitude
Agnelli S., Vestivamo alla marinara
Condon, L'onore dei Prizzi
Smith, Una vena d'odio
Biagi, Senza dire arrivederci
Fruttero e Lucentini, A che punto è la notte
Conran, Segreti II
Lapierre - Collins, "Parigi brucia?"
Mason, Il mondo di Suzie Wong
Puzo, Il padrino
Steel, Stagione di passione
Higgins, Il tocco del diavolo
Steel, Una perfetta sconosciuta
Clavell, La Nobil Casa
Sulitzer, Il Re verde
Van Slyke, I visitatori devono farsi annunciare
Steel, Un amore così raro
Lapierre - Collins, Gerusalemme! Gerusalemme!
Tacconi, Lo schiavo Hanis
Lipper, Wall Street
Puzo, Il Siciliano
De Crescenzo, Storia della filosofia greca. I presocratici
Gilmour, Attrazione fatale
Smith, Un'aquila nel cielo
Parma, Sotto il vestito niente
Le Carré, La spia che venne dal freddo
Smith, La spiaggia infuocata
Robbins H., L'immortale
Slaughter, Affinché nessuno muoia
Puzo, Mamma Lucia
De Crescenzo, Storia della filosofia greca. Da Socrate in poi

Zimmer Bradley, Le nebbie di Avalon
Higgins, La notte dell'aquila
Steel, Palomino
King, Incendiaria
Lapierre - Collins, Alle cinque della sera
Goldoni L., Esclusi i presenti
Webb, Il laureato
Hailey, Hotel
King, Christine la macchina infernale
Smith, Il potere della spada
Tam, Tè all'oppio
Hailey, Black-out
Chase-Riboud, La virginiana
Signoret, Addio Volodia
Nese, La Piovra
García Márquez, L'amore ai tempi del colera
Konsalik, Viaggio alla Terra del Fuoco
Biagi, Il sole malato
Bevilacqua, La donna delle meraviglie
Slaughter, Pericolo medico
West, Arcicorruttore
Smith, Quando vola il falco
Krantz, Conquisterò Manhattan
Conroy, Gli intoccabili
Fruttero e Lucentini, L'amante senza fissa dimora
Smith, Stirpe di uomini
Robbins H., La passione di Joe Crown
Smith, Gli angeli piangono
Tacconi, Salomè
Gardner, 007 vendetta privata
Follett, Un letto di leoni
Konsalik, Squali a bordo
Harris, Il delitto della terza luna
King, La zona morta
King, Cujo
Steel, Una volta nella vita
Casati Modignani, Saulina
Lapierre - Collins, Stanotte la libertà
Shaw Gardner, Batman
Maas, Caccia all'uomo
Gould, Peccati
Condon, La gloria dei Prizzi
Cato, Così scorre il fiume
Pilcher, I cercatori di conchiglie
Anonimo, Uomo di rispetto
Puzo, I folli muoiono
King, La lunga marcia
Manfredi, Lo scudo di Talos
Harris, Il silenzio degli innocenti
Chase-Riboud, La sultana bianca
Clavell, Tempesta (2 voll.)
Conran, Selvagge
Le Carré, La spia perfetta
Slaughter, Non c'è amore più grande
De Crescenzo, Oi dialogoi
Bevilacqua, Una città in amore

Follett, Lo scandalo Modigliani
Rutherfurd, Sarum
Robbins H., Betsy
Hailey, Ruote
James P.D., Un lavoro inadatto a una donna
Konsalik, La minaccia
L'Amour, La lunga fuga
Wood, Verde città nel sole
Collins Joan, Prima serata
Brown, Il mio piede sinistro
Forsyth, Nessuna conseguenza
Montalembert, Buio
Crown, Il magistrato
Slaughter, Mogli di medici
Follett, Alta finanza
Freeman, Le stagioni del cuore
Konsalik, Clinica privata
Mackey, Una grande passione
Altieri, Città oscura
Le Carré, La tamburina
Wolfe, Il falò delle vanità
De Carlo, Due di due
Freeman, Sempre e per sempre
García Márquez, Il generale nel suo labirinto
Collins L., Dedalo
Cruz, Los Alamos
Condon, Il candidato della Manciuria
Slaughter, Ospedale generale
Gordon, Pagamento finale
Bevilacqua, Una misteriosa felicità
Condon, L'imperatore d'America
Caldwell T., Vivido scorre il fiume
Pilcher, La tigre che dorme
Slaughter, Figlie di medico
Forsyth, Il negoziatore
Isaacs, Il nome di una donna
Filson, Sposa del Sensei
Bevilacqua, La Grande Giò
De Crescenzo, Vita di Luciano De Crescenzo scritta da lui medesimo
Turow, Presunto innocente
Segal, Un uomo, una donna, un bambino
Strieber - Kunekta, War Day
Manfredi V.M., Palladlon
Freeman, L'ultima principessa
Irvine, Fuga
Alberoni R.G., L'orto del paradiso
Krantz, Fino al prossimo incontro
Michele di Grecia, La donna sacra
Ellroy, Dalia nera
Caldwell, Essere uomo
Montalembert, L'estate perduta
Gage, Amore in terra

Clavell, Il Re
Condon, Morte di un politico
Slaughter, Codice cinque
Hirst, Passaggio a Shangai
Williams, Il canto di Acchiappacoda
West, Giullari di Dio
Higgins, Il giorno del giudizio
King, L'uomo in fuga
Neville, Il segreto del millennio
Slaughter, Epidemia
Pilcher, Sotto il segno dei gemelli
Marshall Thomas, La luna delle renne
Korda, Queenie
Medoff, Figli di un dio minore
Sherlock, La strada d'oro
Puzo, Il quarto K
Cruz Smith, Stella polare
Slaughter, La nave della pestilenza
De Cars, Una bellezza insolente
Higgins, Avviso di tempesta
Lawrence R., Satisfaction
Bevilacqua, Il viaggio misterioso
Pilcher, La casa vuota
Spillane, L'uomo che uccide
Hirst, Inchiostro di china
Gordon, Compagnia di donne
Bullard, Non solo per dimenticare
McBain, Un'ombra sulla spiaggia
James P.D., La torre nera
Shelby, A un passo dal Paradiso
Tacconi, La signora di Atlantide
Le Carré, La casa Russia
Ellroy, Il grande nulla
Chandler - Parker, Poodle Springs
Isaacs, Posizioni compromettenti
Campbell, La bambola che divorò sua madre
Asimov, Nemesis
James P.D., Una notte di luna per l'ispettore Dalgliesh
Manfredi V.M., L'oracolo
Styron, La scelta di Sophie
James P.D., Presagi
Elegant, Il mandarino
Sulitzer, Cash
Slaughter, Donne in bianco
Sulitzer, Fortuna
Francis, Cielo di notte
Bevilacqua, La festa parmigiana
Spencer, Amore senza fine
Sulitzer, Money
Korda, Fortune terrene
Coscarelli, Fortunate e famose
Hailey, Medicina violenta
Bosse, Giada. Il signore della guerra

Bass, Smeraldo

Michele di Grecia, Sultana

Isaacs, Quasi un paradiso

Lehmann, Tempo d'amore

Korda, La fortuna dei Bannerman

Des Cars, L'incantatrice

Condon, Alibi di famiglia

Katzenbach, Facile da uccidere

Slaughter, Il processo del dottor Scott

McLeary, Finché amore non ci separi

James P.D., Per cause innaturali

Pilcher, I giorni dell'estate

McBain, Tre topolini ciechi

Grisham, Il momento di uccidere

Bevilacqua, Il gioco delle passioni

Grafton, A come Alibi

Benchley, Lo squalo

Brown, Dal fondo della vita

Kewar, Il ragazzo dal kimono d'oro

Grafton, B come Bugiardo

Veraldi, Naso di cane

Condon, Ora e sempre

Le Carré, La talpa

Condon, Il fattore determinante

Leonard, Sfida a Detroit

38244
1994